François Villon

Sämtliche Werke

Französisch und deutsch

Herausgegeben und
aus dem Französischen übersetzt
von Carl Fischer

Deutscher Taschenbuch Verlag

Mit Erläuterungen zu Villons Leben und Werk, einem Verzeichnis der Eigennamen und Begriffe sowie einer Auswahlbibliographie.

Oktober 1992
Deutscher Taschenbuch Verlag GmbH & Co. KG, München

Umschlagtypographie: Celestino Piatti
Umschlagbild: Gemälde von Max Beckmann, Odysseus und Kalypso, 1943

Gesamtherstellung: C. H. Beck'sche Buchdruckerei, Nördlingen
Printed in Germany · ISBN 3-423-02304-X

Über dieses Buch

Er ist, wie er von sich selbst schreibt, »kein Weiser und kein Narr«, aber er ist der erste moderne Lyriker Frankreichs: François Villon, geboren 1431, verschollen 1463. Als »armer fahrender Scholar«, als Kleriker, Vagabund und Dichter führte er ein höchst abenteuerliches Leben. Aus der reichen Fülle seiner Erfahrungen mit dem Pariser Submilieu der Coquillards schöpfte er den Stoff für seine farbenprächtigen, lebensvollen Balladen und Gedichte. Ratschläge für Gauner und Ganoven gehören ebenso zu seinem facettenreichen Werk wie satirische Kritik an Justiz, Gesellschaft und Religion. Daneben finden sich immer wieder ernste Gedanken über die Liebe, über Tod und Vergänglichkeit und über Gott.
Diese Ausgabe von Carl Fischer bietet neben den französischen Originialtexten erstmals eine vollständige, gereimte Übersetzung des Gesamtwerks im Taschenbuch: die ›Legate‹, das ›Große Testament‹, die ›Gedichte‹ und die ›Jargon-Balladen‹, die als nahezu unübersetzbar galten. Erläuterungen zu Villons Leben und Werk, zu Eigennamen und Begriffen sowie eine Auswahlbibliographie liefern den Kontext zur Dichtung dieses Erzpoeten.

Literatur · Philosophie · Wissenschaft

Inhaltsübersicht

Cy comence le grant codicille ⁊ te
ſtamẽt maiſtre francois Villon

En lan de mon trentieſme aage
Que toutes mes hontes ieuz beues
Ne du tout fol encor ne ſaige
Nonobſtant maintes peines eues
Leſquelles iay toutes receues
Soubz la main thibault danſſigny
Seueſque il eſt ſeignant les rues
Quil ſoit le mien ie le regny

LE LAIS · DIE LEGATE

1 L'an quatre cent cinquante six,
Je, François Villon, écolier,
Considerant, de sens rassis,
Le frein aux dents, franc au collier,
Qu'on doit ses œuvres conseillier
Comme Vegece le raconte,
Sage romain, grand conseillier,
Ou autrement on se mécompte ...

2 En ce temps que j'ai dit devant,
Sur le Noel, morte saison,
Que les loups se vivent de vent
Et qu'on se tient en sa maison,
Pour le frimas, près du tison,
Me vint un vouloir de briser
La tres amoureuse prison
Qui souloit mon cœur debriser.

3 Je le fis en telle façon,
Voyant celle devant mes yeux
Consentant a ma défaçon,
Sans ce que ja lui en fût mieux;
Dont je me deuil et plains aux cieux,
En requerant d'elle vengeance
A tous les dieux venerieux,
Et du grief d'amour allegeance.

4 Et se j'ai prins en ma faveur
Ces doux regards et beaux semblants
De tres decevante saveur,
Me tréperçants jusqu'aux flancs,
Bien ils ont vers moi les pieds blancs
Et me faillent au grand besoin.
Planter me faut autres complants
Et frapper en un autre coin.

Anklage gegen die treulose Geliebte

1 Im Jahre vierzehnsechsundfünfzig
François Villon, ich, ein Scholar,
erwägend gründlich und vernünftig,
gezäumt, geschirrt, das Ziel gewahr,
was der Verstand mir raten kann,
wie das Vegetius uns heißt,
ein ernster Römer, kluger Mann,
denn sonst verrechnet man sich meist . . .

2 In diesem Jahr, ich nannt es eben,
wenn grad zur toten Weihnachtszeit
die Wölfe nur vom Winde leben
und lieber man, wenn's draußen schneit,
im Hause sitzt vorm Ofenloch,
kam mir auf einmal der Entschluß,
zu brechen meiner Liebe Joch,
weil sonst das Herz mir brechen muß.

3 Zu dieser Einsicht kam ich heute,
als große Augen ich gemacht,
wie sie mein Mißgeschick noch freute,
das ihr doch gar nichts eingebracht.
Voll Gram klag ich den Himmel an
und flehe laut um seine Rache,
und alle Liebesgötter dann
bitt ich um Trost im Ungemache.

4 Und schien mir auch so sanft und hold
ihr Aug und ihr Gesicht zu sein,
des Süße mich so täuschen sollt,
mich schauern ließ bis ins Gebein,
die Stute zeigt die Hinterhand
und überläßt mich dem Verderbe,
so pflüg ich denn ein ander Land
und hau in eine andre Kerbe.

5 Le regard de celle m'a prins
Qui m'a eté felonne et dure:
Sans ce qu'en rien aie méprins,
Veut et ordonne que j'endure
La mort, et que plus je ne dure;
Si n'y voi secours que fouïr.
Rompre veut la vive soudure,
Sans mes piteux regrets ouïr!

6 Pour obvier a ces dangers,
Mon mieux est, ce croi, de partir.
Adieu! Je m'en vais a Angers:
Puis qu'el ne me veut impartir
Sa grace, ne me departir,
Par elle meurs, les membres sains;
Au fort, je suis amant martyr
Du nombre des amoureux saints.

7 Combien que le depart me soit
Dur, si faut il que je l'élogne:
Comme mon pauvre sens conçoit,
Autre que moi est en quelogne,
Dont oncque soret de Boulogne
Ne fut plus alteré d'humeur.
C'est pour moi piteuse besogne:
Dieu en veuille ouïr ma clameur!

8 Et puis que departir me faut,
Et du retour ne suis certain,
(Je ne suis homme sans défaut
Ne qu'autre d'acier ne d'étain;
Vivre aux humains est incertain,
Et après mort n'y a relais;
Je m'en vais en pays lointain),
Si établis ce present lais.

5 Wie hat ihr Aug mich einst bestrickt,
das mich jetzt kalt und falsch bedroht,
ohn daß ich schief sie angeblickt,
will und beschließt sie meinen Tod,
nicht länger soll nach Luft ich schnappen.
Nur Flucht kann hier noch Rettung bringen,
sie will den Lebensnerv mir kappen,
kein Klagen kann zum Ohr ihr dringen.

6 Um solcher Fährnis zu entfliehn,
ist es am besten, rasch zu reisen.
Ade! Ich will nach Angers ziehn:
sie will mir keine Gunst erweisen,
gibt sich nicht halb noch ganz mir hin.
Ich sterb gesunden Leibes gar,
ein Liebesmärtyrer ich bin,
ein Liebesheiliger fürwahr.

7 Macht auch der Abschied große Pein,
was hilft es mir, ich muß von hinnen,
mein dummer Kopf sieht endlich ein,
sie läßt jetzt einen andern spinnen,
kein Hering war da je so sauer
in der Boulogner Essiglake.
Wie fühle ich so große Trauer,
o Gott, erhöre meine Klage!

8 Und da ich also wandern muß
und keiner Rückkehr sicher bin
– ich bin als Mensch kein reiner Guß
und nicht aus Eisen oder Zinn,
verläßlich ist das Leben nie,
denn mit dem Tod geht alles drauf,
zumal ich in die Ferne zieh –,
schreib hier ich die Legate auf.

9 Premierement, ou nom du Pere,
Du Fils et du Saint Esprit,
Et de sa glorieuse Mere
Par qui grace rien ne perit,
Je laisse, de par Dieu, mon bruit
A maître Guillaume Villon
Qui en l'honneur de son nom bruit,
Mes tentes et mon pavillon.

10 Item, a celle que j'ai dit,
Qui m'a si durement chassé
Que je suis de joie interdit
Et de tout plaisir dechassé,
Je laisse mon cœur enchassé,
Pale, piteux, mort et transi:
Elle m'a ce mal pourchassé,
Mais Dieu lui en fasse merci!

9 Zuerst in unsres Vaters Namen,
beim Sohn und bei dem Heiligen Geist,
der Mutter auch, der wundersamen,
die ihrer Gnade Huld verheißt,
bei Gott: ich laß Reputation
samt Fähnlein, Zelt und Rittertum
Magister Guillaume de Villon –
sein Name spricht sich schon herum.

10 Item, und ihr, die schon genannt,
die mich so grausam hat vertrieben,
daß alle Freude mir entschwand
und keine Lust bei mir geblieben,
schenk ich in Gold gerahmt mein Herz,
so bleich, so arm, so starr und tot:
sie schuf mir diesen großen Schmerz,
Vergebung dafür schenk ihr Gott!

11 Item, a maître Ythier Marchant,
Auquel je me sens tres tenu,
Laisse mon brant d'acier tranchant
Ou a maître Jean le Cornu,
Qui est en gage detenu
Pour un écot huit sous montant;
Si veuil, selon le contenu,
Qu'on leur livre, en le rachetant.

12 Item, je laisse a Saint Amant
Le Cheval Blanc avec *la Mule*
Et à Blaru mon diamant
Et l'*Ane rayé* qui recule.
Et le decret qui articule
Omnis utriusque sexus,
Contre la Carmeliste bulle
Laisse aux curés, pour mettre sus.

13 Et a maître Robert Vallee
Pauvre clergeot en Parlement,
Qui n'entend ne mont ne vallee,
J'ordonne principalement
Qu'on lui baille legerement
Mes brais, étants aux *Trumillieres,*
Pour coeffer plus honnêtement
S'amie Jeanne de Millieres.

14 Pour ce qu'il est de lieu honnête,
Faut qu'il soit mieux recompensé,
Car Saint Esprit l'amonête,
Obstant ce qu'il est insensé;
Pour ce, je me suis pourpensé
Qu'on lui baille *l'Art de Memoire*
A recouvrer sur Maupensé,
Puis qu'il n'a sens ne qu'une aumoire.

An reiche Nebenbuhler

11 Item, ich leg auf Freundschaft wert
und schenke Ythier Marchant
mein nahkampfscharfes Ritterschwert,
– auch le Cornu es haben kann –
doch liegt als Pfand es vorerst fest
bei einer Wirtin für acht Sous,
wer ihn bezahlt, den kleinen Rest,
dem fall, wie man's versteht, es zu.

12 Und item schenk ich Saint Amant
zum »Weißen Roß« das »Müde Maultier«,
Blary dann meinen Diamant
samt »Geilem Esel«, jetzt ein Faultier.
Den Pfarrern das Dekret ich weih
zum Bruch des Karmeliterrechts,
daß Beichte abzunehmen sei
»Jedwedem beiderlei Geschlechts«.

13 Doch zu Robert nun, Freund Vallee
ahnt nicht, als Schreiber bei Gericht,
was sehr viel Moos, was nasser Schnee –
als Hauptlegat mach ich's zur Pflicht,
man überlaß ihm meine Hose,
als Pfand im »Beinharnisch« bisher,
mach sie als Hörnerhaube, große,
zur Dame Liebchen de Millieres.

14 Als Mann von Stand, das ist mir klar,
muß ich ihm noch was Feinres schenken,
der Heilige Geist befiehlt's sogar,
man hat als arm ihn sich zu denken.
Drum kauft beim Trödler »Dummerherr«
ihm die »Gedächtniskunst« als Schatz,
er hat nicht alle Tassen mehr
im Schrank, und somit ist dort Platz.

15 Item, pour assigner la vie
Du dessusdit maître Robert,
(Pour Dieu! n'y ayez point d'envie!)
Mes parents, vendez mon haubert,
Et que l'argent, ou la plus part,
Soit employé, dedans ces Pâques,
A acheter a ce poupart
Une fenêtre emprès Saint Jacques.

16 Item, laisse et donne en pur don
Mes gants et ma huque de soie
A mon ami Jacques Cardon,
Le gland aussi d'une saussoie,
Et tous les jours une grasse oie
Et un chapon de haute graisse,
Dix muids de vin blanc comme croie,
Et deux procès, que trop n'engraisse.

15 Und, item, für den Unterhalt
des hier genannten Freunds Robert –
weißgott, der Neid vergeht euch bald! –
mein Harnischhemd, gebt, Leute, her,
kauft vom Erlös, dem größren Rest,
für den potenten Schreibermann
am Platz Saínt Jacques zum Osterfest
ein öffentliches Büdchen an.

16 Item an Freund Cardon ich denke,
mein Kapuzon aus reiner Seide
und meine Handschuh ich ihm schenke,
dazu die Eichel einer Weide,
auch laß er täglich fette Gans
und einen Mastkapaun sich schmecken,
zehn Fuder Weißwein »Kreideglanz«
und zwei Prozesse – zum Entspecken!

17 Item, je laisse a ce noble homme,
Regnier de Montigny, trois chiens;
Aussi a Jean Raguier la somme
De cent francs, prins sur tous mes biens.
Mais quoi! Je n'y comprends en riens
Ce que je pourray acquerir:
On ne doit trop prendre des siens,
Ne son ami trop surquerir.

18 Item, au Seigneur de Grigny
Laisse la garde de Nijon,
Et six chiens plus qu'à Montigny,
Vicêtre, châtel et donjon;
Et a ce malotru changeon,
Mouton, qui le tient en procès,
Laisse trois coups d'un escourgeon,
Et coucher, paix et aise, es ceps.

19 Et a maître Jacques Raguier
Laisse o l'*Abreuvoir Popin*,
Perches, poivré; au *Gros Figuier*
Toujours le choix d'un bon lopin,
Le trou de *la Pomme de Pin*,
Clos et couvert, au feu la plante,
Emmailloté en jacopin;
Et qui voudra planter, si plante.

17 Drei Hunde will ich Edelmann
Regnier de Montigny spendieren,
und Jean Raguier vom Konto dann
soll man mit hundert Franken schmieren.
Doch halt! Nicht will ich ihm hier schenken,
was bei mir eingehn wird, wahrscheinlich,
man muß erst an die Seinen denken,
dem Freunde wär's vielleicht auch peinlich.

18 Item, dem Schloßherrn von Grigny
vermach ich noch den Turm Nijon,
sechs Hunde mehr als Montigny,
Vicêtre, Burg und Bastion.
Dem Hammel und Chamäleon,
der immerfort ihm Ärger macht:
drei Peitschenhiebe kriegt Mouton,
im Folterstock schlaf er bei Nacht.

19 Und für Magister Jacques Raguier
stets in »Popins Roß-Schwemmlokal«
ein Teller Pfefferfische steh,
im »Feigenbaum« ein leckres Mahl,
im »Pinienzapf«, wenn's draußen schneit,
mag er vor den Kamin sich hocken
in seinem Kapuzinerkleid,
und wer hier bocken will, kann bocken.

20 Item, a maître Jean Mautaint
Et maître Pierre Basanier
Le gré du seigneur qui atteint
Troubles, forfaits sans épargnier;
Et a mon procureur Fournier
Bonnets courts, chausses semelees
Taillees sur mon cordouanier
Pour porter durant ces gelees.

21 Item a Jean Trouvé, boucher,
Laisse *le Mouton* franc et tendre
Et un tacon pour émoucher
Le Bœuf Couronné qu'on veut vendre,
Ou *la Vache*: qui pourra prendre
Le vilain qui la trousse au col,
S'il ne la rend, qu'on le puît pendre
Et étrangler d'un bon licol!

22 Item, au Chevalier du Guet
Le Hëaume lui établis;
Et aux pietons qui vont d'aguet
Tâtonnant par ces établis,
Je leur laisse leur beau riblis:
La Lanterne a la Pierre au lait.
Voire, mais j'aurai les *Trois Lis*,
S'ils me menent en Châtelet.

23 Item, a Perrenet Marchant,
Qu'on dit le Bâtard de la Barre,
Pour ce qu'il est tres bon marchand
Lui laisse trois gluyons de foerre
Pour étendre dessus la terre
A faire l'amoureux métier,
Ou lui faudra sa vie querre,
Car il ne sait autre métier.

20 Item vermach ich Jean Mautaint
und Basanier, der Anwaltschaft,
des Vorgesetzten Huld, der streng
die Raufer und die Rüpel straft.
Mein Rechtsbeistand Fournier erhält
das Sommerbeinkleid und die Mütze,
die ich für ihn nach Maß bestellt:
der Winter bringt ihn noch in Hitze.

21 Den braven »Hammel«, den Mouton,
und einen Fliegenwisch zum Raufen
bekommt Trouvé, der Schlachtersohn,
auch »Kuh« und »Kronochs« kann er kaufen,
doch kostet's was, wenn man ihn fängt,
das Wappenzeug auf dem Genick!
Rückt er's nicht raus, wird er gehängt,
erwürgt von einem Kälberstrick.

22 Item, der Kommandant der Wache
erhält den »Ritterhelm« von mir,
und seinen Häschern ich vermache,
die nächtlich schleichen durchs Revier,
als allen Unfugs schönste Beute
die »Leuchte« auf der Pierre au lait:
ich wohnte im »Drei Lilien« heute,
hätt mich erwischt das Châtelet.

23 Item, Freund Perrenet Marchant,
dem Hurenbock und Gigolo,
Bastard von Balken, stadtbekannt,
vermache ich drei Bündel Stroh,
die mag er auf die Erde breiten
für seine Liebestätigkeit,
zwar gäb es andre Tätigkeiten,
doch weiß er da nicht so Bescheid.

24 Item, au Loup et a Cholet
Je laisse a la fois un canard
Prins sur les murs, comme on souloit,
Envers les fossés, sur le tard;
Et a chacun un grand tabart
De cordelier jusques aux pieds,
Bûche, charbon et pois au lard,
Et mes houseaux sans avant-pieds.

25 De rechef, je laisse, en pitié,
A trois petits enfants tous nus
Nommés en ce présent traitié,
Pauvres orphelins impourvus,
Tous déchaussés, tous dépourvus,
Et dénués comme le ver;
J'ordonne qu'ils soient pourvus
Au moins pour passer cet hiver.

26 Premierement Colin Laurens,
Girard Gossouin et Jean Marceau,
Dépourvus de biens, de parents,
Qoi n'ont vaillant l'anse d'un seau,
Chacun de mes biens un faisceau,
Ou quatre blancs, s'ils l'aiment mieux.
Ils mengeront maint bon morceau,
Les enfants, quand je serai vieux!

24 Item, le Loup samt Freund Cholet
ein leckres Entlein ich vermache,
gefangen wie seit eh und je
bei Nacht am Mauergrabenbache,
dazu als zünftiges Versteck
je eine Kordelkutte noch,
und Holz und Kohlen, Erbsen, Speck,
sowie mein Beinkleid – vorn mit Loch.

An Scheinbedürftige und soziale Einrichtungen

25 Ich möchte hier auch nicht verfehlen,
drei kleine Kinder, splitternackt,
drei arme Waisen aufzuzählen,
so hilflos, daß mich Mitleid packt,
die barfuß, ohne Mantel gehn
und wie die Würmer elend frieren:
daß sie den Winter überstehn,
das will ich hiermit garantieren.

26 Colin Laurens der eine heißt,
die andern Gossouin, Marceau,
kein Hab und Gut, kein treuer Geist,
kein Fäßchen, Täßchen sowieso.
Macht ihnen ein Paket mit Sachen,
ist's ihnen lieber, gebt vier Blanke.
Sie sollen sich ein Festmahl machen,
die Kleinen, wenn am Stock ich wanke.

27 Item, ma nomination
Que j'ai de l'Université
Laisse par resignation
Pour seclure d'aversité
Pauvres clercs de cette cité
Sous cet *intendit* contenus:
Charité m'y a incité,
Et Nature, les voyant nus.

28 C'est maître Guillaume Cotin
Et maître Thibaut de Vitry
Deux pauvres clercs, parlants latin,
Paisibles enfants, sans étry,
Humbles, bien chantants au letry;
Je leur laisse cens recevoir
Sur la maison Guillot Gueuldry
En attendant de mieux avoir.

29 Item, et j'adjoins à la crosse
Celle de la rue Saint Antoine
Ou un billard de quoi on crosse,
Et tous les jours plein pot de Seine
Aux pigeons qui sont en l'essoine
Enserrés sous trappe voliere,
Mon mirouër bel et idoine
Et la grace de la geoliere.

30 Item, je laisse aux hôpitaux
Mes chassis tissus d'arignee;
Et aux gisants sous les étaux
Chacun sur l'œil une grongnee,
Trembler a chere renfrognee,
Maigres, velus et morfondus,
Chausses courtes, robe rognee,
Gelés, murdris et enfondus.

27 Item, die Pfründenanwartschaft
hier an der Universität
zur Linderung der Armut kraft
Verzicht jetzt zur Verfügung steht
zwei armen Pfäfflein dieser Stadt,
in diesem Schriftstück gleich genannt;
Erbarmen mich bewogen hat,
mein Herz, als nackt ich sie erkannt.

28 Schon fallen mir die Namen ein,
Guillaume Cotin, Thibaut Vitry,
zwei arme Schüler mit Latein,
sehr brave Buben, streiten nie,
sind oft am Sängerpult zu sehn:
die Mietzinsgelder schenk ich ihnen,
die vom Palais Gueuldry eingehn,
und hoffe mehr jetzt zu verdienen.

29 Item, zu ihrem Krummstab schenke
ich den der rue Saint Antoine,
wo an den Billardstock ich denke,
und täglich einen Topf voll Seine
den Vögeln hinter Schloß und Riegel,
die nun in ihren Käfig ziehn,
und für die Schönheit meinen Spiegel
und auch die Gunst der Wärterin.

30 Item schenk ich dem Armenhaus
vom Fenster meine Spinnenweben,
schläft einer unterm Marktstand aus,
soll man ihm eins aufs Auge geben,
mag er auch zittern vor Entsetzen,
verhungert, abgehärmt, verdreckt,
mit halber Hose, Hemd in Fetzen,
durchnäßt und fiebernd, halb verreckt.

31 Item, je laisse a mon barbier
Les rognures de mes cheveux,
Pleinement et sans détourbier;
Au savetier mes souliers vieux,
Et au frepier mes habits tieux
Que, quand du tout je les delaisse,
Pour moins qu'ils ne coûterent neufs,
Charitablement je leur laisse.

32 Item, je laisse aux Mendiants,
Aux Filles Dieu et aux Beguines,
Savoureux morceaux et friands,
Flans, chapons et grasses gelines,
Et puis prêcher les Quinzes Signes,
Et abattre pain a deux mains.
Carmes chevauchent nos voisines,
Mais cela, ce n'est que du mains.

33 Item, laisse *le Mortier d'or*
A Jean, l'épicier, de la Garde;
Une potence de Saint Mor
Pour faire un broyer a moutarde.
A celui qui fit l'avant garde
Pour faire sur moi griefs exploits:
De par moi saint Antoine l'arde!
Je ne lui ferai autre lais.

34 Item, je laisse a Merebeuf
Et a Nicolas de Louvieux
A chacun l'écaille d'un œuf
Pleine de francs et d'écus vieux.
Quant au concierge de Gouvieux,
Pierre de Rousseville, ordonne,
Pour le donner entendre mieux,
Ecus tels que le Prince donne.

31 Item steht meinem Herrn Barbier
totaliter der Anspruch zu
auf meiner Glatze Lockenzier,
dem Schuster schenk ich meine Schuh,
dem Trödler meine alten Kleider,
so schön, wie ich sie hinterlasse.
Ich geb das unterm Neuwert weiter
aus Mitgefühl für ihre Kasse.

32 Item, der Bettelbrüderschaft
samt Klosterfrauen und Beghinen
vermach ich Braten voller Saft,
Kapaune, Auflauf, Bekassinen.
Sie predigen die Fünfzehn Zeichen
und wissen »Brot« vom Baum zu schütteln.
Wenn sie die Nachbarin umstreichen,
will ich die Mönche nicht bekritteln.

33 Item, den »Goldnen Mörser« schicke
ich Jean – dem Krämer – de la Garde,
dazu noch eine Wallfahrtskrücke,
dann geht das Senfrühren nicht so hart.
Doch jener Kerl, der vor Gericht
als erster mich beschuldigt hat:
die Feuerseuche freß den Wicht!
Und damit hat er sein Legat.

34 Item Nicolas Louvieux
und Merebeuf, die Herrn erhalten
noch eine Eierschale je
voll Franken, Talern, ganz uralten.
Dem Burgvogt von Gouvieux beweist,
Pierre Rousseville, noch als Extrazins,
was hier bei mir »Legate« heißt,
mit Faschingsgeld vom Narrenprinz.

35 Finablement, en écrivant,
Ce soir, seulet, étant en bonne,
Dictant ce lais et décrivant,
J'ouïs la cloche de Serbonne,
Qui toujours a neuf heures sonne
Le Salut que l'ange predit;
Si suspendis et y mis bonne
Pour prier comme le cœur dit.

36 Ce faisant, je m'entroubliai,
Non pas par force de vin boire,
Mon esperit comme lié;
Lors je sentis dame Memoire
Reprendre et mettre en son aumoire
Ses especes collaterales,
Opinative fausse et voire,
Et autres intellectuales,

37 Et mêmement l'estimative
Par quoi prospective nous vient:
Similative, formative,
Desquels bien souvent il avient
Que, par leur trouble, homme devient
Fol et lunatique par mois:
Je l'ai lu, se bien m'en souvient,
En Aristote aucunes fois.

38 Dont le sensitif s'eveilla
Et évertua Fantasie
Qui tous organes réveilla,
Et tint la souvraine partie
En suspens et comme amortie
Par oppression d'oubliance
Qui en moi s'étoit épartie
Pour montrer des sens l'alliance.

35 Doch endlich, immer noch beim Schreiben,
allein, voll Hoffnung, Abend schon,
ließ die Legate ich nun bleiben,
ich hört die Glocke der Sorbonne
bereits die neunte Stunde läuten,
den Engelsgruß, der Heil verkündet;
schon gut und Schluß mit diesen Seiten,
ich bete, wie im Herz sich's findet.

36 Und so vergaß ich Raum und Zeit,
und trank doch nicht ein Tröpfchen Wein,
mir war, als wär ich nicht gescheit,
und Frau Memoria schloß ein,
daß sie im Schranke damit spare,
die *Species collaterales*,
Opinativa, falsche, wahre,
und andre *Intellectuales*.

37 Mit ihnen die *Aestimativa*,
die uns zur *Prospectiva* lenkt,
Similativa, *Formativa*,
auch sie noch mit hineinversenkt,
bis daß wir Menschen werden inne,
wie närrisch manchmal unser Wesen.
So hab ich, wie ich mich besinne,
bei Aristoteles gelesen.

38 Dann wachte auf der *Sensitiv*
und rief herbei die Phantasie,
zu wecken, was an Kräften schlief.
Sie hielt Verstand und Willen wie
erstorben schwankend in der Schwebe,
umwölkt sie mit Vergessenheit
und zeigt mir, da ich's ja erlebe,
des Geisteskräfte Einigkeit.

39 Puis que mon sens fut a repos
Et l'entendement demêlé,
Je cuidai finer mon propos;
Mais mon encre trouvai gelé
Et mon cierge trouvai soufflé;
De feu je n'eusse pu finer.
Si m'endormis, tout emmouflé,
Et ne pus autrement finer.

40 Fait ou temps de ladite date
Par le bien renommé Villon,
Qui ne menge figue ni date,
Sec et noir comme écouvillon;
Il n'a tente ne pavillon
Qu'il n'ait laissé a ses amis,
Et n'a mais qu'un peu de billon
Qui sera tantôt a fin mis.

39 Als sich entwirrte mein Verstand
und das Gemüt gelangt' zur Ruh,
nahm ich mein Werk erneut zur Hand,
doch ach, das Tintenfaß fror zu,
erloschen war der Kerze Schein,
es gab kein Feuer und kein Licht.
So deckte ich mich zu, schlief ein,
und anders schließen konnt ich nicht.

Epilog

40 Vollbracht zur Zeit, wie vorn erklärt,
vom Stolz der ganzen Stadt, Villon,
der Feige, Dattel leicht entbehrt,
vertrocknet schwarzes Zeug, ein Hohn;
Er hat sein Zelt und Fähnlein schon
all seinen Freunden hier vermacht,
und auch sein letzter schlechter Lohn
wird wohl bald alle sein, gutnacht.

Leuesque

Monseigneur nest ne mon euesque
Soubz luy ne tiens sil nest en friche
Foy ne luy doy nõmage auecque
Je ne suis son cerf ne sa bische
Peu ma dugne petite miche
Et de froide eau tout Vng este
Large ou estroit moult me fut chiche
Tel luy soit dieu quil ma este

LE TESTAMENT · DAS TESTAMENT

1 En l'an trentieme de mon âge
Que toutes mes hontes j'eus bues,
Ne du tout fol, ne du tout sage,
Non obstant maintes peines eues,
Lesquelles j'ai toutes reçues
Sous la main Thibaut d'Aussigny ...
S'evêque il est, seignant les rues,
Qu'il soit le mien je le regny!

2 Mon seigneur n'est ne mon evêque;
Sous lui ne tiens, s'il n'est en friche;
Foi ne lui dois n'hommage avecque;
Je ne suis son serf ne sa biche.
Pû m'a d'une petite miche
Et de froide eau tout un été.
Large ou étroit, mout me fut chiche:
Tel lui soit Dieu qu'il m'a été.

3 Et s'aucun me vouloit reprendre
Et dire que je le maudis,
Non fais, se bien le sait comprendre,
En rien de lui je ne médis.
Veci tout le mal que j'en dis:
S'il m'a été misericors,
Jesus, le roi de paradis,
Tel lui soit a l'ame et au corps!

4 Et s'été m'a dur et cruel
Trop plus que ci ne le raconte,
Je veuil que le Dieu eternel
Lui soit donc semblable a ce compte.
Et l'Eglise nous dit et conte
Que prions pour nos ennemis.
Je vous dirai: «J'ai tort et honte,
Quoi qu'il m'ait fait, a Dieu remis!»

Anklage gegen den Bischof Thibaut d'Aussigny

1 Nun bin ich grade dreißig Jahr,
der Schande Kelch hab ich geleert,
ich bin kein Weiser und kein Narr,
wenn auch die Wunde noch so schwärt,
die ich verdank allein den Händen
des frommen Thibaut d'Aussigny …
mag er als Bischof Segen spenden,
der meine ist und war er nie!

2 Mir ist er Bischof nicht noch Herr,
er sprach mir auch kein Lehen zu,
ihm schuld ich weder Treu noch Ehr,
bin nicht sein Hirsch noch seine Kuh.
Den Sommer saß ich in der Zelle
bei Wasser und bei trocken Brot,
karg oder larg, es war die Hölle:
Gott zahl ihm heim, was er mir bot.

3 Wenn mir das einer übel nimmt
und meint, ich wolle ihn hier schmähn,
so sage ich, daß dies nicht stimmt,
er möge mich nur recht verstehn.
Nichts Schlimmres sagte ich als dies:
was er mir Gutes angetan,
o Heiland, Herr im Paradies,
an Leib und Seele tu's ihm an!

4 Was er mir schuf an Grausamkeit,
mehr als ich je beschreiben kann,
zahl heim der Gott der Ewigkeit
in gleicher Münze diesem Mann.
Die Kirche sagt und hält uns an,
den Feind zu schließen ins Gebet.
Ich sag: »Was er mir angetan
an Qual und Schmach, bei Gott es steht!«

5 Si prierai pour lui de bon cœur,
Par l'ame du bon feu Cotart!
Mais quoi! ce sera donc par cœur,
Car de lire je suis faitard:
Priere en ferai de Picard;
S'il ne le sait, voise l'apprendre,
S'il m'en croit, ains qu'il soit plus tard,
A Douai ou a Lille en Flandre.

6 Combien se ouïr veut qu'on prie
Pour lui, foi que dois mon baptême,
Obstant qu'a chacun ne le crie,
Il ne faudra pas a son ême.
Ou Psautier prends, quand suis a même,
Qui n'est de bœuf ne cordouan,
Le verselet écrit septieme
Du psaume de *Deus laudem*.

5 Ich spreche fromm für ihn Gebete,
beim Seelenheil des Jean Cotart.
Doch halt! Im Herzen ich nur rede,
indem ich nie fürs Lesen war:
wie die Pikarden bete ich.
Versteht er's nicht, horch er herum,
eh es zu spät ist, sehe sich
in Lille, Douai, ganz Flandern um.

6 Doch will er wissen, was ich bete,
bei meiner Taufe, ihm soll's frommen,
was ich nicht laut zu Leuten rede,
er soll auf seine Kosten kommen.
Schon schlag ich auf mein Psalterbuch,
in Ochs und Ziege nicht gebunden,
den »Deus laudem« Psalm ich such,
Vers sieben ... da! ist schon gefunden.

7 Si prie au benoit fils de Dieu,
Qu'a tous mes besoins je reclame,
Que ma pauvre priere ait lieu
Vers lui, de qui tiens corps et ame,
Qui m'a preservé de maint blâme
Et franchi de vile puissance,
Loué soit il, et Notre Dame,
Et Loïs, le bon roi de France,

8 Auquel doint Dieu l'heur de Jacob.
Et de Salmon l'honneur et gloire,
(Quant de proesse, il en a trop,
De force aussi, par m'ame, voire!)
En ce monde ci transitoire
Tant qu'il a de long et de lé,
Afin que de lui soit memoire,
Vive autant que Mathusalé!

9 Et douze beaux enfants, tous mâles,
Voire de son cher sang royal,
Aussi preux que fut le grand Charles
Conçus en ventre nuptial,
Bons comme fut saint Martial.
Ainsi en preigne au feu Dauphin!
Je ne lui souhaite autre mal,
Et puis paradis à la fin.

7 Ich bet zum heiligen Gottessohn,
dem meine Not ich anbefehle,
mein armes Bitten er belohn,
dem ich verdanke Leib und Seele,
der auftat meine Kerkertür
und mich vor Leid bewahrt nicht wenig,
Ihn und die Jungfrau preis ich hier,
und Ludwig, Frankreichs guten König.

8 Gott laß ihm Jakobs Segen sprießen
und Ehr und Ruhm des Salomon,
denn Mut hat er schon viel bewiesen,
und Macht auch hat er wahrlich schon!
Auf dieser wandelbaren Erde
gewähr er ihm noch außerdem,
des Name nie vergessen werde,
das Alter des Methusalem!

9 Zwölf Söhne sollen, schön und gut,
erstehn ihm aus der Gattin Schoße
von seinem königlichen Blut,
so ritterlich wie Karl der Große,
wie Sankt Martial so frommen Mutes.
Dem Thronbesteiger wünsch ich dies!
Ich wünsche wahrlich ihm nur Gutes
und nach dem Tod das Paradies.

10 Pour ce que foible je me sens
Trop plus de biens que de santé,
Tant que je suis en mon plein sens,
Si peu que Dieu m'en a prêté,
Car d'autre ne l'ai emprunté,
J'ai ce Testament tres estable
Fait, de derniere voulenté,
Seul pour tout et irrevocable.

11 Ecrit l'ai l'an soixante et un
Que le bon roi me delivra
De la dure prison de Meun,
Et que vie me recouvra,
Dont suis, tant que mon cueur vivra,
Tenu vers lui m'humilier,
Ce que ferai tant qu'il mourra:
Bienfait ne se doit oublier.

10 Wie fühle ich mich oft so schwach,
an Geld mehr als an Leib und Leben,
allein solang der Geist noch wach,
wie wenig mir auch Gott gegeben
und sonst bei niemand ich geborgt,
will ich mein Testament jetzt schreiben,
dann ist letztwillig vorgesorgt,
unwiderruflich soll es bleiben.

11 Ich schrieb's, als einundsechzig mich
der gute König freigegeben
aus Meuns Gefängnis gnädiglich
und ich erwacht zu neuem Leben.
Solange ich nur atmen kann,
wie viele Zeit ihm zugemessen,
ich bleib sein treuer Untertan,
denn Wohltat darf man nie vergessen.

12 Or est vrai qu'après plaints et pleurs
Et angoisseux gemissements,
Après tristesses et douleurs,
Labeurs et griefs cheminements,
Travail mes lubres sentements,
Aiguisés comme une pelote,
M'ouvrit plus que tous les comments
D'Averroÿs sur Aristote.

13 Combien qu'au plus fort de mes maux,
En cheminant sans croix ne pile,
Dieu, qui les pelerins d'Emmaus
Conforta, ce dit l'Evangile,
Me montra une bonne ville
Et pourvut du don d'esperance;
Combien que le pecheur soit vile,
Rien ne hait que perseverance.

14 Je suis pecheur, je le sai bien;
Pourtant ne veut pas Dieu ma mort,
Mais convertisse et vive en bien,
Et tout autre que peché mord.
Combien qu'en peché soie mort,
Dieu vit, et sa misericorde,
Se conscience me remord,
Par sa grace pardon m'accorde.

15 Et, comme le noble *Romant*
De la Rose dit et confesse
En son premier commencement
Qu'on doit jeune cœur en jeunesse,
Quand on le voit vieil en vieillesse,
Excuser, helas! il dit voir.
Ceux donc qui me font telle presse
En murté ne me voudroient voir.

12 Wahr ist, nach Tränen und nach Klagen,
nach Angst und Qual, die mich bedroht,
nach aller Trauer, allen Plagen
und aller Irrfahrt bittrer Not,
entflocht das Leid mir klipp und klar
den wirren Geist, mehr als die Glossen
in Averroës Kommentar
den Aristoteles erschlossen.

13 In höchster Not hat Gottes Finger,
als ohne Geld ich zog durchs Land,
mich wie vor Emmaus die Jünger,
die aus der Bibel uns bekannt,
geführt in eine gute Stadt
und mich erfüllt mit Zuversicht.
Gott haßt als ärgste Missetat,
wenn an der Einsicht es gebricht.

14 Ich weiß, ich bin verstrickt in Sünden,
und doch will Gott nicht meinen Tod,
er hilft, den rechten Weg zu finden,
wie groß auch meine Sündennot.
Bin sündig ich dem Tod verfallen,
Gott lebt, und voll Barmherzigkeit
den reuevollen Sündern allen
in seiner Gnade er verzeiht.

15 In jenem höfischen Roman,
dem »Rosenbuch«, ein Buch der Tugend,
wird gleich zu Anfang dargetan:
dem jungen Herzen man die Jugend
nicht mehr zum Vorwurf machen soll,
wenn man's im Alter wiedersieht.
So hegt auch gegen mich nicht Groll,
da ich mich längst vom Wahne schied.

16 Se, pour ma mort, le bien publique
D'aucune chose vausît mieux,
A mourir comme un homme inique
Je me jugeasse, ainsi m'aît Dieus!
Griefs ne fais a jeunes ne vieux,
Soie sur pieds ou soie en biere:
Les monts ne bougent de leurs lieux
Pour un pauvre, n'avant n'arriere.

17 Ou temps qu'Alissandre regna,
Un hom nommé Diomedès
Devant lui on lui amena,
Engrillonné pouces et dès
Comme un larron, car il fut des
Ecumeurs que voyons courir;
Si fut mis devant ce cadès
Pour être jugé a mourir.

18 L'empereur si l'araisonna:
«Pour quoi es tu larron de mer?»
L'autre réponse lui donna:
«Pour quoi larron me fais nommer?
Pour ce qu'on me voit écumer
En une petiote fuste?
Se comme toi me pusse armer,
Comme toi empereur je fusse.

16 Und könnte gar durch meinen Tod
der Welt zum Heil verholfen werden,
ich richtete mich selbst, bei Gott!
schied wie ein Schuft von dieser Erden.
Doch lebend oder tot, damit
ist weder Jung noch Alt genützt:
kein Berg rührt sich nur einen Schritt
für einen Kerl, der nichts besitzt.

Die Legende von Alexander dem Grossen

17 Da Alexander noch regiert,
ward einer, Diomed genannt,
dem großen Kaiser zugeführt
mit Eisenketten an der Hand,
der sich als Räuber hat vergangen
und auf dem Meere als Pirat;
sein Todesurteil zu empfangen
er vor den großen Richter trat.

18 Der Kaiser herrscht ihn also an:
»Warum bist du ein Räuber, sprich!«
Zur Antwort aber gab der Mann:
»Was nennst du einen Räuber mich?
Es stimmt, ich plündre Meer und Küsten
mit meinem Kahn, ich geb es zu!
Doch könnt ich ganze Kriege rüsten,
ein Kaiser wäre ich wie du.

19 «Mais que veux-tu? De ma fortune
Contre qui ne puis bonnement,
Qui si faussement me fortune
Me vient tout ce gouvernement.
Excuse moi aucunement,
Et sache qu'en grand pauvreté,
Ce mot se dit communement,
Ne gît pas grande loyauté.»

20 Quand l'empereur ot remiré
De Diomedès tout le dit:
«Ta fortune je te muerai
Mauvaise en bonne», si lui dit.
Si fit il. Onc puis ne médit
A personne, mais fut vrai homme,
Valere pour vrai le baudit,
Qui fut nommé le grand a Rome.

21 Se Dieu m'eût donné rencontrer
Un autre piteux Alissandre
Qui m'eût fait en bon heur entrer,
Et lors qui m'eût vu condescendre
A mal, être ars et mis en cendre
Jugé me fusse de ma voix.
Necessité fait gens méprendre
Et faim saillir le loup du bois.

19 »Was fragst du? Es ist mein Geschick,
dem ich mich nicht entziehen kann,
hat doch das trügerische Glück
getrieben mich auf diese Bahn.
Erlaube mir ein letztes Wort
und merke dir: Kommt Not daher
– für jeden gilt's an jedem Ort –,
dann wiegt auch das Gesetz nicht schwer.«

20 Der Kaiser überdachte still
im Geist des Diomedes Spruch:
»Dein Mißgeschick ich wenden will,
in Wohlstand kehre sich dein Fluch!«
Und so geschah's. Nie gab's Verdruß,
da sich der Mann als recht erwies. –
Und dies erzählt Valerius,
den man zu Rom den Großen hieß.

21 Ach, hätte Gott auch mir gesendet
solch Alexander voll Verstehn,
der zeitig meine Not gewendet,
hätt einer dann mich straucheln sehn,
ich hätte selbst zum Feuertod
verdammt mich ohne Vorbehalt.
Zu bösen Taten treibt die Not,
den Wolf treibt Hunger aus dem Wald.

22 Je plains le temps de ma jeunesse
(Ouquel j'ai plus qu'autre galé
Jusqu'a l'entree de vieillesse)
Qui son partement m'a celé.
Il ne s'en est a pied allé
N'a cheval: helas! comment don?
Soudainement s'en est volé
Et ne m'a laissé quelque don.

23 Allé s'en est, et je demeure,
Pauvre de sens et de savoir,
Triste, failli, plus noir que meure,
Qui n'ai cens ne rente n'avoir;
Des miens le mendre, je dis voir,
De me désavouer s'avance,
Oubliant naturel devoir
Par faute d'un peu de chevance.

24 Si ne crains avoir dépendu
Par friander ne par lécher;
Par trop amer n'ai rien vendu
Qu'amis me puissent reproucher,
Au moins qui leur coûte mout cher.
Je le dis et ne crois médire;
De ce je me puis revencher:
Qui n'a méfait ne le doit dire.

25 Bien est verté que j'ai amé
Et ameroie voulentiers;
Mais triste cœur, ventre affamé
Qui n'est rassasié au tiers
M'ôte des amoureux sentiers.
Au fort, quelqu'un s'en recompense,
Qui est rempli sur les chantiers!
Car la danse vient de la panse.

22 Dahin die schöne Jugendzeit,
die mehr als andre ich genoß,
Nun ist das Alter nicht mehr weit,
da sie zu scheiden sich entschloß.
Die nicht zu Fuß von dannen schlich
und die nicht ritt zu Roß: wie dann?
Die plötzlich wie im Flug entwich,
zum Abschied mir nichts schenken kann.

23 Sie ist dahin und ließ mich stehen,
im Herzen arm, arm an Verstand,
betrübt, zermürbt, so schwarz wie Schlehen,
und ohne Geld und Gut und Land:
ja, wahr ist's, Freunde und Verwandte,
sie haben alle mich vergessen,
nichts gelten die Familienbande,
dieweil ich niemals was besessen.

24 Was konnte ich denn groß verschwenden
für Festgelage, Saufereien,
was konnt auf Weiber ich verwenden,
daß mich die Freunde dessen zeihen,
sie haben nicht für mich bezahlt.
Ich sag's, mit Recht ich's sagen kann,
ihr ganzer Vorwurf läßt mich kalt,
denn keine Schuld klagt sich nicht an.

25 Ich liebte viel in alten Tagen
und liebte heute gern noch mehr,
doch Trauerherz und Hungermagen,
der zu zwei Dritteln immer leer,
gehn ungern auf den Liebespfad.
So ist's, nur der erstürmt die Schanze,
der seinen Leib gefüttert hat!
Ein leerer Bauch geht nicht zum Tanze.

26 Bien sais, se j'eusse étudié
Ou temps de ma jeunesse folle,
Et a bonnes mœurs dedié,
J'eusse maison et couche molle.
Mais quoi? Je fuyoie l'école,
Comme fait le mauvais enfant.
En écrivant cette parole
Au peu que le cœur ne me fend.

27 Le dit du Sage trop le fis
Favorable, (bien en puis mais!)
Qui dit: «Ejouis toi, mon fils,
En ton adolescence.» Mais
Ailleurs sert bien d'un autre mets,
Car «jeunesse et adolescence»,
C'est son parlet, ne moins ne mais,
«Ne sont qu'abus et ignorance.»

28 Mes jours s'en sont allés errant
Comme, dit Job, d'une touaille
Font les filets, quand tisserand
En son poing tient ardente paille.
Lors, s'il y a nul bout qui saille,
Soudainement il le ravit.
Si ne crains plus que rien m'assaille.
Car a la mort tout s'assouvit.

29 Ou sont les gracieux galants
Que je suivoie ou temps jadis,
Si bien chantants, si bien parlants,
Si plaisants en faits et en dits?
Les aucuns sont morts et roidis,
D'eux n'est il plus rien maintenant:
Repos aient en paradis,
Et Dieu sauve le remenant!

26 Weißgott, ich hätt was lernen sollen
in meinem Jugendübermut,
und hätt ich Ordnung üben wollen,
wie tät mir Haus und Bett heut gut.
Indes? Wie freche Buben tun,
ich oft der Schule ferne blieb.
Und fast dreht sich das Herz mir um,
kaum daß ich's eben niederschrieb.

27 Des Weisen Lehre legte ich
zu sehr zu meinen Gunsten aus!
Es heißt: »O Jüngling, freue dich
an deiner Jugend wildem Braus!«
Doch besser frommte mir das Wort:
»Die Kindheit und die Jugendzeit«,
so etwa heißt es weiter dort,
»sind Übermut und Eitelkeit.«

28 Dahingeflogen sind die Tage
wie Fäden, die beim Überhängen,
denn dies besagt des Hiob Klage,
die Weber mit dem Strohwisch sengen.
Und bleiben dann noch Fransen stehn,
so schneidet sie der Meister ab.
Und wird das gleiche mir geschehn,
dann finde Ruhe ich im Grab.

29 Wo seid ihr hin, Gesellen mein,
die ich vor Zeiten so geliebt,
mit süßem Sang und Schelmerein
in Wort und Tat ihr's munter triebt?
So manche liegen totenbleich
und ließen nichts zurück hienieden:
sie mögen ruhn im Himmelreich,
Gott helfe denen, die noch blieben!

30 Et les autres sont devenus,
Dieu merci! grands seigneurs et maîtres;
Les autres mendient tous nus
Et pain ne voient qu'aux fenêtres;
Les autres sont entrés en cloîtres
De Celestins ou de Chartreux,
Bottés, housés com pêcheurs d'oîtres:
Voyez l'état divers d'entre eux.

31 Aux grands maîtres doint Dieu bien faire,
Vivants en paix et en requoi;
En eux il n'y a que refaire,
Si s'en fait bon taire tout coi.
Mais aux pauvres qui n'ont de quoi,
Comme moi, doint Dieu patience!
Aux autres ne faut qui ne quoi,
Car assez ont pain et pitance.

32 Bons vins ont, souvent embrochés,
Sauces, brouets et gros poissons;
Tartes, flans, œufs frits et pochés,
Perdus et en toutes façons.
Pas ne ressemblent les maçons
Que servir faut a si grand peine:
Ils ne veulent nuls échansons,
De soi verser chacun se peine.

33 En cet incident me suis mis
Qui de rien ne sert a mon fait;
Je ne suis juge, ne commis
Pour punir n'absoudre méfait:
De tous suis le plus imparfait,
Loué soit le doux Jesus Christ!
Que par moi leur soit satisfait;
Ce que j'ai écrit est écrit.

30 Die einen nach des Gottes Rat
als Herrn in Amt und Würden stehn,
die andern werden kaum noch satt,
die Brötchen nur im Fenster sehn,
doch wieder andere inzwischen,
Kartäuser oder Zölestiner,
gehn hochgestiefelt Austern fischen,
denn es gibt Herren und gibt Diener.

31 Die großen Herrn in Gottes Hut,
sie führen ein gelaßnes Leben,
denn ihnen geht es soweit gut,
da spart man sich die Worte eben.
Die Armen mit dem leeren Magen,
wie ich, Gott stärk sie mit Geduld!
Die Reichen müssen viel ertragen
an Brot und Zukost, Himmelshuld.

32 Sie haben Wein im Überfluß
und Soßen, Suppen, Festtagsbraten
und alle Art an Hochgenuß
mit Eiern, Auflauf, süßen Fladen.
Sie stehen auch nicht faul herum,
wie Maurer, die nur »Lehrbub!« schrein,
auch ohne Mundschenk geht es um,
und jeder schenkt sich selber ein.

33 Ich ließ mich da auf Sachen ein,
auf Dinge, förderlich mitnichten,
ich kann nicht strafen und verzeihn
und darf nicht wie ein Richter richten,
der ich der allerletzte bin:
gelobt seist du, o süßer Christ!
Ich hab nichts wider sie im Sinn,
doch was ich schrieb, bleibt stehn wie's ist.

34 Laissons le moutier ou il est;
Parlons de chose plus plaisante:
Cette matiere a tous ne plaît,
Ennuyeuse est et déplaisante.
Pauvreté, chagrine et dolente,
Toujours dépiteuse et rebelle,
Dit quelque parole cuisante;
S'elle n'ose, si le pense elle.

35 Pauvre je suis de ma jeunesse,
De pauvre et de petite extrace.
Mon pere n'ot onc grand richesse,
Ne son aïeul nommé Orace.
Pauvreté tous nous suit et trace;
Sur les tombeaux de mes ancêtres,
Les ames desquels Dieu embrasse!
On n'y voit couronnes ne sceptres.

36 De pauvreté me guermentant,
Souventes fois me dit le cœur:
«Homme, ne te doulouse tant
Et ne demene tel douleur,
Se tu n'as tant qu'eut Jacques Cœur:
Mieux vaut vivre sous gros bureau
Pauvre, qu'avoir été seigneur
Et pourrir sous riche tombeau!»

34 Wir lassen Klöster Klöster sein
und wollen von was Beßrem reden,
dies Thema bringt sonst Ärger ein,
denn es ergötzt nicht einen jeden.
Die Armut, mürrisch, kummervoll,
empört sich, hadert noch und noch
und sagt manch böses Wort im Groll,
und wenn sie schweigt, so denkt sie's doch.

35 Ich war schon arm von Jugend an
und kannt nur Armut und Verdruß.
Mein Vater war kein reicher Mann,
wie schon sein Ahn Horatius.
Die Armut folgt uns in den Tod,
es zieret meiner Väter Grab
– erbarm sich ihrer Seelen Gott! –
nicht Krone und nicht Zepterstab.

36 Wenn ich vor Armut fast verzage,
ermahnt mich immerfort mein Herz:
»O Kerl, was nützt dir deine Klage
und übertreibe nicht den Schmerz,
bist du nicht reich wie einst Jacques Cœur:
im groben Rock lebendig sein
ist mehr, denn als gewesner Herr
zu modern unter Marmorstein!«

37 Qu'avoir été seigneur! ... Que dis?
Seigneur, las! et ne l'est mais?
Selon les davitiques dits,
Son lieu ne connaîtras jamais.
Quant du surplus, je m'en démets:
Il n'appartient a moi, pecheur;
Aux theologiens le remets,
Car c'est office de prêcheur.

38 Si ne suis, bien le considere,
Fils d'ange portant diademe
D'étoile ne d'autre sidere.
Mon pere est mort, Dieu en ait l'ame!
Quant est du corps, il gît sous lame ...
J'entends que ma mere mourra,
Et le sait bien la pauvre femme,
Et le fils pas ne demourra.

39 Je congnois que pauvres et riches,
Sages et fous, prêtres et lais,
Nobles, vilains, larges et chiches,
Petits et grands, et beaux et laids,
Dames a rebrassés collets,
De quelconque condition,
Portant atours et bourrelets,
Mort saisit sans exception.

40 Et meure Paris ou Helene,
Quiconque meurt, meurt a douleur
Telle qu'il perd vent et haleine;
Son fiel se creve sur son cœur,
Puis sue, Dieu sait quel sueur!
Et n'est qui de ses maux l'allege:
Car enfant n'a, frere ne sœur
Qui lors vousît être son pleige.

37 Gewesner Herr? ... Gott sei's geklagt!
Ein Herr, o weh, dahin für immer?
So wie der Psalm des David sagt:
»... und seine Stätte kennt ihn nimmer.«
Das Weitre ich mir schenken kann,
als Sünder hab ich nichts zu sagen,
das geht allein die Pfaffen an,
denn das sind reine Predigtfragen.

38 Ich weiß, daß ich kein Engelskind
mit einer Sternenkrone bin,
und woraus sonst noch Kronen sind.
Der Vater tot, Gott segne ihn!
Sein Leib verwest schon lang im Grab ...
die Mutter auch, sie ahnt es schon,
die arme Frau stirbt bald hinab,
und bald wird folgen auch der Sohn.

39 Das eine weiß ich, Arm und Reich,
ob Priester, Laien, Weise, Toren,
ob groß, ob klein, ob rot, ob bleich,
ob niedrig oder hoch geboren,
die Fraun mit aufgestelltem Kragen,
die man gemessen wandeln sieht,
um ihren Putz zur Schau zu tragen,
der Tod macht keinen Unterschied.

40 Ob Paris stirbt, ob Helena,
wer immer stirbt, der stirbt im Schmerz,
verseufzend liegt er röchelnd da,
die Galle bricht ihm übers Herz,
er schwitzt, bei Gott, viel sauren Schweiß!
Nicht einer lindert seine Pein,
ob Bruder, Schwester, Kind und Greis,
es tritt hier keiner für ihn ein.

41 La mort le fait fremir, palir,
Le nez courber, les veines tendre,
Le col enfler, la chair mollir,
Jointes et nerfs croître et étendre.
Corps femenin, qui tant es tendre,
Poly, souef, si précieux,
Te faudra il ces maux attendre?
Qui, ou tout vif aller es cieux.

41 Der Tod macht, daß er zitternd bleicht,
zerdrückt die Nase, leert die Venen,
der Hals schwillt an, das Fleisch erweicht,
schlaff werden Nerven und die Sehnen.
O Frauenleib, so schön zu schauen,
so prächtig blühend, üppig weich,
mußt du hinab in solches Grauen?
Nicht lebend geht's ins Himmelreich.

Dites moi ou, n'en quel pays
Est Flora la belle Romaine;
Archipiade ne Thaïs
Qui fut sa cousine germaine;
Echo, parlant quand bruit on mene
Dessus riviere ou sus étang,
Qui beauté ot trop plus qu'humaine?
Mais ou sont les neiges d'antan?

Ou est la tres sage Heloïs,
Pour qui fut châtré et puis moine
Pierre Esbaillart a Saint Denis?
Pour son amour ot cette essoine.
Semblablement ou est la roine
Qui commanda que Buridan
Fût jeté en un sac en Seine?
Mais ou sont les neiges d'antan?

La roine Blanche comme un lis
Qui chantoit a voix de seraine,
Berthe au grand pied, Bietris, Alis,
Aremburgis qui tint le Maine,
Et Jeanne, la bonne Lorraine
Qu'Anglois brulerent a Rouen;
Ou sont ils, ou, Vierge souvraine?
Mais ou sont les neiges d'antan?

Prince, n'enquerez de semaine
Ou elles sont, ne de cet an,
Qu'a ce refrain ne vous remaine:
Mais ou sont les neiges d'antan?

Ballade der Frauen von einst

Sagt mir, in welchem Paradies
weilt Flora jetzt, die Römerin,
Archipiada und Thaïs,
mit ihr verwandt, wo sind sie hin,
und Echo auch, die Ruferin
weit über Fluß und See sogar,
die Schönste schon von Anbeginn?
Wo ist der Schnee vom alten Jahr?

Wo ist die kluge Heloïs,
Herrn Abälard nicht zum Gewinn,
der als ein Mönch zu Saint Denis
durch Liebesglut zerrüttet schien?
Desgleichen wo die Königin,
die Buridan, des Mitleids bar,
in einem Sack ertränkt, wohin?
Wo ist der Schnee vom alten Jahr?

Und Blanche, die man die Lilie hieß,
sirenengleiche Sängerin,
Frau Berthe, Bietreis, Alis,
die Harembourg im Hermelin,
Johanna, die als Kämpferin
starb zu Rouen, in Flammen gar:
wo sind sie, Himmelsherrscherin?
Wo ist der Schnee vom alten Jahr?

Mein Fürst, o fragt nicht mehr, wohin
seit Tag und Jahr entschwand die Schar,
der Kehrreim geht nicht aus dem Sinn:
wo ist der Schnee vom alten Jahr?

Oui plus, ou est le tiers Calixte,
Dernier decedé de ce nom,
Qui quatre ans tint le papaliste?
Alphonse le roi d'Aragon,
Le gracieux duc de Bourbon,
Et Artus le duc de Bretagne,
Et Charles septieme le bon?
Mais ou est le preux Charlemagne?

Semblablement, le roi Scotiste
Qui demi face ot, ce dit on,
Vermeille comme une amathiste
Depuis le front jusqu'au menton?
Le roi de Chypre de renom,
Helas! et le bon roi d'Espagne
Duquel je ne sais pas le nom?
Mais ou est le preux Charlemagne?

D'en plus parler je me desiste;
Le monde n'est qu'abusion.
Il n'est qui contre mort resiste
Ne qui treuve provision.
Encor fais une question:
Lancelot le roi de Behagne,
Ou est il, ou est son tayon?
Mais ou est le preux Charlemagne?

Ou est Claquin, le bon Breton?
Ou le comte Dauphin d'Auvergne,
Et le bon feu duc d'Alençon?
Mais ou est le preux Charlemagne?

Ballade der grossen Herren von einst

Sagt mir, wo ist Calixt der Dritte,
vier Jahre auf der Päpste Thron,
des Namens letzter, wo denn bitte?
Kann Alfons, Herrn von Aragon,
kann ich den Herzog von Bourbon
und Artus von Bretagne sehn,
den siebten Karl, genannt Le Bon?
Wo ist Carolus Magnus denn?

Dann auch des Schottenkönigs Schritte,
des Halbgesicht, man hört davon,
zinnoberrot bis in die Mitte,
von Kinn bis Stirn ein Feuerlohn?
Der König auf der Zypern Thron
und ach! der Herr von Spanien,
des Name mir entfallen schon?
Wo ist Carolus Magnus denn?

Doch keine weitren Namen, bitte:
die Welt verharrt in Illusion.
Es herrscht der Tod in ihrer Mitte
und gibt ihr nimmer sein Pardon.
Noch einmal frag ich wie zum Hohn,
da ich das Land der Böhmen kenn,
trägt Ladislaus noch seine Kron?
Wo ist Carolus Magnus denn?

Wo ist Claquin hin, der Breton?
Der Graf d'Auvergne, den ich nenn,
der gute Herzog d'Alençon?
Wo ist Carolus Magnus denn?

Car, ou soit ly sains apostolles
D'aubes vestus, d'amys coeffez,
Qui ne saint fors saintes estolles
Dont par le col prent ly mauffez
De mal talant tout eschauffez,
Aussi bien meurt que cilz servans,
De ceste vie cy bouffez:
Autant en emporte ly vens.

Voire, ou soit de Constantinobles
L'emperieres au poing dorez,
Ou de France ly roy tres nobles
Sur tous autres roys decorez,
Qui pour ly grans Dieux aourez
Bastit eglises et couvens,
S'en son temps il fut honnourez,
Autant en emporte ly vens.

Ou soit de Vienne et de Grenobles
Ly Dauphins, ly preux, ly senez,
Ou de Dijon, Salins er Doles
Ly sires et ly filz ainsnez,
Ou autant de leurs gens privez,
Heraulx, trompettes, poursuivans,
Ont ils bien bouté soubz le nez?
Autant en emporte ly vens.

Princes a mort sont destinez,
Et tous autres qui sont vivans:
S'ils en sont courciez n'atainez,
Autant en emporte ly vens.

Ballade von Papst und Kaiser

Wenn's der Apostelherrscher wär,
mit Albe und Amikt behangen,
die heilige Stola drüberher,
den Geist des Bösen zu belangen,
der rings die ganze Welt umfangen,
er stirbt genau wie sein Gesind,
aus diesem Leben heimgegangen,
dahin verweht wie Spreu im Wind.

Und auch Konstantinopels Herr
mit goldner Hand dahingegangen,
und Frankreichs König, reich an Ehr,
vor allen groß mit Ruhm behangen,
des Kirchen, Klöster herrlich prangen,
dem großen Gotte fromm gesinnt,
zu seiner Zeit von Glanz umfangen,
dahin verweht wie Spreu im Wind.

Käm von Grenoble, Vienne jetzt der
erlauchte Herr Dauphin gegangen,
von Dijon, Salins, Dôle der Herr,
samt Graf und Grafenkind voll Bangen
und allen, die an ihnen hangen,
Trompeter, Herold und Gesind,
die manche Freudenbissen schlangen?
Dahin verweht wie Spreu im Wind.

Kein Fürst ist je dem Tod entgangen,
gleich allen, die lebendig sind,
trotz Jammern, Zorn und Ängstebangen,
dahin verweht wie Spreu im Wind.

42 Puis que papes, rois, fils de rois
Et conçus en ventres de roines,
Sont ensevelis morts et froids,
En autrui mains passent leurs regnes,
Moi, pauvre mercerot de regnes,
Mourrai je pas? Oui, se Dieu plaît;
Mais que j'aie fait mes étrennes,
Honnête mort ne me déplaît.

43 Ce monde n'est perpetuel,
Quoi que pense riche pillard:
Tous sommes sous mortel coutel.
Ce confort prend pauvre vieillard,
Lequel d'être plaisant raillard
Ot le bruit, lorsque jeune étoit,
Qu'on tendroit a fol et paillard,
Se, vieil, a railler se mettoit.

44 Or lui convient il mendier,
Car a ce force le contraint.
Regrettant sa mort hui et hier,
Tristesse son cœur si étreint
Que souvent, n'étoit Dieu, qu'il craint,
Il feroit un horrible fait;
Et advient qu'en ce Dieu enfreint,
Et que lui memes se défait.

45 Car s'en jeunesse il fut plaisant,
Ores plus rien ne dit qui plaise.
Toujours vieil singe est déplaisant,
Moue ne fait qui ne déplaise;
S'il se tait, afin qu'il complaise,
Il est tenu pour fol recru;
S'il parle, on lui dit qu'il se taise,
Et qu'en son prunier n'a pas crû.

42 Wenn Päpste, Könige und Prinzen,
gezeugt im Schoß von Königinnen,
vererben Länder und Provinzen
und sich ein kaltes Grab gewinnen,
entging' Herr Vershausierer dann
dem Tod? Ich bin in Gottes Hut:
wenn ich mein Zeug verkaufen kann,
dann sterbe ich in Ehren, gut.

43 Der Welt ist Dauer nicht beschieden,
wie sich die Habgier auch erbost,
der Tod mäht jeden um hienieden.
Das sei für manchen Greis ein Trost,
der einst ein muntrer Spötter war,
ein kühner Jüngling, brav und gut,
und nun als Narr gilt, Schelm sogar,
wenn er im Alter fröhlich tut.

44 Es bleibt ihm nur der Bettelstab,
zu dem ihn treibt die harte Not.
Er sehnt sich längst ins Grab hinab,
ist doch sein Herz schon lange tot,
und wenn die Furcht vor Gott nicht wär,
beging' er Taten schlimmster Art,
doch manchen hat auch Gott nicht mehr
vorm Frevel an sich selbst bewahrt.

45 Als Jüngling gern gesehner Gast,
will heut er nirgends mehr gefallen.
Ein alter Affe ist verhaßt,
sein Grinsen unbeliebt bei allen.
Er schweigt, bescheiden sich zu zeigen:
ein Narr, der nichts zu sagen weiß –
er spricht, man herrscht ihn an zu schweigen:
aus trocknem Stamme grünt kein Reis.

46 Aussi ces pauvres femmelettes
Qui vieilles sont et n'ont de quoi,
Quand ils voient ces pucelettes
Emprunter d'elles, a recoi
Ils demandent a Dieu pour quoi
Si tôt naquirent, n'a quel droit.
Notre Seigneur se tait tout coi,
Car au tancer il le perdroit.

47 Avis m'est que j'oi regretter
La Belle qui fut hëaumiere,
Soi jeune fille souhaiter
Et parler en telle maniere:
«Ha! vieillesse felonne et fiere,
Pour quoi m'as si tôt abattue?
Qui me tient que je ne me fiere,
Et qu'a ce coup je ne me tue?

48 «Tolu m'as la haute franchise
Que beauté m'avait ordonné
Sur clercs, marchands et gens d'Eglise:
Car lors il n'étoit homme né
Qui tout le sien ne m'eût donné
Quoi qu'il en fût des repentailles,
Mais que lui eusse abandonné
Ce que refusent truandailles.

46 Und so geht's auch den armen Weibern,
die längst nichts mehr zu melden haben,
sehn Dirnen sie mit strammen Leibern
an ihnen dreist vorübertraben,
und die sich nun bei Gott beklagen,
der vor der Zeit sie alt gemacht.
Doch Gott der Herr weiß nichts zu sagen
und er verlör die Redeschlacht.

Die Klage der schönen Helmschmiedin

47 Mir ist, als hörte ich sie klagen,
die »Schöne Helmschmiedin« einst hieß,
voll Sehnsucht nach den Jugendtagen,
und was sie zu mir sprach, ist dies:
»Ha, Greisenalter, grausam, schändlich,
wozu so früh mich zu zerbrechen?
Wer hält mich denn zurück, nicht endlich
mit eigner Hand mich zu erstechen?

48 »Hast mir die Zauberkraft genommen,
die Schönheit nur verleihen kann,
daß Pfaff, Scholar und Kaufmann kommen,
denn was geboren als ein Mann,
hätt Hab und Gut an mich verschwendet,
wie sehr ihn auch die Reu geplagt,
doch dem, was ich dafür gespendet,
ein jeder Strolch heut gern entsagt.

49 «A maint homme l'ai refusé,
Qui n étoit a moi grand sagesse,
Pour l'amour d'un garçon rusé,
Auquel j'en fis grande largesse.
A qui que je fisse finesse,
Par m'ame, je l'amoie bien!
Or ne faisoit que rudesse,
Et ne m'amoit que pour le mien.

50 «Si ne me sût tant detrainer,
Fouler aux pieds que ne l'aimasse;
Et m'eût il fait les reins trainer
S'il m'eût dit que je le baisasse,
Que tous mes maux je n'oubliasse!
Le glouton, de mal enteché
M'embrassoit ... J'en suis bien plus grasse!
Que m'en reste il? Honte et peché.

51 «Or est il mort, passé trente ans,
Et je remains vieille, chenue.
Quand je pense, lasse! au bon temps,
Quelle fus, quelle devenue;
Quand me regarde toute nue,
Et je me vois si tres changee,
Pauvre, seche, megre, menue,
Je suis presque toute enragee.

52 «Qu'est devenu ce front poli,
Ces cheveux blonds, sourcils voutis,
Grand entrœil, le regard joli,
Dont prenoie les plus soutis;
Ce beau nez droit, grand ne petis,
Ces petites jointes oreilles,
Menton fourchu, clair vis traitis,
Et ces belles levres vermeilles?

49 »Ich schickte fort so manchen Mann,
was keine große Weisheit war,
dem Schlingel war ich zugetan,
ihm schenkt ich mich mit Haut und Haar.
Und trieb ich's auch mit aller Welt,
weißgott, ich liebte einzig ihn;
dafür hat er mich nur gequält,
und hatte nur mein Geld im Sinn.

50 »Wie zerrte er mich hin und her
und trat nach mir sogar mit Füßen,
trotz Roheit liebt ich ihn noch mehr,
hätt er gesagt, ich soll ihn küssen,
mein Leid hätt ich vergessen glatt!
Der Lump, ein Wüstling von Natur,
er schlief bei mir ... ha, das macht satt!
Was bleibt mir? Sünde, Schande nur.

51 »Jetzt ist er tot seit dreißig Jahren,
ich bin geblieben, alt und grau,
ach, was das einst für Zeiten waren,
wenn nackt ich in den Spiegel schau,
– was war ich einst, was bin ich jetzt –
verändert bin ich, daß mir graut,
arm, mager, klein und abgewetzt,
ich fahr vor Wut noch aus der Haut.

52 »Was ward aus diesem blonden Haar,
der glatten Stirn, den runden Brauen,
dem großen Aug, dem Blick sogar,
mit dem ich fing manch Überschlauen,
der Nase, grad und nicht zu klein,
den hübschen Ohren, flach und zierlich,
dem Grübchenkinn, Gesicht so fein,
den schönen Lippen, rot, manierlich,

53 «Ces gentes épaules menues,
Ces bras longs et ces mains traitisses,
Petits tetins, hanches charnues,
Élevees, propres, faitisses
A tenir amoureuses lices;
Ces larges reins, ce sadinet
Assis sur grosses fermes cuisses
Dedans son petit jardinet?

54 «Le front ridé, les cheveux gris,
Les sourcils chûs, les yeux éteints,
Qui faisoient regards et ris
Dont maints marchands furent atteints;
Nez courbes, de beauté lointains,
Oreilles pendantes, moussues,
Le vis pali, mort et déteins,
Menton froncé, levres peaussues ...

55 «C'est d'humaine beauté l'issue!
Les bras courts et les mains contraites,
Des épaules toute bossue;
Mamelles, quoi? toutes retraites;
Telles les hanches que les tettes;
Du sadinet, fi! Quant des cuisses,
Cuisses ne sont plus, mais cuissettes
Grivelees comme saucisses.

56 «Ainsi le bon temps regrettons
Entre nous, pauvres vieilles sottes,
Assises bas, a croupetons,
Tout en un tas comme pelotes,
A petit feu de chenevottes
Tôt allumees, tôt éteintes;
Et jadis fûmes si mignottes!
Ainsi en prend a maints et maintes.»

53 »Der zarten Schultern Lieblichkeit,
den schlanken Armen, feinen Händen,
den Brüsten, schmal, den Hüften, breit,
die sich gelenkig drehn und wenden,
zu trotzen wilder Liebesglut,
den Lenden und dem Venuspförtchen
auf starken Schenkeln, fest und gut,
versteckt in seinem hübschen Gärtchen?

54 »Die Stirn zerfurcht, das Haar ergraut,
die Brauen kahl, die Augen tot,
die einst so lachend dreingeschaut,
für manchen Mann ein Angebot,
die Nase krumm, nicht schön, o nein,
die Ohren voller Moos und lappig,
das Antlitz bleich und tot, gemein,
das Kinn ganz schlaff, die Lippen schlappig ...

55 »Das ist der Menschenschönheit Ende!
Der Rücken krümmt zum Buckel sich,
zu kurze Arme, Runzelhände,
die Brüste was? Ach, kümmerlich,
und auch die Hüften eine Schmach,
das Venuspförtchen, pfui! Die Schenkel
kaum Schenkel mehr, ganz krumm und schwach,
wie dünne Würste voller Sprenkel.

56 »Bejammernd die Vergangenheit,
wir armen alten dummen Frauen
verhocken hier nun unser Leid,
ein Haufen Lumpenknäul zu schauen
vorm Feuerchen aus trocknem Stroh,
zu schnell entflammt, zu schnell dann aus,
und waren einst so hübsch und froh!
Bei ihm, bei ihr geht's oft so aus.«

«Or y pensez, belle Gantiere
Qui m'écoliere souliez être,
Et vous, Blanche la Savetiere,
Or est il temps de vous connaître,
Prenez a dêtre ou a senêtre;
N'épargnez homme, je vous prie:
Car vieilles n'ont ne cours ne être,
Ne que monnoie qu'on décrie.

«Et vous, la gente Saucissiere
Qui de danser êtes adêtre,
Guillemette la Tapissiere,
Ne méprenez vers votre maître:
Tôt vous faudra clore fenêtre,
Quand deviendrez vieille, flétrie;
Plus ne servirez qu'un vieil prêtre,
Ne que monnoie qu'on décrie.

Jeanneton la Chaperonniere,
Gardez qu'ami ne vous empêtre;
Et Catherine la Boursiere,
N'envoyez plus les hommes paître;
Car qui belle n'est ne perpetre
Leur male grace, mais leur rie:
Laide vieillesse amour n'empetre
Ne que monnoie qu'on décrie.

Filles, veuillez vous entremettre
D'écouter pour quoi pleure et crie:
Pour ce que je ne me puis mettre
Ne que monnoie qu'on décrie.

Ballade der schönen Helmschmiedin

Hör, schöne Handschuhmacherin,
die meine Schülerin gewesen,
und du auch, Blanche, du Schusterin,
Zeit ist's, den eignen Wert zu messen,
nach rechts und links schaut wie besessen,
kein Mannsbild schont, habt ihr gehört,
denn alte Weiber sind vergessen:
ein alter Taler, nichts mehr wert.

Du hübsche Wurstverkäuferin,
die du beim Tanz geschickt gewesen,
Guillemette, du Teppichknüpferin,
wollt euren Freund nur tüchtig pressen,
man macht mit euch kein Federlesen,
seid ihr erst alt, nicht mehr begehrt,
ein Pfaff hätt höchstens noch Intressen:
ein alter Taler, nichts mehr wert.

Jeanneton, du Haubenmacherin,
laß dich von keinem Kerl erpressen,
Catherine, du Beutelnäherin,
paß auf den Freund gut auf, den kessen;
denn wer nicht hübsch, mach nur kein Wesen,
mit Lachen man am besten fährt,
die Liebe weckt kein Kratzebesen:
ein alter Taler, nichts mehr wert.

Ihr Mädchen solltet nicht vergessen,
warum ihr mich so jammern hört:
es wird nicht mehr nach mir gemessen,
ein alter Taler, nichts mehr wert.

57 Cette leçon ici leur baille
La belle et bonne de jadis,
Bien dit ou mal, vaille que vaille
Enregistrer j'ai fait ces dits
Par mon clerc Fremin l'étourdis,
Aussi rassis que je puis être.
S'il me dément, je le maudis:
Selon le clerc est duit le maître.

58 Si aperçois le grand danger
Ouquel homme amoureux se boute;
Et qui me voudroit laidanger
De ce mot, en disant: «Écoute!
Se d'amer t'étrange et reboute
Le barat de celles nommees,
Tu fais une bien folle doute,
Car ce sont femmes diffamees.

59 «S'ils n'aiment fors que pour l'argent,
On ne les aime que pour l'heure;
Rondement aiment toute gent,
Et rient lors que bourse pleure.
De celles ci n'est qui ne queure;
Mais en femmes d'honneur et nom
Franc homme, si Dieu me sequeure,
Se doit employer; ailleurs, non.»

60 Je prends qu'aucun die ceci,
Si ne me contente il en rien.
En effet, il conclut ainsi,
Et je le cuide entendre bien,
Qu'on doit amer en lieu de bien:
Assavoir mon se ces fillettes
Qu'en paroles toute jour tien,
Ne furent ils femmes honnêtes?

57 Und damit ist die Weisheit gar,
ob gut, ob schlecht, wie's immer sei,
der Schönen, die so wacker war.
Es hat die ganze Litanei
mein Schreiber Fremin aufnotiert –
der Kerl paßt zu mir gar nicht schlecht,
zum Teufel, wenn er sich geniert!
Den Herrn erkennt man schon am Knecht.

58 Ich rede in Gefahren oft
verliebten jungen Stutzern zu,
und mancher Besserwisser hofft
mit mir zu streiten: »Höre du!
Denn wahrlich brauchtest du mitnichten
trotz böser Weiber Ränkespiel
auf Liebesfreuden zu verzichten,
nur deine Sorte taugt nicht viel.

59 »Denn diese lieben nur für Geld,
und du liebst sie nur stundenweise,
sie sind auf Liebe eingestellt
und lachen, zahlst du hohe Preise.
Ja, Geld will jede dieser Damen,
such dir, bei Gott, als freier Mann
ein Weib mit einem guten Namen,
die andern laß, gehn dich nichts an.«

60 Der Tonfall dieser Kavaliere
ist mir von vornherein verdächtig,
denn wenn ich irgend recht kapiere,
so pochen sie mir gar zu mächtig
auf diesen einen Unterschied:
von meinen Mädchen, ist's nicht klar,
wenn man die Sache anders sieht,
daß jede einmal besser war?

61 Honnêtes si furent vraiment,
Sans avoir reproches ni blâmes.
Si est vrai qu'au commencement
Une chacune de ces femmes
Lors prinrent, ains qu'eussent diffames,
L'une un clerc, un lai, l'autre un moine,
Pour éteindre d'amours les flammes
Plus chaudes que feu Saint Antoine.

62 Or firent selon ce decret
Leurs amis, et bien y apert;
Ils amoient en lieu secret,
Car autre qu'eux n'y avoit part.
Toutefois, cette amour se part:
Car celle qui n'en avoit qu'un
D'icelui s'élongne et depart,
Et aime mieux amer chacun.

63 Qui les meut a ce? J'imagine,
Sans l'honneur des dames blâmer,
Que c'est nature femenine
Qui tout vivement veut amer.
Autre chose n'y sais rimer
Fors qu'on dit à Reims et a Trois
Voire a Lille ou a Saint Omer
Que six ouvriers font plus que trois.

64 Or ont ces fous amants le bond
Et les dames prins la volee;
C'est le droit loyer qu'amours ont:
Toute foi y est violee,
Quelque doux baiser n'acolee.
«De chiens, d'oiseaux, d'armes, d'amours,»
Chacun le dit a la volee,
«Pour un plaisir mille doulours.»

61 Sie alle waren tugendsam,
sie waren brav und taten groß.
Mit Recht auch, denn zu Anfang kam
nur einer, der die Gunst genoß,
ein Mönch hier, wer will sie verdammen,
ein Weltmann dort, der ihr so teuer,
zu löschen ihre Liebesflammen,
noch heißer als Sankt Antonsfeuer.

62 Erst suchen, ganz nach solch Dekret,
sie einen Freund mit Lockenhaar
und ziehen heimlich ihn ins Bett,
kein Dritter noch im Spiele war.
Doch solche Liebe geht vorbei,
die erst nur bei dem einen blieb,
läßt ihn jetzt stehn und fühlt sich frei
und hätt am liebsten alle lieb.

63 Und woher kommt's? Es ist wohl nur,
ich möchte keiner Unrecht tun,
der Trieb der weiblichen Natur,
die Liebe läßt sie niemals ruhn.
Da paßt kein andrer Spruch hierher,
zu Reims und Trois heißt's, einerlei,
in Lille und auch in Saint Omer:
»Sechs Knechte schaffen mehr als drei.«

64 Die armen Narren ziehen weiter,
die Damen flattern fort geschwind,
das ist der Brauch der Buhlschaft leider,
wo Treu und Glauben eitel sind,
trotz aller süßen Schnäbelei.
»Bei Waffen, Falken, Frauen, Hunden«,
so heißt's im Sprichwort etwas frei,
»zahlt man den Spaß mit tausend Wunden.«

Pour ce, amez tant que voudrez,
Suivez assemblees et fêtes,
En la fin ja mieux n'en vaudrez
Et si n'y romprez que vos têtes;
Folles amours font les gens bêtes:
Salmon en idolatria,
Samson en perdit ses lunettes.
Bien heureux est qui rien n'y a!

Orpheüs le doux menetrier,
Jouant de flûtes et musettes,
En fut en danger du meurtrier
Chien Cerberus a quatre têtes;
Et Narcissus, le bel honnêtes,
En un parfond puis se noya
Pour l'amour de ses amourettes.
Bien heureux est qui rien n'y a!

Sardana, le preux chevalier
Qui conquit le regne de Cretes,
En voulut devenir moulier
Et filer entre pucelettes;
David le roi, sage prophetes,
Crainte de Dieu en oublia,
Voyant laver cuisses bien faites.
Bien heureux est qui rien n'y a!

Amon en vout deshonourer,
Feignant de manger tartelettes,
Sa sœur Thamar et déflourer,
Qui fut inceste deshonnêtes;
Herode, pas ne sont sornettes,
Saint Jean Baptiste en decola
Pour danses, sauts et chansonnettes.
Bien heureux est qui rien n'y a!

Doppelballade über die Liebestorheit

So liebt drauflos und all zugleich
auf Festen und beim Stelldichein,
nicht klüger macht euch euer Streich,
ihr schlagt euch nur die Schädel ein,
die Liebe läßt viel Narren sein:
vergötzen tat sie Salomon,
die Augen gab ihr Samson drein.
Am besten fährt, wer frei davon!

Den Spielmann Orpheus, liederreich
mit seiner Leier und Schalmein,
fraß fast der Höllenhund, der gleich
vierhäuptig bellte auf ihn ein,
Narziß, das schöne Knäbelein,
ertrank in einem Brunnen schon
aus Liebe zu dem Liebchen sein.
Am besten fährt, wer frei davon!

Sardanapal, der große Scheich,
wollt unter lauter Weibern sein,
der Herrscher übers Kreterreich
wollt spinnen mit den Mägdelein,
und David, statt sich Gott zu weihn
und dem Prophetenamt zum Hohn,
sah nur das schöne Mädchenbein.
Am besten fährt, wer frei davon!

Auch Amon wollt, an Lustgier reich,
nach Kuchen lüstern nur zum Schein,
mit Thamar, seiner Schwester, gleich
in einem Bett beisammen sein,
Herodes ferner – wahr soll's sein –
versprach des Täufers Haupt zum Lohn
für Lieder, Tänze, Spielerein.
Am besten fährt, wer frei davon!

De moi, pauvre, je veuil parler:
J'en fus battu comme a ru teles,
Tout nu, ja ne le quiers celer.
Qui me fit mâcher ces groselles,
Fors Catherine de Vaucelles?
Noël le tiers est qui fut la.
Mitaines a ces noces telles!
Bien heureux est qui rien n'y a!

Mais que ce jeune bacheler
Laissât ces jeunes bachelettes?
Non! et le dût on brûler
Comme un chevaucheur d'écouvettes.
Plus douces lui sont que civettes;
Mais toutefois fol s'y fia:
Soient blanches, soient brunettes,
Bien heureux est qui rien n'y a!

Da fällt mir ein der eigne Streich:
wie Wäsche näßte man mich ein
und schlug mich Nackten windelweich.
So schändlich konnte ganz allein
Catherine de Vaucelles nur sein,
und Freund Noël, als Zeugenlohn,
steckt' gleiche Hochzeitsprügel ein.
Am besten fährt, wer frei davon!

Meint ihr, ein Kerl wird deshalb weich
und läßt die kleinen Mädchen sein?
Mitnichten! Briete man ihn gleich
wie Hexer in der Feuerpein.
Die Kätzchen schnurren viel zu fein,
doch nur ein Narr traut ihrem Ton:
ob braun das Haar, ob blond – o nein,
am besten fährt, wer frei davon!

65 Se celle que jadis servoie
De si bon cœur et loyaument
Dont tant de maux et griefs j'avoie,
Et souffroie tant de torment,
Se dit m'eût, au commencement,
Sa voulenté (mais nenni, las!),
J'eusse mis peine aucunement
De moi retraire de ses lacs.

66 Quoi que je lui vousisse dire,
Elle étoit prête d'écouter
Sans m'accorder ni contredire;
Qui plus, me souffroit acouter
Joignant d'elle, pres m'accouter,
Et ainsi m'alloit amusant,
Et me souffroit tout raconter;
Mais ce n'étoit qu'en m'abusant.

67 Abusé m'a et fait entendre
Toujours d'un que ce fût un autre;
De farine, que ce fût cendre;
D'un mortier, un chapeau de fautre;
De vieil machefer que fût peautre;
D'ambesas que ce fussent ternes;
(Toujours trompeur autrui enjautre
Et rend vessies pour lanternes.);

68 Du ciel, une poele d'arain;
Des nues, une peau de veau;
Du matin, qu'étoit le serein;
D'un trognon de chou, un naveau;
D'orde cervoise, vin nouveau;
D'une truie, un molin a vent;
Et d'une hart, un écheveau;
D'un gras abbé, un poursuivant.

65 Und sie, der einst ich treu ergeben
mit Herz und Sinn in Einfalt war,
bis dann hinfort mein ganzes Leben
zu Kummer ward und Schmerz sogar,
hätt sie zu Anfang gleich gesagt,
wie sie gesonnen, leider nein!
so hätte ich nicht lang gefragt,
aus ihrem Netz mich zu befrein.

66 Wovon auch mocht die Rede sein,
sie war zu lauschen stets bereit
und sagte weder Ja noch Nein,
sie litt es auch von Zeit zu Zeit,
daß ich ein wenig näher rückte,
und trieb so ihren Scherz mit mir,
und was ich sagte, sie entzückte,
sie machte mich zum Narren schier.

67 Den Narren hat sie ausgelacht,
mir ward ganz kunterbunt zumut,
aus Asche hat sie Mehl gemacht,
zur Mütze einen Amtsratshut,
hat Schlacke mir in Zinn verwandelt
und machte Luschen mir aus Assen:
ein Gauner, der mit Gaunern handelt,
verkauft als Lampen Schweineblasen!

68 Der Himmel ward zum Topf aus Eisen,
die Wolke ward zur Kälberhaut,
der Kohl sollt plötzlich Rübe heißen,
und Abend war, wo Morgen graut,
das schale Bier ward junger Wein,
die »Schleudersau« Windmühle dann,
ein Fädchen sollt ein Hanfstrick sein,
ein fetter Abt gar ein Galan.

69 Ainsi m'ont amours abusé
Et pourmené de l'huis au pêle.
Je crois qu'homme n'est si rusé,
Fût fin comme argent en coupelle,
Qui n'y laissât linge, drapelle,
Mais qu'il fût ainsi manié
Comme moi, qui partout m'appelle
L'amant remis et renié.

70 Je renie Amours et dépite
Et défie a feu et a sang.
Mort par elles me precipite,
Et ne leur en chaut pas d'un blanc.
Ma vielle ai mis sous le banc;
Amants je ne suivrai jamais:
Se jadis je fus de leur rang,
Je déclare que n'en suis mais.

69 Die Liebe hat mich lang genarrt,
ich hab vor ihrer Tür getanzt.
Kein Mann ist je so schlau und hart,
wär er wie Silber fein gestanzt,
selbst Hemd und Wams gäb er noch her.
Doch keiner ward wie ich geprellt,
verspottet bin ich um so mehr:
Ein abgeblitzter Liebesheld!

70 Drum schwör ich ab und fluch der Liebe,
in Glut und Blut verzehr sie sich.
Wenn sie auch in den Tod mich triebe,
sie schert sich keinen Deut um mich.
Die Fiedel leg ich auf die Bank,
ihr Buhlen, ich tanz aus der Reih,
wenn ich auch ehdem mit euch sang,
erklär ich jetzt: das ist vorbei.

71 Car j'ai mis le plumail au vent,
Or le suive qui a attente.
De ce me tais dorenavant,
Car poursuivre veuil mon entente.
Et s'aucun m'interroge ou tente
Comment d'Amour j'ose médire,
Cette parole le contente:
Qui meurt, a ses lois de tout dire.

72 Je connois approcher ma seuf;
Je crache, blanc comme coton,
Jacopins gros comme un éteuf.
Qu'est ce a dire? Que Jeanneton
Plus ne me tient pour valeton,
Mais pour un vieil usé roquard:
De vieil porte voix et le ton,
Et ne suis qu'un jeune coquard.

73 Dieu merci et Tacque Thibaut
Qui tant d'eau froide m'a fait boire,
Mis en bas lieu, non pas en haut,
Manger d'angoisse mainte poire,
Enferré ... Quand j'en ai memoire,
Je pri pour lui *et reliqua*
Que Dieu lui doint, et voire, voire!
Ce que je pense ... *et cetera.*

74 Toutefois, je n'y pense mal
Pour lui, ne pour son lieutenant,
Aussi pour son official
Qui est plaisant et avenant;
Que faire n'ai du remenant,
Mais du petit maître Robert:
Je les aime tout d'un tenant
Ainsi que Dieu fait le Lombard.

71 Die Feder warf ich in den Wind,
wer hofft, jag nach ihr unbesonnen,
vorbei, bin anders nun gesinnt,
ich will vollenden, was begonnen.
Und sollte einer lästig fragen,
warum der Liebe ich so gram,
so will ich ihm als Antwort sagen:
»Wer stirbt, spricht frei und ohne Scham.«

72 Es brennt der Durst, es naht die Stunde,
Schleimklumpen hust ich immerfort
ganz watteweiß aus meinem Munde.
Und was das heißt? Den Mädchen dort
erschein ich nicht mehr jugendheiß
und bin kein alter Klepper doch,
zwar red und krächz ich wie ein Greis,
doch als ein junger Gockel noch.

73 Ich dank es Gott und Tacque Thibaut,
der mich viel Wasser schlucken hieß,
nicht oben hier, nein drunten, wo
man Folterbirnen beißen ließ,
in Ketten ... denk ich dran, sogar
ich für ihn bet *et reliqua*,
Gott schenke ihm fürwahr ... fürwahr,
was ich mir wünsch ... *etcetera*.

74 Nichts Böses, nein auf keinen Fall,
auch seinem Prokurator nicht,
erst recht nicht seinem Offizial,
stets lieb und freundlich ins Gesicht,
doch mit dem Rest bin ich entzweit,
sah nur Robert, ihr Knechtlein, gern:
ich lieb den Haufen Herrlichkeit,
wie der Lombarde Gott den Herrn.

75 Si me souvient bien, Dieu mercis,
Que je fis a mon partement
Certains lais, l'an cinquante six,
Qu'aucuns, sans mon consentement,
Voulurent nommer Testament;
Leur plaisir fut et non le mien.
Mais quoi? on dit communement
Qu'un chacun n'est maître du sien.

76 Pour les revoquer ne le dis,
Et y courût toute ma terre;
De pitié ne suis refroidis
Envers le Bâtard de la Barre:
Parmi ses trois gluyons de foerre,
Je lui donne mes vieilles nattes;
Bonnes seront pour tenir serre,
Et soi soutenir sur ses pattes.

77 S'ainsi étoit qu'aucun n'eût pas
Reçu les lais que je lui mande,
J'ordonne qu'après mon trépas
A mes hoirs en face demande.
Mais qui sont-ils? S'on le demande:
Moreau, Provins, Robin Turgis.
De moi, dites que je leur mande,
Ont eu jusqu'au lit ou je gis.

78 Somme, plus ne dirai qu'un mot,
Car commencer veuil a tester:
Devant mon clerc Fremin qui m'ot,
S'il ne dort, je veuil protester
Que n'entends homme detester
En cette presente ordonnance,
Et ne la veuil magnifester
Si non ou royaume de France.

75 Als ich nicht in Paris mehr blieb,
und gottseidank, ich weiß es doch:
im Jahre sechsundfünfzig schrieb
ich einige Legate noch,
von andern »Testament« genannt,
als ob es ihr Werk, meins nicht wär.
Was nützt's? Man weiß im ganzen Land,
kein Mensch ist mehr des Seinen Herr.

76 Und kostet's mich auch Hab und Gut,
was ich versprach, das gilt wie eh,
die Liebe sitzt zu tief im Blut
für Kerls wie Bastard Perrenet:
nebst den vermachten drei Bund Stroh
soll meine Matten er besitzen,
er kann beim Liebesakt sich so
bequem auf die vier Pfoten stützen.

77 Und sollte einer nicht bekommen,
was als Legat ihm zugesprochen,
wird es nach meinem Tode frommen,
bei meinen Erben drauf zu pochen.
»Wer sind die?« wird mit Recht man fragen:
Moreau, Provins, Robin Turgis.
Sogar mein Bett, so ließ ich sagen,
in dem ich lieg, bekommen sie.

78 Doch Schluß nun, keine Worte mehr,
ich fange an jetzt und testiere,
Fremin schreibt's auf, mein Sekretär:
Ich schwöre – schlaf nicht, ich diktiere! –,
nicht einen werd ich übergehen
in diesem meinem Testament,
ich will, es kriegt kein Mensch zu sehen,
und daß es nur ganz Frankreich kennt.

79 Je sens mon cœur qui s'affoiblit
Et plus je ne puis papier.
Fremin, sieds toi pres de mon lit,
Que l'on ne me vienne épier;
Prends encre tôt, plume et papier;
Ce que nomme écris vitement,
Puis fais le partout copier;
Et veci le commencement.

80 Ou nom de Dieu, Pere eternel
Et du Fils que Vierge parit,
Dieu au Pere coeternel,
Ensemble et le Saint Esperit
Qui sauva ce qu'Adam perit,
Et du peri pare les cieux.
(Qui bien ce croit, peu ne merit,
Gens morts être faits petits dieux.

81 Morts étoient, et corps et ames,
En damnee perdition,
Corps pourris et ames en flammes,
De quelconque condition.
Toutefois, fais exception
Des patriarches et prophetes;
Car, selon ma conception,
Onques grand chaud n'eurent aux fesses.

79 Ich fühl's, mein Herz wird schwach und matt
und auch das Sprechen fällt mir schwer.
Setz dich an meine Lagerstatt,
Fremin, laß keine Lauscher her,
nimm Tinte, Feder und Papier,
hör zu und schreib es auf sodann
und sorg auch für Kopien mir:
paß auf, ich fange nunmehr an.

Religiöse Präambel

80 Bei Gott dem Vater, ewig kund,
beim Sohn der Magd, gebenedeit,
gleich Gott dem Vater ewig, und
beim Heiligen Geist – Dreifaltigkeit,
die uns erlöst von Adams Schuld,
mit Sündern schmückt den Himmelshain ...
Wer daran glaubt, erwirbt viel Huld,
die Toten werden Herrgöttlein.

81 Tot waren Leiber und die Seelen,
verdammt zu ewiger Feuerpein,
verfaulten Leibs die Seelen schwelen,
wes Standes sie auch mochten sein.
Natürlich bleiben ausgenommen
die Patriarchen und Propheten,
die Feuer, wie mir zugekommen,
um ihre Steiße linder wehten.

82 Qui me diroit: «Qui te fait mettre
Si tres avant cette parole,
Qui n'es en theologie maître?
A toi est presomption folle!»
C'est de Jesus la parabole
Touchant le Riche enseveli
En feu, non pas en couche molle,
Et du Ladre de dessus li.

83 Se du Ladre eût vu le doigt ardre,
Ja n'en eût requis refrigere,
N'au bout d'icelui doigt aherdre,
Pour refraichir sa mâchouere.
Pions y feront mate chere,
Qui boivent pourpoint et chemise.
Puis que boiture y est si chere,
Dieu nous en gard, bourde jus mise!)

84 Ou nom de Dieu, comme j'ai dit,
Et de sa glorieuse Mere
Sans peché, soit parfait ce dit
Par moi, plus maigre que chimere;
Se je n'ai eu fievre ephemere,
Ce m'a fait divine clemence,
Mais d'autre deuil et peine amere
Je me tais, et ainsi commence.

82 Spräch einer da: »Was fällt dir ein,
dich solcher Reden zu erdreisten,
du willst ein Theologe sein?
Scheinst dir ein Narrenstück zu leisten!«
Dann paßt hier Christi Gleichnis gut
vom Reichen, der im Feuer schwitzt
und nicht auf weichem Pfühle ruht,
vom Lazarus, der oben sitzt.

83 Würd nur des Armen Finger rösten,
der Reiche bäte ihn dann nicht,
mit ein paar Tropfen ihn zu trösten,
ihm zu erfrischen das Gesicht.
Für Trinker gibt's dort nichts zu lachen,
die hier ihr Wams und Hemd versaufen.
Hilfgott, wenn sie solch Preise machen,
kann dort man – Scherz beiseit – nichts kaufen.

84 Bei Gott denn, des ich schon gedacht,
und bei der Mutter, hoch verehrt,
nicht sündhaft sei dies Werk vollbracht
von mir, chimärisch ausgezehrt.
Kocht mir der Zorn nicht in der Brust,
werd ich der Gnade Gottes inne,
von weitrem Kummer und Verlust
will ich dann schweigen. Ich beginne:

85 Premier, je donne ma pauvre ame
A la benoite Trinité,
Et la commande a Notre Dame,
Chambre de la divinité,
Priant toute la charité
Des dignes neuf Ordres des Cieux
Que par eux soit ce don porté
Devant le trône précieux.

86 Item, mon corps j'ordonne et laisse
A notre grand mere la terre;
Les vers n'y trouveront grand graisse,
Trop lui a fait faim dure guerre.
Or lui soit delivré grand erre:
De terre vint, en terre tourne;
Toute chose, se par trop n'erre,
Voulentiers en son lieu retourne.

87 Item, et a mon plus que pere,
Maître Guillaume de Villon,
Qui m'a été plus doux que mere
A enfant levé de maillon:
Dejeté m'a de maint bouillon
Et de cetui pas ne s'éjoie,
Si lui requiers a genouillon
Qu'il m'en laisse toute la joie;

88 Je lui donne ma librairie
Et le Roman du Pet au Diable
Lequel maître Guy Tabarie
Grossa, qui est hom veritable.
Par cayeulx est sous une table;
Combien qu'il soit rudement fait,
La matiere est si tres notable
Qu'elle amende tout le méfait.

85 Zum ersten schenk ich meine Seele
der Heiligen Dreifaltigkeit,
der Lieben Frau ich sie befehle
als Hochgemach der Göttlichkeit,
bitt um Erbarmen tief bewegt
den neungestuften Himmelschor,
daß mein Geschenk hinauf er trägt
zu Gottes höchstem Thron empor.

86 Item, den Körper überlaß
ich gern der großen Mutter Erde,
er ist kein fetter Würmerfraß,
weil ihn zu oft der Hunger nährte.
Er sei ihr denn zurückgegeben,
zu Erde wird, was Erde war:
wenn ich nicht irre, jedes Leben
kehrt gerne heim für immerdar.

87 Item, der mehr mir war als Vater,
Magister Guillaume de Villon,
mein stets treu sorgender Berater,
wie eine Mutter ihrem Sohn,
aus manchem Wirbel zog er mich,
nicht freut ihn wohl auch dieser hier,
doch auf den Knien bitte ich,
die Freude dran, die laß er mir.

88 Ich will ihm meine Bücher schenken
mitsamt dem »Teufelsfurz-Roman«,
den Tabarie voll Wahrheitsdenken
schön abschrieb, dieser Ehrenmann;
Cayeux verwahrt ihn unterm Tische.
Wenn auch manch Wort daneben kracht,
ist doch der Inhalt voller Frische,
was seinen Stil entschuldbar macht.

89 Item, donne a ma pauvre mere
Pour saluer notre Maîtresse,
Qui pour moi ot douleur amere,
Dieu le sait, et mainte tristesse:
Autre chatel n'ai ne fortresse
Ou me retraye corps et ame,
Quand sur moi court male détresse,
Ne ma mere, la pauvre femme!

Dame du ciel, regente terrienne,
Emperiere des infernaux palus,
Recevez moi, votre humble chretienne,
Que comprinse soie entre vos élus,
Ce non obstant qu'onques rien ne valus.
Les biens de vous, ma Dame et ma Maîtresse,
Sont trop plus grands que ne suis pecheresse,
Sans lesquels biens ame ne peut merir
N'avoir les cieux. Je n'en suis jangleresse:
En cette foi je veuil vivre et mourir.

89 Item schenk ich dem Mütterlein
dies Grußlied an die Hohe Frau,
sie litt um mich viel Herzenspein,
weißgott, und Not und Kummer grau:
denn beßre Festung gibt es keine,
für Leib und Seele Zuversicht,
wenn ich schon zu verzweifeln meine,
auch für die arme Mutter nicht.

Ballade als Gebet an die Himmlische Jungfrau

O Himmelsherrin, Königin auf Erden,
des Höllenpfuhles hohe Herrscherin,
ich armes Christenweib will deine werden,
nimm mich zu den von dir Erwählten hin,
auch wenn ich dessen niemals würdig bin.
Doch dein Verdienste, Herrin überall,
sind größer noch als meiner Sünden Zahl,
die Seele kann den Himmel nur erwerben,
wenn du auch einstehst. Da bleibt keine Wahl:
dran glaube ich im Leben und im Sterben.

A votre Fils dites que je suis sienne;
De lui soient mes pechés abolus;
Pardonne moi a comme a l'Egyptienne,
Ou comme il fit au clerc Theophilus,
Lequel par vous fut quitte et absolus
Combien qu'il eût au diable fait promesse.
Preservez moi que ne fasse jamais ce,
Vierge portant, sans rompure encourir,
Le sacrement qu'on celebre a la messe:
En cette foi je veuil vivre et mourir.

Femme je suis pauvrette et ancienne,
Qui rien ne sais; oncques lettre ne lus.
Au moutier vois, dont suis paroissienne,
Paradis peint ou sont harpes et luths,
Et un enfer ou damnés sont boullus:
L'un me fait pour, l'autre joie et liesse.
La joie avoir me fais, haute deesse,
A qui pecheurs doivent tous recourir,
Comblés de foi, sans feinte ne paresse:
En cette foi je veuil vivre et mourir.

Vous portâtes, digne Vierge, princesse,
Iesus regnant qui n'a nė fin ne cesse.
Le Tout Puissant, prenant notre foiblesse,
Laissa les cieux et nous vint secourir,
Offrit a mort sa tres chere jeunesse;
Notre Seigneur tel est, tel le confesse:
En cette foi je veuil vivre et mourir.

Sag deinem Sohn, ich will die Seine werden,
verzeih er mir, wie der Ägypterin
und so wie dem Theophilus auf Erden,
dem er bezeigt hat seinen milden Sinn,
gab er sich zehnmal auch dem Satan hin,
dank dir verzieh er ihm die Sünden all.
Bewahr mich du vor jedem bösen Fall,
o Jungfrau, die ohn Makel und Verderben
das Sakrament getragen allzumal:
dran glaube ich im Leben und im Sterben.

Ich dummes armes altes Weib auf Erden,
ich laß die ganze Lesekunst dahin.
In meiner Kirche will zum Trost mir werden
das Bild vom Paradies mit Harfen drin
und das der Hölle für den Sündensinn:
hier wär mir Heil beschieden, dort die Qual.
Gib, hohe Göttin, Freuden allzumal,
der Sünder muß um deine Gnade werben
in Zuversicht ohn Falsch und Fehl und Fall:
dran glaube ich im Leben und im Sterben.

Erlauchte Jungfrau, Fürstin meiner Wahl,
die Jesum trug, den Herrscher allzumal,
des Allmacht für uns trotzt dem Sündenfall,
der, um uns seinen Himmel zu vererben,
die Jugend dargebracht der Todesqual,
Er, unser Herr, ihm folg ich überall:
dran glaube ich im Leben und im Sterben.

90 Item, m'amour, ma chere Rose,
Ne lui laisse ne cœur ne foie:
Elle ameroit mieux autre chose,
Combien qu'elle ait assez monnoie.
Quoi? une grand bourse de soie,
Pleine d'écus, parfonde et large:
Mais pendu soit il, et le soie,
Qui lui laira écu ne targe.

91 Car elle en a, sans moi, assez.
Mais de cela il ne m'en chaut;
Mes plus grands deuils en sont passés,
Plus n'en ai le cropion chaud.
Si m'en remets aux hoirs Michaut
Qui fut nommé le bon Fouterre;
Priez pour lui, faites un saut:
A Saint Satur gît, sous Sancerre.

92 Ce non obstant, pour m'acquitter
Envers Amour, plus qu'envers elle,
Car oncques n'y pus aquêter
D'espoir une seule étincelle;
(Je ne sais s'a tous si rebelle
A été, ce m'est grand émoi:
Mais, par sainte Marie la belle!
Je n'y vois que rire pour moi),

93 Cette ballade lui envoie
Qui se termine tout par R.
Qui la portera, que je voie?
Ce sera Pernet de la Barre,
Pourvu, s'il rencontre en son erre
Ma damoiselle au nez tortu,
Il lui dira, sans plus enquerre:
«Orde paillarde, dont viens tu?»

90 Item, der teuren Rose will
ich weder Herz noch Leber schenken,
sie hat ein reicheres Gefühl,
mag nur an ihre Schätze denken.
Wieso? Ihr seidnes Säckchen hier
ist voller Taler, dicht gedrängt,
und hängen soll, einschließlich mir,
wer ihr sein Geld und Sonstwas schenkt.

91 Auch ohne mich hat sie genug,
doch kümmert's mich nicht mehr, mag sein,
bei mir ist's aus, vorbei der Spuk,
mein Steiß ist nicht mehr heiß, o nein!
Sie geh zu Jüngern von Michaut,
genannt Fouterre der Fickegut:
ein Stoßgebet und hin! Doch wo?
In Saint Satur, Sancerre, er ruht.

92 Mit Amor hier mich auszusöhnen
und um auch quitt zu sein mit ihr,
denn nie erglomm ja bei der Schönen
das kleinste Fünklein Hoffnung mir ...
– ob sie so spröd zu allen war,
die Frage muß mir Sorge machen,
doch bei Marie, der Schönen, klar,
ich seh da keinen Grund zum Lachen! –

93 ... schick ich ihr folgende Ballade,
am Zeilenschluß mit lauter »rrr«:
Wer bringt sie ihr? Wer kommt da grade?
Pernet, Bastard von Balken ... brr ...
Erwischte er sie auf der Straße,
dann frag er ohne Hinundher
die Dame mit der Hakennase:
»Wo kommst du Mieze plötzlich her?«

Fausse beauté qui tant me coûte cher,
Rude en effet, hypocrite douceur,
Amour dure plus que fer a mâcher,
Nommer que puis, de ma défaçon seur,
Cherme felon, la mort d'un pauvre cœur,
Orgueil mussé qui gens met au mourir,
Yeux sans pitié, ne veut Droit de Rigueur,
Sans empirer, un pauvre secourir?

Mieux m'eût valu avoir été sercher
Ailleurs secours, c'eût été mon honneur;
Rien ne m'eût su lors de ce fait hâcher
Trotter m'en faut en fuite et deshonneur.
Haro, haro, le grand et le mineur!
Et qu'est ce ci? Mourrai sans coup ferir?
Ou Pitié veut, selon cette teneur,
Sans empirer, un pauvre secourir?

Un temps viendra qui fera dessecher
Jaunir, flétrir votre épanie fleur;
Je m'en risse, s'atant pusse mâcher,
Las! mais nenni, ce seroit donc foleur:
Vieil je serai, vous laide, sans couleur;
Or buvez fort, tant que ru peut courir;
Ne donnez pas a tous cette douleur,
Sans empirer, un pauvre secourir.

Prince amoureux, des amants le graigneur,
Votre mal gré ne voudroie encourir,
Mais tout franc cœur doit, par Notre Seigneur,
Sans empirer, un pauvre secourir.

Ballade an die treulose Geliebte

O Trug der Schönheit, viel zu teuer mir,
mit kaltem Herzen, Süße voll Gefahr,
mit Liebe hart und starr wie Eisen schier,
nur Unglücksschwester mir seit Tag und Jahr,
verlogner Reiz, der mein Verderben war,
versteckter Hochmut, der den Tod mir schwor,
grausame Augen, allen Mitleids bar,
verlacht nicht, helft ihm, der sein Glück verlor!

Hätt ich geklopft an eine andre Tür,
in Ehr und Ansehn stünde ich sogar,
nun tauscht ich Schmerz und Elend ein dafür,
der Schande preisgegeben immerdar.
Herbei, herbei und helft in der Gefahr!
Was ist? Steht mir der Martertod bevor?
Errettet mich noch Mitleid wunderbar?
Verlacht nicht, helft ihm, der sein Glück verlor!

Es kommt der Tag, da welkt der Blume Zier,
auch du wirst bald verblühn mit grauem Haar.
Dann lach ich! Nein, das gleiche droht auch mir,
ich wäre nur ein Tor, ein alter Narr,
denn altern werd auch ich mit jedem Jahr,
trink du, solang die Quelle strömt empor,
doch hüte dich, spott nicht der andern gar!
Verlacht nicht, helft ihm, der sein Glück verlor!

O Liebesfürst, helft der Verliebten Schar,
nicht wollt mir zürnen, da sei Gott davor!
Erbarmt euch dieses Herzens, klar und wahr,
verlacht nicht, helft ihm, der sein Glück verlor!

94 Item, a maître Ythier Marchant,
Auquel mon brant laissai jadis,
Donne, mais qu'il le mette en chant,
Ce lai contenant des vers dix,
Et, au luth, un *De profundis*
Pour ses anciennes amours
Desquelles le nom je ne dis,
Car il me hairoit a tous jours.

94 Item erhielt Ythier Marchant
schon, ohne Scheide zwar, mein Schwert,
dazu, wenn er's vertonen kann,
sei ihm dies Lautenlied verehrt,
ein *De profundis* von zehn Zeilen
auf Liebchen, die ihn längst verlassen.
Bei Namen will ich nicht verweilen,
er würde mich sonst ewig hassen.

Mort, j'appelle de ta rigueur,
Qui m'as ma maîtresse ravie,
Et n'es pas encore assouvie
Se tu ne me tiens en langueur:

Onc puis n'eus force ne vigueur;
Mais que te nuisoit elle en vie,
Mort (j'appelle de ta rigueur,
Qui m'as ma maîtresse ravie).

Deux étions et n'avions qu'un cœur;
S'il est mort, force est que devie,
Voire, ou que je vive sans vie
Comme les images, par cœur,

Mort (j'appelle de ta rigueur,
Qui m'as ma maîtresse ravie,
Et n'es pas encore assouvie
Se tu ne me tiens en langueur).

Rondel

O Tod, wie bist du hart zu mir,
da du die Liebste mir entrissen,
und noch nicht satt macht dich solch Bissen,
du läßt mich leiden fern von ihr.

Nun bin ich saftlos, kraftlos schier,
konnt dich ihr Leben so verdrießen?
O Tod, wie bist du hart zu mir,
da du die Liebste mir entrissen.

Zu zweit nur ein Herz hatten wir,
jetzt ist es tot, ich muß es büßen,
werd ohne Leben leben müssen,
wie Schatten streichen durchs Revier.

O Tod, wie bist du hart zu mir,
da du die Liebste mir entrissen,
und noch nicht satt macht dich solch Bissen,
du läßt mich leiden fern von ihr.

95 Item, a maître Jean Cornu
Autre nouveau lais lui veuil faire,
Car il m'a tous jours secouru
A mon grand besoin et affaire:
Pour ce, le jardin lui transfère
Que maître Pierre Baubignon
M'arenta, en faisant refaire
L'huis, et redresser le pignon.

96 Par faute d'un huis, j'y perdis
Un gres et un manche de houe.
Alors huit faucons, non pas dix
N'y eussent pas prins une aloue.
L'hôtel est sûr, mais qu'on le cloue.
Pour enseigne y mis un havet;
Qui que l'ait prins, point ne m'en loue:
Sanglante nuit et bas chevet!

97 Item, et pour ce que la femme
De maître Pierre Saint Amant
(Combien, se coulpe y a a l'ame,
Dieu lui pardonne doucement)
Me mit ou rang de caïmant,
Pour *le Cheval Blanc* qui ne bouge
Lui changeai a une jument,
Et *la Mule* a un âne rouge.

98 Item, donne a sire Denis
Hesselin, élu de Paris,
Quatorze muids de vin d'Aunis
Prins sur Turgis a mes perils.
S'il en buvoit tant que peris
En fût son sens et sa raison,
Qu'on mette de l'eau es barils:
Vin perd mainte bonne maison.

95 Item, Magister Jean Cornu
vermach ich Beßres als bisher,
er gab sich ja so große Müh,
lag ich mal wieder etwas quer;
ich schenk das Gärtchen ihm dafür,
das Bobignon mir gab in Pacht,
doch repariere er die Tür
und des Gemäuers morsche Pracht.

96 So ohne Tür verschwanden mir
mein Knüppel und mein Schleuderstein.
Acht Falken, zehn nicht, schnappten hier
sonst nicht ein einzig Lerchelein.
Mit Schloß wär es ein sichres Haus.
Mein Hakenwappen auch jetzt weg!
Und wer es hat, der kennt sich aus ...
verdammte Nacht, ein Bett im Dreck!

97 Item, indessen sich ergeben,
daß von Herrn Saint Amant die Frau
– verzeih ihr Gott ihr sündig Leben
und schau's nicht an so sehr genau –
mich einst traktiert wie einen Hund,
schenk ich fürs lahme »Weiße Rössel«
ihm heute eine Stute und
fürs »Maultier« einen »Geilen Esel«.

98 Item ich vierzehn Faß Aunis
dem Weinzollrat Hesselin spendiere,
man hole sie beim Wirt Turgis,
damit er sie mir kreditiere.
Doch tränk er dann so viel, bis daß
Verstand und Sinne völlig tot,
drum füllt mit Wasser jedes Faß:
das Saufen bringt das Haus in Not.

99 Item, donne a mon avocat,
Maître Guillaume Charruau,
Quoi qu'il marchande ou ait état,
Mon brant; je me tais du fourreau.
Il aura, avec, un rëau
En change, afin que sa bourse enfle,
Prins sur la chaussee et carreau
De la grand couture du Temple.

100 Item, mon procureur Fournier
Aura pour toutes ses corvees
(Simple sera de l'épargner)
En ma bourse quatre havees
Car maintes causes m'a sauvees,
Justes, ainsi Jesus Christ m'aide!
Comme telles se sont trouvees;
Mais bon droit a bon métier d'aide.

101 Item, je donne a maître Jacques
Raguier *le Grand Godet* de Greve,
Pourvu qu'il paiera quatre plaques
(Dût il vendre, quoi qu'il lui greve
Ce dont on cueuvre mol et greve,
Aller nu jambe en eschapin),
Se sans moi boit, assied ne leve
Au trou de *la Pomme de Pin.*

102 Item, quant est de Merebeuf
Et de Nicolas de Louviers,
Vache ne leur donne ne bœuf,
Car vachers ne sont ne bouviers,
Mais gens a porter éperviers,
Ne cuidez pas que je me joue,
Pour prendre perdrix et plouviers,
Sans faillir, sur la Machecoue.

99 Item, Guillaume Charruau,
mein Advokat, ich hinterlaß
ihm, wenn es auch Marchant schon hat,
mein Schwert! Die Scheide? Nein, zu was?
Und einen Taler Münzkleingeld,
dann füllt sich wieder seine Kasse –
von mir verdient vorm Templerfeld,
denn Geld liegt dort ja auf der Straße.

100 Item, Verteidiger Fournier
darf sich für seine vielen Mühen,
nicht, daß ich ihn gar überseh,
vier Handvoll aus dem Gurt mir ziehen,
hat er ja doch mich braven Mann,
so wahr mir Christus hilft! beschützt,
damit die Unschuld siegen kann:
gut Recht will, daß man gut es stützt.

101 Item will ich das »Riesenfaß«
Magister Jacques Raguier vermachen,
vorausgesetzt, er zahlt vier As
– und müßt er, das ist nicht zum Lachen,
auch seine Hose noch verkaufen,
daß ihm nur seine Latschen bleiben –,
wagt er es, ohne mich zu saufen,
im »Pinienzapf« sich umzutreiben.

102 Item vermach ich Louviers
und Merebeuf gewiß kein Rind
und keinen Ochsen, weil ich seh,
daß diese keine Treiber sind,
doch Handschuh, die den Sperber tragen,
traut hier bloß keinen Scherz mir zu,
gehn sie doch Huhn und Schnepfe jagen
am Wildpretstand der Machecoue.

103 Item, vienne Robin Turgis
A moi, je lui paierai son vin;
Combien, s'il treuve mon logis
Plus fort sera que le devin.
Le droit lui donne d'échevin,
Que j'ai comme enfant de Paris:
Se je parle un peu poitevin,
Ice m'ont deux dames appris.

104 Elles sont tres belles et gentes
Demourants a Saint Generou,
Pres Saint Julien de Voventes,
Marche de Bretagne ou Poitou.
Mais i ne di proprement ou
Iquelles passent tous les jours;
M'arme! i ne seu mie si fou,
Car i veuil celer mes amours.

105 Item, a Jean Raguier je donne,
Qui est sergent, voire des Douze,
Tant qu'il vivra, ainsi l'ordonne,
Tous les jours une tallemouse,
Pour bouter et fourrer sa mouse,
Prinse a la table de Bailly;
A Maubué sa gorge arrouse,
Car au manger n'a pas failli.

106 Item, et au Prince des Sots
Pour un bon sot Michaut du Four,
Qui a la fois dit de bons mots
Et chante bien «Ma douce amour!»
Je lui donne, avec, le bonjour;
Bref, mais qu'il fût un peu en point,
Il est un droit sot de sejour,
Et est plaisant ou il n'est point.

103 Item besuche mich der Wirt
Turgis, ich zahl ihm seinen Wein,
doch wenn er sich zu mir verirrt,
dann muß er ein Prophete sein.
Und darum sei er obendrein
statt meiner Schöffe von Paris:
sprech ich pariserisch nicht rein,
so danke ich zwei Damen dies.

104 Sie sind sehr hübsch und voller Huld
und wohnen in Saint Zahlmirdu
bei Saint Julien gleich bei Meischuld,
Bretagne oder im Poitou.
Doch weih i niemand näher ei
in das Geheimnis ihrer Städtle:
hanoi! i müßt ä Narre sei,
verpfeifet i so liebe Mädle.

105 Und item, Jean Raguier, der kleine,
der bei der Zwölferschar Sergeant,
zum Frühstück schmiere man ihm eine,
und das tagtäglich lebenslang,
– die Brezeln hol man von Bailly –
um ihm das große Maul zu stopfen!
Und »Maubué« gibt's visavis,
wünscht er auch einen guten Tropfen.

106 Item, dem Narrenprinz vermach ich
als Obernarrn Michaut du Four,
denn über seine Witze lach ich,
singt er: »Mein Liebchen heißt Amour!«
Ich schick ihn euch mit bestem Gruß.
Kurz: laßt ihn als Hanswurst uns sehn,
verzapft er seinen vielen Stuß,
am schönsten ist's, sehn wir ihn gehn.

107 Item, aux Onze Vingts Sergents
Donne, car leur fait est honnête,
Et sont bonnes et douces gens,
Denis Richer et Jean Vallette,
A chacun une grand cornette
Pour pendre a leurs chapeaux de fautres;
J'entends a ceux a pied, hohette!
Car je n'ai que faire des autres.

108 De rechef donne a Perrenet,
J'entends le Bâtard de la Barre,
Pour ce qu'il est beau fils et net,
En son écu, en lieu de barre,
Trois des plombés, de bonne carre,
Et un beau joli jeu de cartes.
Mais quoi! s'on l'oit vessir ne poirre,
En outre aura les fievres quartes.

109 Item, ne veuil plus que Cholet
Dole, tranche, douve ne boise,
Relie broc ne tonnelet,
Mais tous ses outils changer voise
A une épee lyonnoise,
Et retienne le hutinet:
Combien qu'il n'aime bruit ne noise,
Si lui plaît il un tantinet.

110 Item, je donne a Jean le Lou,
Homme de bien et bon marchand,
Pour ce qu'il est linget et flou,
Et que Cholet est mal serchant,
Un beau petit chiennet couchant
Qui ne laira poulaille en voie,
Un long tabart et bien cachant
Pour les musser, qu'on ne les voie.

107 Und, item, schenk den Wachsoldaten
der Elfmalzwanzig, so honett,
im wüsten Treiben wohlberaten,
Richer besonders und Vallette,
ich Hanfkinnriemen, noch zu heben
den Anblick schmucker Filzhelmlaffen,
das Fußvolk mein ich, hoch soll's schweben!
Mit andren hab ich nichts zu schaffen.

108 Und wiederum Freund Perrenet,
Bastard von Balken, Jammerlappen,
dem hübschen Bengel, so adrett,
ich schenk ihm für sein Balkenwappen
der Würfel drei, gefüllt mit Blei,
und ein gezinktes Kartenspiel.
Ich wünscht, daß zu der Furzerei
ihn auch noch Schüttelfrost befiel.

109 Item, es laß hinfort Cholet
das Hobeln, Drechseln, Sägen sein,
das ganze Böttchermetier,
und tausch sein vieles Werkzeug ein
für einen Lyoneser Degen,
den Hammer nur behalt er noch:
ist ihm am Hämmern nichts gelegen,
Radau zu schlagen, freut ihn doch.

110 Item, dem Spitzel Jean le Lou,
der an den Provisiönchen hängt,
ganz dürr und schwächlich noch dazu,
der wie Cholet meist gar nichts fängt,
vermach ich einen Schnüffelhund
für mehr Erfolg beim Vögelfang,
Und als Versteck für Fang und Fund
noch einen Mantel, weit und lang.

111 Item, à *l'Orfevre de bois*
Donne cent clous, queues et têtes,
De gingembre sarrasinois,
Non pas pour accoupler ses boetes,
Mais pour joindre culs et quoettes,
Et coudre jambons et andouilles,
Tant que le lait en monte aux tettes
Et le sang en devale aux couilles.

112 Au capitaine Jean Riou,
Tant pour lui que pour ses archers,
Je donne six hures de lou
Qui n'est pas viande de porchers,
Prins a gros mâtins de bouchers,
Et cuites en vin de buffet.
Pour manger de ces morceaux chers,
On en feroit bien un malfait.

113 C'est viande un peu plus pesante
Que duvet n'est, plume ne liege;
Elle est bonne a porter en tente,
Ou pour user en quelque siege.
S'ils étaient prins a un piege,
Que ces mâtins ne sussent courre,
J'ordonne, moi qui suis son miege,
Que des peaux, sur l'hiver, se fourre.

114 Item, a Robinet Trascaille,
Qui en service (c'est bien fait)
A pied ne va comme une caille,
Mais sur roncin gros et refait,
Je lui donne, de mon buffet,
Une jatte qu'emprunter n'ose;
Si aura ménage parfait:
Plus ne lui failloit autre chose.

111 Item vermach dem Goldschmied-Schreiner
ich hundert Nägel, Stift und Kopf,
– ein Sarazenen-Ingwer, feiner –
nicht daß er sie in Kästchen stopf,
er weck den Hintern Schwanzgelüste,
bis Wurst und Schinken einig sind
und ihr's die Milch treibt in die Brüste,
das Blut ihm in die Geilen rinnt.

112 Dem Hauptmann Jean Riou zu helfen,
weil das ein Schützen-Festschmaus ist,
schenk ich sechs Köpfe ihm von Wölfen,
wie sie kein Schweinetreiber frißt –
den Hunden aus dem Maul gerissen,
koch man in Trester diesen Graus.
Für einen solchen Leckerbissen
fräß mancher noch viel Schlimmres aus.

113 Solch Fleisch liegt manchmal schwer im Magen,
weil's Kork nicht ist, noch Flaum und Federn,
im Zelt jedoch kann man's vertragen,
hält Kriege aus, dieweil es ledern.
Und gehen »Wölfe« in die Falle,
die seine »Hunde« gar nicht wittern,
rat ich als Arzt, die Pelze alle
nehm er zum Wintermantelfüttern.

114 Item, da es Trascaille geschafft,
nicht wachtelgleich zu Fuß zu schreiten,
vielmehr sich dazu aufgerafft,
im Dienst ein dickes Roß zu reiten,
schenk ich ihm meinen schönsten »Topf«,
den er sich nicht zu leihen wagt.
So ausgestattet seinen Kopf
in Zukunft kein Bedarf mehr plagt.

115 Item, donne a Perrot Girart,
Barbier juré de Bourg la Reine,
Deux bassins et un coquemart,
Puis qu'a gagner met telle peine.
Des ans y a demi douzaine
Qu'en son hôtel de cochons gras
M'apâtela une semaine,
Témoin l'abbesse de Pourras.

116 Item, aux Freres mendiants,
Aux Devotes et aux Beguines,
Tant de Paris que d'Orleans,
Tant Turlupins que Turlupines,
De grasses soupes jacobines
Et flans leur fait oblation;
Et puis après, sous les courtines,
Parler de contemplation.

117 Si ne suis je pas qui leur donne,
Mais de tous enfants sont les meres,
Et Dieu, qui ainsi les guerdonne,
Pour qui seuffrent peines ameres.
Il faut qu'ils vivent, les beaux peres,
Et mêmement ceux de Paris.
S'ils font plaisir a nos commeres,
Ils aiment ainsi leurs maris.

118 Quoi que maître Jean de Poullieu
En vousît dire *et reliqua,*
Contraint et en publique lieu,
Honteusement s'en revoqua.
Maître Jean de Meun s'en moqua;
De leur façon si fit Mathieu;
Mais on doit honorer ce qu'a
Honoré l'Eglise de Dieu.

115 Item erhält Perrot Girart,
zu Bourg la Reine der Zunftbarbier,
weil er mein armer Hauswirt war,
zwei Becken mitsamt Krug von mir.
Sechs Jahr ist's her, daß er acht Tage
im Hause mich versteckt, und da
gab's fettes Saufleisch – ja man frage
die Frau Äbtissin von Pourras.

116 Item, den Bettelbrüdern dies,
auch Frömmlerinnen und Beghinen
zu Orléans wie zu Paris,
den Turlupins und Turlupinen:
viel fette Suppen gönn ich ihnen
und Eierauflauf hinterdrein,
eh sie sich hinter Bettgardinen
gemeinsamer Betrachtung weihn.

117 Nicht ich bin's, der sie so beschenkt,
das tun der Frömmlerkinder Mütter
und Gott, der ihrer gern gedenkt,
für den sie sich kastein so bitter.
Sie wollen leben, unsre Patres,
besonders hier grad in Paris.
Beglücken so sie die Commatres,
tun sie auch für die Gatten dies.

118 Und was Jean de Poullieu vorzeiten
darüber sprach, *et reliqua*,
er ward genötigt, vor den Leuten
zu widerrufen, was er sah.
Auch Jean de Meun war voll des Spottes,
Matheolus hat sich empört,
doch was sie ehrt, die Kirche Gottes,
das ist und bleibt verehrenswert.

119 Si me soumets, leur serviteur,
En tout ce que puis faire et dire,
A les honorer de bon cœur
Et obeïr, sans contredire;
L'homme bien fol est d'en médire,
Car, soit a part ou en prêcher
Ou ailleurs, il ne faut pas dire
Se gens sont pour eux revancher.

120 Item, je donne a frere Baude,
Demourant en l'hôtel des Carmes,
Portant chere hardie et baude,
Une salade et deux guisarmes,
Que Detusca et ses gendarmes
Ne lui riblent sa *Cage vert.*
Vieil est: s'il ne se rend aux armes,
C'est bien le diable de Vauvert.

121 Item, pour ce que le scelleur
Maint étron de mouche a mâché,
Donne, car homme est de valeur,
Son sceau d'avantage craché,
Et qu'il ait le pouce écaché
Pour tout empreindre a une voie;
J'entends celui de l'Evéché,
Car les autres, Dieu les pourvoie!

122 Quant des auditeurs messeigneurs
Leur granche ils auront lambroissee;
Et ceux qui ont les culs rogneux
Chacun une chaire percee;
Mais qu'a la petite Macee
D'Orleans, qui ot ma ceinture,
L'amende soit bien haut tauxee:
Elle est une mauvaise ordure.

119 Drum unterwerf ich mich als Knecht
in meinen Taten und Gedanken
und ehre sie von Herzen recht,
gehorsam ohne jedes Schwanken.
Ein Narr ist, wer da widerspricht,
sei's heimlich oder öffentlich,
und überhaupt, man rede nicht,
denn diese Brüder rächen sich.

120 Item, drum schenk auch Bruder Baude,
dem Karmelitergreis und Schelm,
der zornrot jedermann bedroht,
zwei Spieße ich und einen Helm,
sonst fegt Detusca mitsamt Knechten
ihm seinen »Grünen Käfig« leer.
Der alte Kerl: er will noch fechten,
der wahre »Teufel von Vauvert«.

121 Weil, item, der Herr Siegelhüter
mit vorgekautem Bienwachs druckt,
schenk ich dem bravsten der Gemüter
ein Siegel von mir vorbespuckt,
den Daumen quetscht ihm stempelbreit,
daß er sich Zeit und Arbeit spare,
was des Herrn Bischofs Siegler freut,
doch andre Daumen – gottbewahre!

122 Den edlen Herren Auditoren
soll man den Dachstuhl renovieren
und wunde Ärsche, hochgeboren,
auf einem Lochgestühl plazieren,
wenn sie Macée d'Orléans dafür,
die mir den Gurt schon abgeknöpft,
verknurrn zu einer Strafgebühr:
der Sittenstrolch gehört geschröpft!

123 Item, donne a maître François,
Promoteur, de la Vacquerie
Un haut gorgerin d'Ecossois,
Toutefois sans orfaverie;
Car, quand reçut chevalerie,
Il maugrea Dieu et saint George.
Parler n'en oit qui ne s'en rie,
Comme enragé, a pleine gorge.

124 Item, a maître Jean Laurens,
Qui a les pauvres yeux si rouges
Pour le peché de ses parents
Qui burent en barils et courges,
Je donne l'envers de mes bouges
Pour tous les matins les torcher:
S'il fût archevêque de Bourges,
De cendal eût, mais il est cher.

125 Item, a maître Jean Cotart,
Mon procureur en cour d'Eglise,
Devoie environ un patart
(Car a present bien m'en avise)
Quand chicaner me fit Denise,
Disant que l'avoie maudite;
Pour son ame, qu'es cieux soit mise,
Cette oraison j'ai ci écrite.

123 Item vermach ich gern François
– dem Kläger – de la Vacquerie
ein Schottenhalsband, aber ha!
aus Hanf und ohne Schickerie.
Als man zum Ritter ihn verhaun,
flucht' bei Sankt Georg er und Gott!
Man wagte kaum dem Ohr zu traun:
wer's hörte, lachte sich halbtot.

124 Und für Magister Jean Laurens,
des rote Äuglein immer laufen,
infolge seiner Vorfahrn Hang,
die vollsten Krüge leerzusaufen,
geb ich mein Hosenfutter her,
die Augen täglich auszuputzen:
Wenn er von Bourges Bischof wär,
dürft teure Seide er benutzen.

125 Item, Magister Jean Cotart,
Anwalt beim geistlichen Gericht,
schuld ich das halbe Honorar
– vergessen habe ich das nicht –
für den Prozeß mit Frau Denise,
die ich beleidigt haben sollte.
Für seine Ruh im Paradiese
dies mein Gebet hier sorgen wollte.

Pere Noé, qui plantâtes la vigne,
Vous aussi, Loth, qui bûtes ou rocher,
Par tel parti qu'Amour qui gens engigne
De vos filles si vous fit approucher
(Pas ne le dis pour vous le reproucher),
Archetriclin, qui bien sûtes cet art,
Tous trois vous pri qu'o vous veuillez percher
L'ame du bon feu maître Jean Cotart!

Jadis extrait il fut de votre ligne,
Lui qui buvoit du meilleur et plus cher,
Et ne dût-il avoir vaillant un pigne;
Certes, sur tous, c'étoit un bon archer:
On ne lui sût pot des mains arracher;
De bien boire oncques ne fut fetart.
Nobles seigneurs, ne souffrez empêcher
L'ame du bon feu maître Jean Cotart!

Comme homme bû qui chancelle et trepigne
L'ai vu souvent, quand il s'alloit coucher,
Et une fois il se fit une bigne,
Bien m'en souvient, a l'étal d'un boucher;
Bref, on n'eût sû en ce monde cercher
Meilleur pïon, pour boire tôt ou tard.
Faites entrer quand vous orrez hucher
L'ame du bon feu maître Jean Cotart!

Prince, il n'eût sû jusqu'a terre cracher;
Toujours crioit: «Haro! la gorge m'ard.»
Et si ne sût onc sa seuf étancher
L'ame du bon feu maître Jean Cotart.

Ballade und Gebet für Jean Cotart

O Vater Noah, der gepflanzt die Reben,
und du auch, Loth, der in der Höhle trank,
bis er durch Amor, Vater allem Leben,
den eignen Töchtern in die Arme sank
– ich sag das nicht aus Vorwurf oder Zank –,
Architriklin auch, Zecher wunderbar,
ihr drei, laßt doch noch mit auf eure Bank
die Seele meines guten Jean Cotart!

Zu euch gehörte er im Erdenleben,
der nur vom Teuersten und Besten trank,
und fehlte oft ihm auch das Geld beineben,
war er doch stets ein Säufer ohne Wank,
dem nie der Krug aus seinen Händen sank
und der zum Saufen nie zu träge war.
Ihr Herrn, erbarmt euch, überlegt nicht lang,
der Seele meines guten Jean Cotart!

Ich sah ihn schwankend oft nach Hause streben,
wo er betrunken auf sein Bette sank,
auch eine Beule hat es schon gegeben,
ich weiß, er stieß an eine Fleischerbank:
kurz, durch die ganze Welt so breit wie lang
war er das beste Säuferexemplar.
Es pocht – macht auf – es naht dort gottseidank
die Seele meines guten Jean Cotart!

O Fürst, ihm war sogar vorm Spucken bang:
»Alarm! Bei trockner Kehle Brandgefahr!«
Doch ihren Durst zu löschen nie gelang
der Seele meines guten Jean Cotart!

126 Item, veuil que le jeune Marle
Desormais gouverne mon change,
Car de changer envis me mêle,
Pourvu que toujours baille en change,
Soit a privé, soit a étrange,
Pour trois écus six brettes targes,
Pour deux angelots un grand ange:
Car amants doivent être larges.

127 Item, j'ai sû, en ce voyage,
Que mes trois pauvres orphelins
Sont crûs et deviennent en âge,
Et n'ont pas têtes de belins,
Et qu'enfants d'ici à Salins
N'a mieux sachants leur tour d'école;
Or, par l'ordre des Mathelins,
Telle jeunesse n'est pas folle.

128 Si veuil qu'ils voisent a l'étude;
Ou? sur maître Pierre Richer.
Le *Donat* est pour eux trop rude:
Je ne les y veuil empêcher.
Ils sauront, je l'aime plus cher,
Ave salus, tibi decus,
Sans plus grands lettres ensercher:
Toujours n'ont pas clercs l'audessus.

129 Ceci étudient, et ho!
Plus proceder je leur défends.
Quant d'entendre le grand *Credo,*
Trop fort il est pour tels enfants.
Mon long tabart en deux je fens;
Si veuil que la moitié s'en vende
Pour leur en acheter des flans,
Car jeunesse est un peu friande.

126 Item, der junge Marle soll
für mich die Wechselei verwalten,
ich hab die Nase davon voll,
doch muß er stets im Aug behalten,
ganz gleich ob Freund, ob sonst ein Bengel:
pro Goldstück man drei Taler gibt,
zwei Engelchen für einen Engel –
man darf nicht knausern, wenn man liebt.

127 Item, ich habe schon erfahren,
daß meine armen Waisenknaben
erwachsen sind nach so viel Jahren
und keine Schafsgesichter haben,
sie lernten ihre Schullektion,
wie von Salins bis hier kein Kind,
die Dummenordeninstruktion
besagt, daß sie nicht dämlich sind.

128 Ich will sie noch studieren lassen.
Und wo? Magister Reich wär gut.
Der Donat ist sehr schwer zu fassen,
man merkt schon, wo sich wenig tut.
Ich möchte, daß sie fleißig bleiben,
mit »Grüß dich, Taler, sei geehrt!«
die Kenntnisse nicht übertreiben,
mehr wird auch Pfarrern nicht gelehrt.

129 Das muß man lernen, ho! das reicht.
Was mehr ist, das ist schon zu viel.
Das Große Credo ist nicht leicht
und ein Kredit kein Kinderspiel.
Ich will für sie mein Wams zerschneiden
und opfre eine Hälfte gar
zum Tausch in leckre Süßigkeiten
für die vernaschte Bubenschar.

130 Et veuil qu'ils soient informés
En mœurs, quoi que coûte bature;
Chaperons auront enformés
Et les pouces sur la ceinture,
Humbles a toute creature,
Disants: «Han? Quoi? Il n'en est rien!»
Si diront gens, par aventure:
«Veci enfants de lieu de bien!»

131 Item, et mes pauvres clergeons
Auxquels mes titres resignai,
Beaux enfants et droits comme joncs
Les voyant, m'en dessaisinai;
Cens recevoir leur assignai,
Sur comme qui l'auroit en paume,
A un certain jour consigné
Sur l'hôtel de Gueuldry Guillaume.

132 Quoi que jeunes et ébattants
Soient, en rien ne me déplaît:
Dedans trente ans ou quarante ans
Bien autres seront, se Dieu plaît.
Il fait mal qui ne leur complaît;
Ils sont tres beaux enfants et gents;
Et qui les bat ne fiert, fol est,
Car enfants si deviennent gens.

133 Les bourses des Dix et Huit Clercs
Auront; je m'y veuil travailler:
Pas ils ne dorment comme lairs
Qui trois mois sont sans réveiller.
Au fort, triste est le sommeiller
Qui fait aiser jeune en jeunesse,
Tant qu'en fin lui convient veiller
Quand reposer dût en vieillesse.

130 Man lehr sie Anstand, das ist gut,
man nehm sie notfalls auch beim Kragen,
sie solln fest auf dem Kopf den Hut,
die Daumen fest im Gürtel tragen
und freundlich grüßen jedermann
mit »Hoppla? Wieviel? Nein sag ich!«
Die Leute nämlich merken dann,
die Burschen halten sehr auf sich.

131 Item, den armen Theologen
hab mein Diplom ich schon vermacht:
so binsengrad und wohlerzogen,
daß ihrer ich erneut gedacht,
die Miete mögen sie kassieren
vom Hause der Guillaume-Gueuldry,
sie wird so pünktlich einpassieren,
als hätt man schon in Händen sie.

132 Sind sie noch jung und unerfahren,
was mir ja keineswegs mißfällt,
so ist's in dreißig, vierzig Jahren,
wenn Gott will, besser einst bestellt.
Sie sind so nett und ungeniert,
man gönne ihnen ihre Freude,
ein Narr, wer heut sie schikaniert,
denn aus den Kindern werden Leute.

133 Ich schick sie in das Internat
im Haus der Achtzehn, bürg dafür,
doch nicht daß sie dort akkurat
nur schlafen wie ein Murmeltier.
Es ist sehr traurig für die Jugend,
wenn sie die beste Zeit verträumt,
um dann im Alter, statt der Tugend,
das nachzuholen, was versäumt.

134 Si en écris au collateur
Lettres semblables et pareilles:
Or prient pour leur bienfaiteur
Ou qu'on leur tire les oreilles.
Aucunes gens ont grands merveilles
Que tant m'encline vers ces deux;
Mais, foi que dois fêtes et veilles,
Onques ne vis les meres d'eux!

135 Item, donne a Michaut Cul d'Oue
Et a sire Charlot Taranne
Cent sous (s'ils demandent: «Prins ou?»
Ne leur chaille: ils vendront de manne)
Et unes houses de basane,
Autant empeigne que semelle,
Pourvu qu'ils me salueront Jeanne,
Et autant une autre comme elle.

136 Item, au seigneur de Grigny
Auquel jadis laissai Vicêtre,
Je donne la tour de Billy,
Pourvu, s'huis y a ne fenêtre
Qui soit ne debout ne en être,
Qu'il mette tres bien tout a point.
Fasse argent a dêtre et senêtre:
Il m'en faut, et il n'en a point.

137 Item, a Thibaut de la Garde ...
Thibaut? Je mens, il a nom Jean.
Que lui donrai je, que ne perde?
(Assez ai perdu tout cet an;
Dieu y veuille pourvoir, *amen!*)
Le Barillet, par m'ame, voire!
Genevois est plus ancien
Et a plus beau nez pour y boire.

134 Ich will an die Verwaltung schreiben,
zwei Briefe ganz in diesem Sinn,
sie sollen beten, dankbar bleiben,
sonst muß man sie am Ohre ziehn.
Was ich getan für diese beiden,
gewisse Leute nicht verstehn:
ich schwör bei allen heiligen Zeiten,
hab ihre Muttis nie gesehn!

135 Auch zweier Freunde ich gedenke:
Charlot Taranne, Michaut Cul d'Oue,
einhundert Sous ich jedem schenke
– mir fällt oft Geld wie Manna zu –
und Bocksfellhosen, nicht nur Füße,
das Oberteil auch strammes Leder,
doch nur, bestellen meine Grüße
sie Jeanne, der andren noch und jeder.

136 Item, dem Edlen von Grigny,
dem ich Vicêtre schon vermacht,
schenk ich jetzt auch den Turm Billy,
wenn er die hochfeudale Pracht,
wo Tür und Fensterlöcher klaffen,
auf eigne Rechnung renoviert.
Geld muß er rechts und links beschaffen,
weil er keins hat, ich keins kassiert.

137 Item, für Thibaut de la Garde ...
Thibaut? Nein, Jean! Was geb ich her,
das ich vom Mund nicht abgespart?
Dies Jahr war mein Verlust schon schwer,
doch Gott wird für mich sorgen. Amen.
Vielleicht den Schank »Zum kleinen Fasse«?
Doch nein, der wär ein beßrer Rahmen
für Genevois, die Säufernase.

138 Item, je donne a Basanier
Notaire et greffier criminel,
De girofle plein un panier
Prins sur maître Jean de Ruel,
Tant a Mautaint, tant a Rosnel,
Et, avec ce don de girofle,
Servir de cœur gent et inel
Le seigneur qui sert saint Christofle,

139 Auquel cette ballade donne
Pour sa dame qui tous bien a.
S'amour ainsi tous ne guerdonne,
Je ne m'ébahis de cela,
Car au Pas conquêter l'alla
Que tint Regnier, roi de Secile,
Ou si bien fit et peu parla
Qu'oncques fit Hector ne Troïle.

138 Item, an Basanier ich denke,
dem Oberrichter und Notar
ich einen Korb Würznelken schenke,
aus Jean Ruels Geschäft sogar.
Auch schick Mautaint ich, und Rosnel,
solch Männlichmacher zum Genuß,
sie helfen damit notfalls schnell
dem »Diener des Christophorus«.

139 Für ihn schrieb hier ich die Ballade
zu seiner edlen Dame Ehr,
– nicht allen schenkt Gott Amor Gnade,
doch wundert mich das längst nicht mehr –
die im Turnier er sich gewann
vor Herrn Regnier, Siziliens König:
wie Troïlus und Hektor kann
er tapfer fechten, prahlt er wenig.

Au point du jour, que l'éprevier s'ébat,
Mû de plaisir et par noble coutume,
(Bruit la mauvis et de joie s'ébat)
Reçoit son per et se joint a sa plume,
Offrir vous veuil, a ce desir m'allume,
Ioyeusement ce qu'aux amants bon semble.
Sachez qu'Amour l'écrit en son volume,
Et c'est la fin pour quoi sommes ensemble.

Dame serez de mon cœur, sans débat,
Entierement, jusque mort me consume,
Laurier souef qui pour mon droit combat,
Olivier franc m'ôtant toute amertume,
Raison ne veut que je desaccoutume,
Et en ce veuil avec elle m'assemble,
De vous servir, mais que m'y accoutume;
Et c'est la fin pour quoi sommes ensemble.

Et qui plus est, quand deuil sur moi s'embat,
Par Fortune qui souvent si se fume,
Votre doux œil sa malice rabat,
Ne mais ne mains que le vent fait la plume.
Si ne perds pas la graine que je sume
En votre champ quand le fruit me ressemble.
Dieu m'ordonne que le fouïsse et fume;
Et c'est la fin pour quoi sommes ensemble.

Princesse, oyez ce que ci vous resume:
Que le mien cœur du vôtre desassemble
Ja ne sera: tant de vous en presume;
Et c'est la fin pour quoi sommes ensemble.

Ballade für Robert d'Estouteville

Wenn sich am frühen Tag der Sperber regt,
von Lust erfüllt zu edelem Beginnen,
die Drossel schon die Flügel schlägt,
dem Weibchen folgend, um es zu gewinnen,
dann bringe ich mit heiß entflammten Sinnen
Euch froh dies meiner Liebe Angebind.
Schlagt Amors Buch auf und dann lest darinnen,
und so soll's sein, wenn wir beisammen sind.

Ihr seid die Herrin, die mein Herz bewegt,
bis einst der Tod mich jagen wird von hinnen,
der süße Lorbeer, der mein Anrecht hegt,
der stolze Ölbaum, sänftigend mich innen.
Vernunft rät mir, Euch immerfort zu minnen,
bis mein und Euer Wunsch in Eines rinnt,
zu dienen Euch mit allen meinen Sinnen,
und so soll's sein, wenn wir beisammen sind.

Und mehr noch, wenn einst Kummer mich bewegt,
dem Zorn des Schicksals ich nicht kann entrinnen,
ein Blick von Euch das Böse niederschlägt,
so wie der Wind die Feder treibt von hinnen.
Ich pfleg das Samenkorn, das so ich binnen
dies Feld gesät, daß es mir Frucht gewinnt.
Gott will, ich mög sie segnen, hüten, minnen,
und so soll's sein, wenn wir beisamen sind.

O Fürstin, hört denn also mein Besinnen,
daß je mein Herze nicht das Eure minnt,
wird nie geschehn, drum sollt auch Ihr mich minnen:
und so soll's sein, wenn wir beisammen sind.

140 Item, a sire Jean Perdrier
Rien, n'a François, son second frere.
Si m'ont voulu toujours aidier
Et de leurs biens faire confrere;
Combien que François mon compere
Langues cuisants, flambants et rouges,
Mi commandement, mi priere,
Me recommanda fort a Bourges.

141 Si allai voir en Taillevent,
Ou chapitre de fricassure,
Tout au long, derriere et devant,
Lequel n'en parle jus ne sure.
Mais Macquaire, je vous assure,
A tout le poil cuisant un diable,
Afin que sentît bon l'arsure,
Ce recipe m'écrit, sans fable.

140 Item, den Brüdern Perdrier,
François und Jean, mag ich nichts schenken.
Sie wollten helfen, ich versteh,
mit Geld und Gut stets an mich denken,
François doch, feiner Kamerad,
freiwillig halb und halb gezwungen,
zu Bourges mich sehr verdrossen hat
mit scharfen, roten, heißen Zungen.

141 Soviel im Taillevent ich suche,
von oben ganz bis ganz nach unten,
von vorn bis hinten in dem Buche
hab ich vom Schmoren nichts gefunden.
Doch konnt ich von Macquaire dann, der
den Teufel briet samt Haut und Haaren,
auf daß es stänke um so mehr,
dies Originalrezept erfahren:

En realgar, en arsenic rocher,
En orpiment, en salpêtre et chaux vive,
En plomb boullant pour mieux les émorcher,
En suif et poix détrempés de lessive
Faite d'étrons et de pissat de juive,
En lavailles de jambes a meseaux,
En raclure de pieds et vieux houseaux,
En sang d'aspic et tels drogues vlimeuses,
En fiel de loups, de renards et blaireaux,
Soient frites ces langues envieuses!

En cervelle de chat qui hait pêcher,
Noir et si vieil qu'il n'ait dent en gencive,
D'un vieil mâtin qui vaut bien aussi cher,
Tout enragé, en sa bave et salive,
En l'écume d'une mule poussive,
Detranchee menu a bons ciseaux,
En eau ou rats plongent groins et museaux,
Raines, crapauds et bêtes dangereuses,
Serpents, lezards et tels nobles oiseaux,
Soient frites ces langues envieuses!

En sublimé, dangereux a toucher,
Et ou nombril d'une couleuvre vive,
En sang qu'on voit es palettes secher
Chez les barbiers quand pleine lune arrive,
Dont l'un est noir, l'autre plus vert que cive,
En chancre et fic, et en ces ords cuveaux
Ou nourrices essangent leurs drapeaux,
En petits bains de filles amoureuses
(Qui ne m'entend n'a suivi les bordeaux)
Soient frites ces langues envieuses!

Ballade von den Verleumderzungen

In Realgar und schäumendem Arsen,
in Operment, Salpeter, heißem Blei,
in ungelöschtem Kalk, drin zu zergehn,
in Talg und Pech, dem man noch einen Brei
aus Kot und Judenpisse setze bei,
in offner Beine Badewasserflut,
drein Fußschweiß man und Hosenkochsaft tut,
in Viperblut und Giftkraut, gut vergoren,
der Wölfe, Füchse, Dachse Gallensud,
soll man die Zungen der Verleumder schmoren!

Im Hirn von Katzen, die nicht fischen gehn,
zu alt und zahnlos und zu wasserscheu,
und eines Hunds, erbärmlich anzusehn
in seiner Tollwut Speichelgeiferei,
in eines Maultiers Lungenspeichelei,
dem kleingeschnittenen gestockten Blut,
in Wassern voller wüster Rattenbrut,
wo Frösche, Kröten, Schlangen nur rumoren,
Lurch, Qualle, sonst noch feiner Vögel Brut,
soll man die Zungen der Verleumder schmoren!

In Säuren, die gefährlich übergehn,
und in der Natternbäuche Speisebrei,
in Blut, wie wir's beim Aderlasser sehn,
sobald bei Vollmondschein der ganze Spei
halb schwarz, halb grünlich schimmert noch dabei,
im Eiterfluß und in der Töpfe Sud,
darein die Amme nasse Windeln tut,
und dann noch – das ist nichts für reine Toren –
auch in der alten Dirnen Spülsaftschmud
soll man die Zungen der Verleumder schmoren!

Prince, passez tous ces friants morceaux,
S'étamine, sacs n'avez ou bluteaux,
Parmi le fond d'unes braies breneuses;
Mais, par avant, en étrons de pourceaux
Soient frites ces langues envieuses!

142 Item, a maître Andry Couraud
Les Contredits Franc Gontier mande;
Quant du tyran seant en haut,
A cetui la rien ne demande.
Le Saige ne veut que contende
Contre puissant pauvre homme las,
Afin que ses filés ne tende
Et qu'il ne trébuche en ses lacs.

143 Gontier ne crains: il n'a nuls hommes
Et mieux que moi n'est herité,
Mais en ce debat ci nous sommes,
Car il loue sa pauvreté,
Etre pauvre hiver et été,
Et a felicité repute
Ce que tiens a malheureté.
Lequel a tort? Or en dispute.

Mein Fürst, die ganze Leckerbissenbluht
seiht noch, da Tuch und Sieb dafür zu gut,
durch einer Hose schißverdreckte Poren,
in diesem Saft, verrührt mit Saukotflut,
soll man die Zungen der Verleumder schmoren!

142 Item, Andry Courault erhält
die Antwort hier an Franc Gontier,
bei einem Herren, hochgestellt,
wag keinen Widerspruch ich je.
Der Weise sagt, kein Armer streite
je wider Herrschaft und Gesetz,
daß niemand Schlingen ihm bereite
und er nicht fange sich im Netz.

143 Doch hat Gontier ja keine Knechte
und er besitzt nicht mehr als ich,
weshalb ich furchtlos mit ihm rechte,
rühmt laut er seiner Armut sich.
Im Sommer, Winter arm zu sein,
wagt er als großes Glück zu preisen,
ich schätz es als ein Unglück ein.
Wer hat nun recht? Es wird sich weisen.

Sur mol duvet assis, un gras chanoine,
Lez un brasier, en chambre bien nattee,
A son côté gisant dame Sidoine
Blanche, tendre, polie et attintee,
Boire hypocras, a jour et a nuitee,
Rire, jouer, mignonner et baiser,
Et nu a nu, pour mieux des corps s'aiser,
Les vis tous deux, par un trou de mortaise:
Lors je connus que, pour deuil apaiser,
Il n'est tresor que de vivre a son aise.

Se Franc Gontier et sa compagne Helene
Eussent cette douce vie hantee,
D'oignons, civots, qui causent forte haleine
N'acontassent une bise tostee.
Tout leur maton, ne toute leur potee,
Ne prise un ail, je, le dis sans noiser.
S'ils se vantent coucher sous le rosier,
Lequel vaut mieux? Lit côtoyé de chaise?
Qu'en dites vous? Faut il a ce muser?
Il n'est tresor que de vivre a son aise.

De gros pain bis vivent, d'orge, d'avoine,
Et boivent eau tout au long de l'annee.
Tous les oiseaux d'ici en Babyloine
A tel écot une seule journee
Ne me tendroient, non une matinee.
Or s'ébatte, de par Dieu, Franc Gontier,
Helene o lui, sous le bel églantier:
Se bien leur est, cause n'ai qu'il me pese;
Mais quoi qu'il soit du laboureux métier,
Il n'est tresor que de vivre a son aise.

Auf weichem Pfühl ein fetter Pfaff sich reckt,
der Fenstervorhang zu beim Feuerschein,
Frau Sidoine daneben ausgestreckt,
weiß, zart und glatt, verlockend, rundlich, fein,
sie trinken Tag und Nacht gewürzten Wein
und lachen, scherzen, tauschen Kuß um Kuß
ganz splitternackt zu besserem Genuß –
durch einen Spalt sah ich es ehedem
und weiß jetzt, wie man Sorgen bannen muß,
nur Wohlstand macht das Leben angenehm.

Hätt Franc Gontier mit Schatz Helène entdeckt,
wie's ist, dem süßen Leben sich zu weihn,
für Zwiebeln, die man aus dem Atem schmeckt,
gäb er nicht einen einzigen Zwieback drein.
Und saure Milch und saurer Quark allein
sind, frei herausgesagt, ein Erzverdruß.
Schläft unterm Rosenstrauch man mit Genuß?
Wär da ein Federbett nicht mehr bequem?
Was meint ihr? Hat mein Satz nicht Hand und Fuß?
Nur Wohlstand macht das Leben angenehm.

Wenn ihnen Schwarzbrot, Gerste, Hafer schmeckt,
und nichts als Wasser nur, tagaus, tagein,
von hier bis Babylon kein Vöglein weckt
in mir Geschmack an solchen Leckerein,
auch nicht für einen einzigen Tag allein.
Helène und Franc, weißgott, scheint's ein Genuß,
in dem Gedörn zu tauschen Kuß um Kuß:
wenn's ihnen recht ist, mir ist's unbequem,
Fleiß ohne Preis, mir ist es ein Verdruß:
nur Wohlstand macht das Leben angenehm.

Prince, jugez, pour tous nous accorder.
Quant est de moi, mais qu'a nul ne déplaise,
Petit enfant, j'ai oï recorder:
Il n'est tresor que de vivre a son aise.

144 Item, pour ce que sait sa Bible
Ma damoiselle de Bruyeres,
Donne prêcher hors l'Evangile
A elle et a ses bachelieres,
Pour retraire ces villotieres
Qui ont le bec si affilé,
Mais que ce soit hors cimetieres,
Trop bien au marché au filé.

Mein Fürst, gesteht, ihr kommt zum gleichen Schluß.
Was mich betrifft, so gibt's da kein Problem,
wenn ich von Kindheit an schon hören muß:
nur Wohlstand macht das Leben angenehm.

Legate an Randexistenzen

144 Item, der Witwe de Bruyères
samt bibelfesten Jüngferlein
das Recht zur Predigt ich gewähre,
sie heize ganz besonders ein
mit ihrem Evangelium
den Damen, die den Schnabel wetzen,
nicht um den Friedhof nur herum,
vor allem auf den Wäscheplätzen.

Quoi qu'on tient belles langageres
Florentines, Venitiennes,
Assez pour être messageres,
Et mêmement les anciennes;
Mais soient Lombardes, Romaines,
Genevoises, a mes perils,
Pimontoises, Savoisiennes,
Il n'est bon bec que de Paris.

De beau parler tiennent chaïeres,
Ce dit-on, les Napolitaines,
Et sont tres bonnes caquetieres
Allemandes et Prussiennes;
Soient Grecques, Egyptiennes,
De Hongrie ou d'autre pays,
Espagnoles ou Catelennes,
Il n'est bon bec que de Paris.

Brettes, Suisses n'y savent gueres,
Gasconnes, n'aussi Toulousaines:
De Petit Pont deux harengeres
Les concluront, et les Lorraines,
Angloises et Calaisiennes,
(Ai-je beaucoup de lieux compris?)
Picardes de Valenciennes;
Il n'est bon bec que de Paris.

Prince, aux dames Parisiennes
De bien parler donnez le prix;
Quoi que l'on die d'Italiennes,
Il n'est bon bec que de Paris.

Ballade von den Frauen von Paris

Wie sehr als schwatzhaft auch bekannt
Florenzerin, Venezierin,
die selbst im Alter noch gewandt
beim Botendienst als Kupplerin,
Lombardin oder Römerin
samt Genferin noch überdies,
Piemonterin, Savoyerin,
am besten kann's die aus Paris.

In Redekünsten zeigt Verstand
Neapels Dauerrednerin,
die deutsche Frau wird oft genannt,
die Preußin auch, als Schwätzerin,
ob Griechin, ob Ägypterin
und Ungarin und ganz gewiß
auch Katalanin, Spanierin,
am besten kann's die aus Paris.

Ob aus der Schweiz, aus Engelland,
Gascognerin, Toulouserin:
beim Petit Pont am Heringsstand
beweist man bessern Redesinn.
Lothringerin, Calaiserin,
Bretonin auch – genügt euch dies?
Picardin, Valenciennerin,
am besten kann's die aus Paris.

Mein Fürst, gebt der Pariserin
den Redepreis und seid gewiß,
trotz jeder Italienerin,
am besten kann's die aus Paris.

145 Regarde m'en deux, trois, assises
Sur le bas du pli de leurs robes,
En ces moutiers, en ces eglises;
Tire toi pres, et ne te hobes;
Tu trouveras la que Macrobes
Oncques ne fit tels jugements.
Entends; quelque chose en dérobes:
Ce sont de beaux enseignements.

146 Item, et au mont de Montmartre,
Qui est un lieu mout ancïen,
Je lui donne et adjoins le tertre
Qu'on dit le mont Valerien;
Et, outre plus, un quartier d'an
Du pardon qu'apportai de Rome:
Si ira maint bon chretïen
Voir l'abbaye ou il n'entre homme.

147 Item, varlets et chamberieres
De bons hôtels (rien ne me nuit)
Feront tartes, flans et goyeres,
Et grand rallias a minuit:
(Rien n'y font sept pintes ne huit),
Tant que gisent seigneur et dame;
Puis après, sans mener grand bruit,
Je leur ramentois le jeu d'âne.

148 Item, et a filles de bien,
Qui ont peres, meres et antes,
Par m'ame! je ne donne rien,
Car j'ai tout donné aux servantes.
Si fussent ils de peu contentes:
Grand bien leur fissent maints lopins,
Aux pauvres filles, endementes,
Qui se perdent aux Jacopins.

145 Die alten Weiber, schau nur hin,
wie zwei, drei auf den Kleiderfalten
in Kirchen und in Klöstern knien:
herangeschlichen, Mund gehalten,
du findest, daß Macrobius
an Urteilskraft nicht reicher war.
Hör zu, sie reden keinen Stuß,
die Sprüche sind ganz wunderbar.

146 Item, dem Berg Montmartre sei
zu seines Nonnenklosters Pracht
die ganze Mönchseinsiedelei
des Mont Valérien vermacht,
samt Ablaß auf ein Vierteljahr,
aus Rom im voraus mitgenommen:
jetzt pilgern Brüder, viele gar,
ins Kloster – neuerdings willkommen.

147 Item, den Mägden und den Knappen
in feinen Häusern – weil's nichts macht –
erlaub ich Törtchen, Käsehappen,
zu einem Schmaus um Mitternacht,
nicht schaden sieben, acht Maß Wein,
begab die Herrschaft sich zur Ruh:
ich heiße sie ganz leise sein
und artig spielen Blindekuh.

148 Item, für Fräuleins in der Hut
von Vätern, Müttern, Tanten, ach,
bleibt kein Legat, denn Hab und Gut
warf ich ja schon dem Knechtsvolk nach.
Wenn sie sich so bescheiden müssen,
wie stopfte ihnen da den Mund,
was dort an lauter Leckerbissen
bei Jakobinern geht zugrund . . .

149 Aux Celestins et aux Chartreux:
Quoi que vie menent étroite,
Si ont ils largement entre eux
Dont pauvres filles ont soufraite;
Témoin Jacqueline et Perrette
Et Isabeau qui dit: «Enné!»,
Puisqu'ils en ont telle disette,
A peine en seroit on damné.

150 Item, a la grosse Margot
Tres douce face et pourtraiture,
Foi que dois *brulare bigod*,
Assez devote creature;
Je l'aime de propre nature,
Et elle moi, la douce sade
Qui la trouvera d'aventure,
Qu'on lui lise cette ballade.

149 ... bei Zölestinern und Kartäusern.
Stets bleibt, wenn sie ihr Fleisch kastein,
im Überfluß den Duckemäusern,
wonach die armen Jungfraun schrein;
was Jacqueline, Perrette auch wissen,
und Isabeau sagt da nur »Amen«!
Und wenn sie schon so darben müssen,
wird keinen Gönner man verdammen.

150 Item die Dicke Margot bot
viel an Kosmetik und Figur,
ihr schuld ich was *brulare bigod*,
der allerbravsten Kreatur.
Ich liebe sie naturgegeben,
und sie liebt mich, die süße Made –
trifft einer sie mal hier im Leben,
sing er ihr folgende Ballade:

Se j'aime et sers la belle de bon hait,
M'en devez vous tenir a vil ne sot?
Elle a en soi des biens a fin souhait.
Pour son amour ceins bouclier et passot;
Quand viennent gens, je cours et happe un pot,
Au vin m'en vois, sans demener grand bruit;
Je leur tens eau, fromage, pain et fruit.
S'ils payent bien, je leur dis: «*Bene stat;*
Retournez ci, quand vous serez en ruit,
En ce bordeau on tenons notre état.»

Mais adoncques il y a grand déhait
Quand sans argent s'en vient coucher Margot;
Voir ne la puis, mon cœur a mort la hait.
Sa robe prends, demi ceint et surcot,
Si lui jure qu'il tendra pour l'écot.
Par les côtés se prend: «C'est Antechrist!»
Crie et jure par la mort Jesus Christ
Que non fera. Lors j'empoigne un éclat;
Dessus son nez lui en fais un écrit,
En ce bordeau ou tenons notre état.

Puis paix se fait et me lâche un gros pet,
Plus enflee qu'un vlimeux escarbot.
Riant m'assied son poing sur mon sommet,
Gogo me dit, et me fiert le jambot.
Tous deux ivres, dormons comme un sabot.
Et au réveil, quand le ventre lui bruit,
Monte sur moi, que ne gâte son fruit.
Sous elle geins, plus qu'un ais me fais plat,
De paillarder tout elle me détruit,
En ce bordeau ou tenons notre état.

Ballade von der Dicken Margot

Wenn ich die Schöne liebe dienstbereit,
bin ich darum ein Schurke, ein Fallot?
Sie hat für Sonderwünsche immer Zeit,
ich greif zu Schwert und Schild auf ihr Gebot.
Wenn Kundschaft kommt, so hat es keine Not,
ich bin ganz still, hol eine Kanne Wein,
bring Wasser, Käse, Brot und Obst herein.
Und wenn sie zahlen, sag ich: »*Bene stat.*
Und laden Sie sich wieder bei uns ein,
in unsrer Wirtschaft hier läuft sowas glatt.«

Doch hin und wieder gibt es großen Streit,
ich hasse plötzlich sie bis auf den Tod,
kommt ohne Geld sie heim zur Schlafenszeit.
Ich schnapp mir Jacke, Spange, Kleid, weißgott,
das gibt für mich ein Kleingeld in der Not.
»Du Antichrist!«, stemmt sie die Arme ein
und flucht bei Christi Tod und kreischt gemein:
»Die Pfoten weg!« Mein Stock weiß da gleich Rat,
bläut ihrer Nase meine Handschrift ein,
in unsrer Wirtschaft hier läuft sowas glatt.

Herrscht wieder Ruhe, furzt die kesse Maid
und stinkt wie giftgeschwollner Käferkot.
Sie krault mir meinen Schopf, es tut ihr leid:
»Gogo!« scherzt sie und macht mich wieder flott.
Dann schlafen wir besoffen und halbtot.
Und wacht sie auf, fällt's ihr auf einmal ein,
und sie besteigt mich, schont ihr Schwangersein.
Ich stöhne, wunderbar, sie drückt mich platt,
mit ihrer Geilheit kriegt sie mich ganz klein,
in unsrer Wirtschaft hier läuft sowas glatt.

Vente, grêle, gèle, j'ai mon pain cuit.
Ie suis paillard, la paillarde me suit.
Lequel vaut mieux? Chacun bien s'entresuit.
L'un l'autre vaut; c'est a mau rat mau chat.
Ordure amons, ordure nous assuit;
Nous défuyons honneur, il nous défuit,
En ce bordeau ou tenons notre état.

Mein Brot ist mein, mag's stürmen, hageln, schnein.
Bei Huren muß man Hurentreiber sein.
Und wer ist mehr? Gemein ist gleich gemein,
wir sind als Ratz und Katz durchaus auf Draht.
Wir sind nicht fein und werden auch nicht fein
und lassen uns auf Anstand gar nicht ein,
in unsrer Wirtschaft hier läuft sowas glatt.

151 Item, a Marion l'Idole
Et la grand Jeanne de Bretaigne
Donne tenir publique école
Ou l'écolier le maître enseigne,
Lieu n'est ou ce marché se teigne
Si non a la grille de Meun;
De quoi je dis: «Fi de l'enseigne,
Puisque l'ouvrage est si commun!»

152 Item, et a Noel Jolis
Autre chose je ne lui donne
Fors plein poing d'osiers frais cueillis
En mon jardin; je l'abandonne.
Châtoy est une belle aumône,
Ame n'en doit être marri:
Onze vingts coups lui en ordonne,
Livrés par la main de Henri.

153 Item, ne sais qu'a l'Hôtel Dieu
Donner, n'a pauvres hôpitaux;
Bourdes n'ont ici temps ne lieu,
Car pauvres gens ont assez maux.
Chacun leur envoie leurs os
Les mendiants ont eu mon oie;
Au fort ils en auront les os:
A menue gent, menue monnoie.

154 Item, je donne a mon barbier
Qui se nomme Colin Galerne,
Pres voisin d'Angelot l'herbier,
Un gros glaçon (prins ou? en Marne),
Afin qu'a son aise s'hiverne.
De l'estomac le tienne près:
Se l'hiver ainsi se gouverne,
Il aura chaud l'été d'après.

151 Item will ich Marion l'Idole
und die Bretonin Jeanne ehren,
und jede Chefmama sein soll
in Schulen, wo die Schüler lehren.
Im ganzen Land in jedem Haus,
nur nicht zu Meun im Kerkerloch,
blüht dies Gewerb, man kennt sich aus,
da braucht man nicht ein Zunftschild noch!

152 Item Noël Jolis beglückt
nur noch ein Weidenrutenstrauß,
in meinem Garten frisch gepflückt.
Ade! Er fliegt jetzt hier hinaus.
Als Zeichen höchster Nächstenliebe
nehm meine Strafe er in Kauf:
es brenn ihm elfmal zwanzig Hiebe
Henri der Henkermeister auf.

153 Item, was soll dem Armenhaus,
dem Hospital ich hier vermachen?
Da ist es mit den Späßen aus,
die Armen haben nichts zu lachen,
es bleibt für sie nicht viel zum Kochen.
Wenn meine Gans die Mönche fressen,
bekommen sie nur noch die Knochen:
für kleine Leute kleines Essen.

154 Item erhalte mein Barbier
Colin Galerne, bei Angelot
wohnt er als Nachbar neben mir,
nur einen Eisklotz. – Und von wo? –
Frisch aus der Marne, ihm vergeht
das Fieber: auf dem Bauch das Eis,
den Winter er noch übersteht,
im Sommer hat er's höllenheiß.

155 Item, rien aux Enfants trouvés;
Mais les perdus faut que console.
Si doivent être retrouvés,
Par droit, sur Marion l'Idole.
Une leçon de mon école
Leur lirai, qui ne dure guiere.
Tête n'aient dure ne folle;
Écoutent! Car c'est la derniere.

156 «Beaux enfants, vous perdrez la plus
Belle rose de vo chapeau;
Mes clercs près prenants comme glus,
Se vous allez a Montpipeau
Ou a Ruel, gardez la peau:
Car pour s'ébattre en ces doux lieux,
Cuidant que vausît le rappeau,
La perdit Colin de Cayeux.

157 «Ce n'est pas un jeu de trois mailles,
Ou va corps, et peut être l'ame.
Qui perd, rien n'y sont repentailles
Qu'on n'en meure a honte et diffame;
Et qui gagne n'a pas a femme
Dido, la roine de Carthage.
L'homme est donc bien fol et infame
Qui, pour si peu, couche tel gage.

158 «Qu'un chacun encore m'écoute!
On dit, et il est verité,
Que charterie se boit toute,
Au feu l'hiver, au bois l'été.
S'argent avez, il n'est enté,
Mais le dépendez tôt et vite.
Qui en voyez vous herité?
Jamais mal acquît ne profite.

155 Doch, item, nichts für Findelkinder,
»Gefundnen« brauch ich nichts bescheren,
Trost brauchen die »verlornen« Sünder,
die bei Marion l'Idole verkehren.
Auch ich will sie noch Mores lehren,
was kurz ich sage, leuchtet ein.
Nicht dumm und trotzig aufbegehren,
hört zu! Mein letztes Wort soll's sein.

156 »Ihr muntren Burschen, ihr verliert
die Rose am Barett sehr schnell,
wenn andre auf den Leim ihr führt,
geht ihr nach Stehleburg mal schnell,
nach Räuberdorf, wahrt euer Fell:
nur weil er allzu unverfroren,
half ihm kein Einspruch und Appell,
hat Freund Cayeux sie schon verloren.

157 »Nicht um drei Taler geht das Spiel,
es geht um Haut und Seelenheil,
verliert ihr, hilft die Reu nicht viel,
denn schmachvoll droht das Henkerbeil.
Was wird im Bestfall euch zuteil,
doch nicht Karthagos Königin!
Nur Narren ist solch Einsatz feil
für einen elenden Gewinn.

158 »Drum hört gut zu, was ich euch sage!
Im Sprichwort heißt's, und es ist wahr:
Trinkt man vom Fasse alle Tage,
der Wein wird alle übers Jahr.
Genauso wird das Geld euch rar,
das ihr verjubelt, junges Blut.
Meint ihr, es bliebe bei euch gar?
Nein, unrecht Gut gedeiht nicht gut.

«Car ou soies porteur de bulles,
Pipeur ou hasardeur de dés,
Tailleur de faux coins et te brûles
Comme ceux qui sont échaudés,
Traîtres parjurs, de foi vidés;
Soies larron, ravis ou pilles:
Ou en va l'acquêt, que cuidez?
Tout aux tavernes et aux filles.

«Rime, raille, cymbale, luthes,
Comme fol feintif, eshontés;
Farce, brouille, joue des flûtes;
Fais, es villes et es cités
Farces, jeux et moralités,
Gagne au berlan, au glic, aux quilles,
Aussi bien va, or écoutez!
Tout aux tavernes et aux filles.

«De tels ordures te recules?
Laboure, fauche champs et prés,
Sers et panse chevaux et mules,
S'aucunement tu n'es lettrés;
Assez auras, se prends en grés.
Mais, se chanvre broyes ou tilles,
Ne tend ton labour qu'as ouvrés
Tout aux tavernes et aux filles?

«Chausses, pourpoints aiguilletés,
Robes, et toutes vos drapilles,
Ains que vous fassiez pis, portez
Tout aux tavernes et aux filles.

»Ob Ablaßkrämer du hienieden,
ein Spieler, Würfelgauner bist,
man wird in heißem Öl dich sieden,
damit du für dein Falschgeld büßt,
wie das bei Strolchen üblich ist.
Ob Räuber oder Taschendiebe,
die Beute geht nach kurzer Frist
beim Saufen drauf und für die Liebe.

»Mit Laute, Zimbel, Lied was bieten,
ein Schmierennarr und Nihilist,
ein Schelm mit Hokuspokusriten,
in Stadt und Land führ auf als Christ
Erbauliches fürs Volksgelüst –
von Treschak, Hasard, Kegelschiebe
geht alles, daß du's nicht vergißt,
beim Saufen drauf und für die Liebe.

»So willst du lieber deinen Frieden?
Dann säe, ernte, fahre Mist,
wenn Pferd und Muli dir beschieden
und du nicht ein Studierter bist:
man hat, wenn man zufrieden ist.
Wenn dir von deinem Hanf was bliebe,
sei wach, sonst geht's nach kurzer Frist
beim Saufen drauf und für die Liebe.

»Das Hemd und Wams, so reich geschlißt,
die Hose geht, die sonst dir bliebe,
und was das Schlimmste längst nicht ist,
beim Saufen drauf und für die Liebe.

159 «A vous parle, compains de galle:
Mal des ames et bien du corps,
Gardez vous tous de ce mau hâle
Qui noircit les gens quand sont morts:
Eschevez le, c'est un mal mors;
Passez vous au mieux que pourrez;
Et pour Dieu, soyez tous records
Qu'une fois viendra que mourrez.»

160 Item, je donne aux Quinze Vingts
(Qu'autant vaudroit nommer Trois Cents)
De Paris, non pas de Provins,
Car a eux tenu je me sens.
Ils auront, et je m'y consens,
Sans les étuis, mes grands lunettes,
Pour mettre a part, aux Innocents,
Les gens de bien des deshonnêtes.

161 Ici n'y a ne ris ne jeu.
Que leur valut avoir chevances,
N'en grands lits de parement jeu,
Engloutir vins en grosses panses,
Mener joie, fêtes et danses,
Et de ce prêt être a toute heure?
Toutes faillent telles plaisances,
Et la coulpe si en demeure.

159 »Gesellen hört, trotz Sang und Klang
gesunden Leibs in Seelennot,
o hütet euch vor dem Gestank,
der unsre Leiber schwärzt im Tod,
macht Schluß, ein böses Ende droht,
geht aus dem Wege dem Verderben,
ihr alle denkt daran, weißgott,
für jeden kommt der Tag zum Sterben.«

Legate für die Kranken und Toten

160 Item, der Anstalt der Quinze Vingts,
wo die dreihundert Blinden pennen,
hier in Paris, nicht in Provins,
die mehr mir auf der Seele brennen,
vererb ich meine Wunderbrille,
doch ohne Hülle: nicht mehr blind
beim Betteln in der Friedhofsstille
sehn sie, was Geber, Knauser sind.

161 Hier gilt kein Lachen und kein Spiel.
Was hilft's, wenn Reichtum wir genossen,
was nützt der schön geschmückte Pfühl,
der Wein, der in den Wanst geflossen,
das Tanzen, Feiern und Verprassen,
die ganze Freudenungeduld?
Die Lust hat alle schnell verlassen,
bei ihnen bleibt nur ihre Schuld.

162 Quand je considere ces têtes
Entassees en ces charniers,
Tous furent maîtres des requêtes,
Au moins de la Chambre aux Deniers,
Ou tous furent portepaniers:
Autant puis l'un que l'autre dire;
Car d'evêques ou lanterniers,
Je n'y connois rien a redire.

163 Et icelles qui s'enclinoient
Unes contre autres en leurs vies,
Desquelles les unes regnoient,
Des autres craintes et servies,
La les vois toutes assouvies,
Ensemble en un tas pêle mêle.
Seigneuries leur sont ravies;
Clerc ne maître ne s'y appelle.

164 Or ils sont morts, Dieu ait leurs ames!
Quant est des corps, ils sont pourris,
Aient été seigneurs ou dames,
Souef et tendrement nourris
De crème, fromentee ou riz;
Leurs os sont declinés en poudre,
Auxquels ne chaut d'ébats ne ris.
Plaise au doux Jesus les absoudre!

165 Aux trépassés je fais ce lais
Et icelui je communique
A regents, cours, sieges, palais,
Haineurs d'avarice l'inique
Lesquels pour la chose publique
Se sechent les os et les corps:
De Dieu et de saint Dominique
Soient absous quand seront morts.

162 Und wenn ich in das Beinhaus trete
und seh der Totenschädel Schicht,
so waren alle hohe Räte
und mindestens beim Hofgericht,
vielleicht auch einfach Lastenträger:
es sieht ein jeder, was er sieht,
ob Bischof, ob Laternenpfleger,
ich sehe keinen Unterschied.

163 Die Damen, die in ihrem Leben
sich voreinander stolz verneigt,
die Herrinnen, die sich erheben,
die Magd, die sich beflissen zeigt,
ich seh sie liegen, alle satt,
ein wüster Haufen schlecht und recht.
Wo keiner Herrlichkeit mehr hat,
heißt keiner Herr und keiner Knecht.

164 Nun sind sie tot, Gott hab sie selig!
Der Leib ging in die Fäulnis ein.
War auch die Speise süß und mehlig,
aus Sahne, Reis und Weizen fein,
die hohen Herrn, die edlen Fraun,
nun sind sie lang zu Staub zerfallen,
die nicht mehr Scherz und Kurzweil schaun.
O süßer Christ, verzeihe allen!

165 Und dies Legat ist für die Toten,
denn solches will ich wissen lassen
die Richter, Herrscher und Despoten,
die schnöde Habsucht grimmig hassen
und für das Allgemeingeschick
an Fleisch und Bein sich nur kastein:
mag Gott denn und Sankt Dominik
im Tode ihnen einst verzeihn.

166 Item, rien a Jacquet Cardon,
Car je n'ai rien pour lui d'honnête,
Non pas que le jette a bandon,
Sinon cette bergeronnette;
S'elle eût le chant *Marionnette*
Fait pour Marion la Peautarde,
Ou d'*Ouvrez votre huis, Guillemette,*
Elle allât bien a la moutarde:

166 Item, nun für Jacquet Cardon,
ich hab nichts Passendes für ihn –
doch da erinnre ich mich schon,
ein Liedchen kommt mir in den Sinn:
säng man es wie »Marionette«
– ich sang's Marion in alter Zeit –
und wie »Die Tür mach auf, Guillemette«,
als Schlager gält es weit und breit:

Au retour de dure prison
Ou j'ai laissé presque la vie,
Se Fortune a sur moi envie
Jugez s'elle fait méprison!

Il me semble que, par raison,
Elle dût bien être assouvie
Au retour (de dure prison
Ou j'ai laissé presque la vie).

Se si pleine est de déraison
Que veuille que du tout dévie,
Plaise a Dieu que l'ame ravie
En soit lassus, en sa maison!

Au retour (de dure prison
Ou j'ai laissé presque la vie,
Se Fortune a sur moi envie
Jugez s'elle fait méprison)!

Rondel (Bergeronnette)

Kehr ich zurück aus Kerkernacht,
in der ich fast das Leben ließ,
wenn mich Fortuna da verstieß,
es wäre Mißbrauch ihrer Macht!

Mir scheint es eher angebracht,
daß sie mich wieder hoffen hieß,
kehr ich zurück aus Kerkernacht,
in der ich fast das Leben ließ.

Doch wär ihr Zorn so wild entfacht,
daß sie mich ins Verderben stieß,
zieh meine Seel ins Paradies
und gehe ein in ewige Pracht.

Kehr ich zurück aus Kerkernacht,
in der ich fast das Leben ließ,
wenn mich Fortuna da verstieß,
es wäre Mißbrauch ihrer Macht!

167 Item, donne a maître Lomer,
Comme extrait que je suis de fee,
Qu'il soit bien amé (mais d'amer
Fille en chef ou femme coeffee,
Ja n'en ait la tête échauffee)
Et qu'il ne lui coûte une noix
Faire un soir cent fois la faffee,
En dépit d'Ogier le Danois.

168 Item, donne aux amants enfermes,
Outre le lais Alain Chartier,
A leurs chevets, de pleurs et larmes
Trétout fin plein un benoitier,
Et un petit brin d'églantier,
Qui soit tout vert, pour guepillon,
Pourvu qu'ils diront un psautier
Pour l'ame du pauvre Villon.

169 Item, a maître Jacques James,
Qui se tue d'amasser biens,
Donne fiancer tant de femmes
Qu'il voudra, mais d'épouser, riens.
Pour qui amasse il? Pour les siens.
Il ne plaint fors que ses morceaux;
Ce qui fut aux truies, je tiens
Qu'il doit de droit être aux pourceaux.

170 Item, sera le Senéchal,
Qui une fois paya mes dettes,
En recompense, maréchal
Pour ferrer oues et canettes.
Je lui envoie ces sornettes
Pour soi desennuyer; combien,
S'il veut, fasse en des allumettes:
De bien chanter s'ennuie on bien.

167 Item will ich Lomer verleihn,
ich bin von märchenhafter Güte,
die Gabe, stets geliebt zu sein
– von Damen, Fräuleins, gottbehüte,
denn das bedeutete Verdruß –,
und daß nachts hundert Mannheitsproben
für ihn nur eine kleine Nuß,
mag auch Held Otker sittlich toben.

168 Item, für der Verliebten Kummer
zu den Legaten von Chartier
als Mein Legat für beßren Schlummer
vorm Bett ein Tränenschälchen steh,
ein Rosenzweiglein auch für jeden,
daß nicht der grüne Wedel fehle,
doch nur, wenn einen Psalm sie beten
auch für Villon und seine Seele.

169 Item, Jacques James sei es gestattet,
der sich vor Geiz zu Tode scharrt,
daß er beliebig oft begattet
und trotzdem sich die Ehe spart.
Für wen er rafft? Nur für die Seinen?
Die Damen schmausen Hab und Gut:
was Säuen frommt, man sollte meinen,
das täte mehr den Ferkeln gut.

170 Und item, den Herrn Seneschall,
der mich erlöst von Schuldenplagen,
ich mit dem Hofschmiedamt bestall,
er mag die Gänse mir »beschlagen«,
um leichter es zu überstehen,
ich ihm hier meine Flausen schick,
dann kann er Fidibusse drehen:
auch prima Verse kriegt man dick.

171 Item, au Chevalier du Guet
Je donne deux beaux petits pages,
Philebert et le gros Marquet,
Qui tres bien servi, comme sages,
La plus partie de leurs âges,
Ont le prevôt des maréchaux,
Helas! s'ils sont cassés de gages,
Aller leur faudra tous déchaux.

172 Item, a Chappelain je laisse
Ma chapelle a simple tonsure,
Chargee d'une seche messe
Ou il ne faut pas grand lecture.
Resigné lui eusse ma cure,
Mais point ne veut de charge d'ames;
De confesser, ce dit, n'a cure
Sinon chamberieres et dames.

171 Item, dem Kommandant der Wache
den Wanst Marquet und Philebert
als schmucke Pagen ich vermache,
da viele Jahre ehrenwert
sie ansehnlich und hochgeschätzt
einst den berittnen Dienst versehn.
Ach Jammer, abgehalftert jetzt,
wahrscheinlich sie bald barfuß gehn.

172 Item, mein Pfründlein ohne Weihen
mag Chappelain für mich verwalten,
ganz ohne große Lesereien
mag er dort trockne Messen halten.
Mein Pfarramt hätt er obendrein,
doch Seelen mag er nicht erbauen,
und Beichte soll bei ihm nur sein
von Fräuleins oder Kammerfrauen.

173 Pour ce que sait bien mon entente
Jean de Calais, honorable homme,
Qui ne me vit des ans a trente
Et ne sait comme je me nomme,
De tout ce testament, en somme,
S'aucun y a difficulté,
Oter jusqu'au res d'une pomme
Je lui en donne faculté.

174 De le gloser et commenter,
De le difinir et décrire,
Diminuer ou augmenter,
De le canceller et prescrire
De sa main, et ne sût écrire,
Interpreter et donner sens,
A son plaisir, meilleur ou pire:
A tout ceci je m'y consens.

175 Et s'aucun, dont n'ai connoissance,
Étoit allé de mort a vie,
Je veuil et lui donne puissance,
Afin que l'ordre soit suivie,
Pour être mieux parassouvie,
Que cette aumône ailleurs transporte,
Sans se l'appliquer par envie:
A son ame je m'en rapporte.

176 Item, j'ordonne a Sainte Avoie,
Et non ailleurs, ma sepulture;
Et afin que chacun me voie,
Non pas en char, mais en peinture,
Que l'on tire mon estature
D'encre, s'il ne coûtoit trop cher.
De tombel? rien: je n'en ai cure,
Car il greveroit le plancher.

173 Und als Garant für mein Bestreben
Jean de Calais, ein Ehrenmann,
der nie mich sah im ganzen Leben,
noch meinen Namen kennen kann,
das Recht erhält, dies Testament
gegebnenfalls zurechtzustutzen,
sobald ein Meinungsstreit entbrennt,
und restlos bis zum Apfelbutzen.

174 Er mag glossieren, kommentieren,
begründen oder definieren,
erweitern oder limitieren,
auch eigenhändig ganz kassieren,
und falls er gar nicht schreiben kann,
so deute er es eben mündlich
nach eigenem Ermessen dann,
und ich erklär es für verbindlich.

175 Und sollte von den Legataren
schon einer heimgegangen sein,
was ich bisher noch nicht erfahren,
räum ich Calais die Vollmacht ein,
gemäß der Ordnung so zu walten,
daß andere des Guts genießen,
und will er was zurückbehalten,
so baue ich auf sein Gewissen.

176 Item, in Saint Avoie allein,
dort bei den Augustinerinnen,
will ich dereinst begraben sein:
damit mich alle liebgewinnen,
soll meinen Leib man konterfein,
doch lebensgroß, ist's nicht zu teuer.
Ein Stein? Der Boden bräche ein,
im ersten Stock ist's nicht geheuer.

177 Item, veuil qu'autour de ma fosse
Ce qui s'ensuit, sans autre histoire,
Soit écrit en lettre assez grosse,
Et qui n'auroit point d'écritoire,
De charbon ou de pierre noire,
Sans en rien entamer le plâtre;
Au moins sera de moi memoire,
Telle qu'elle est d'un bon folâtre.

178 Ci gît et dort en ce solier,
Qu'amour occit de son raillon,
Un pauvre petit écolier
Qui fut nommé François Villon.
Oncques de terre n'eut sillon.
Il donna tout, chacun le sait:
Tables, tréteaux, pain, corbillon.
Galants, dites en ce verset:

177 Item, es steh auf meinem Grabe
in einer großen, klaren Schrift,
was ich hier aufgeschrieben habe,
und was das Schreibzeug anbetrifft,
nehmt Kohle oder schwarzen Stein,
doch haut damit nicht auf den Putz,
es soll nur zur Erinnrung sein
an einen wackeren Nichtsnutz:

Grabschrift

178 In dieser Kammer liegt im Schlaf
ein armer fahrender Scholar
den grausam Amors Waffe traf
François Villon sein Name war
kein Stückchen Land besass der Narr
gab alles hin wie jeder weiss
Tisch Bank und Brot den Korb sogar
ihr Freunde betet für ihn leis

Repos eternel donne a cil,
Sire, et clarté perpetuelle,
Qui vaillant plat ni écuelle
N'ot oncques, n'un brin de persil.

Il fut res, chef, barbe et sourcil,
Comme un navet qu'on ret ou pele.
Repos (eternel donne a cil,
Sire, et clarté perpetuelle).

Rigueur le transmit en exil
Et lui frappa au cul la pelle,
Non obstant qu'il dît: «J'en appelle!»
Qui n'est pas terme trop subtil.

Repos (eternel donne a cil,
Sire, et clarté perpetuelle,
Qui vaillant plat ni écuelle
N'ot onques, n'un brin de persil).

Rondel. Gebet für François Villon

Herr, schenke ihm für immer Frieden,
laß leuchten ihm dein ewig Licht,
der nicht auf Napf und Krug erpicht
und dem kein Hälmlein Lauch beschieden.

Den kahlgeschoren man hienieden,
geschält wie keine Rübe nicht,
Herr, schenke ihm für immer Frieden,
laß leuchten ihm dein ewig Licht.

Er war verbannt und war gemieden,
ein Tritt im Hintern von Gewicht,
trotz allem Einspruch bei Gericht,
war ihm als Abschiedsgruß beschieden.

Herr, schenke ihm für immer Frieden,
laß leuchten ihm dein ewig Licht,
der nicht auf Napf und Krug erpicht
und dem kein Hälmlein Lauch beschieden.

179 Item, je veux qu'on sonne a branle
Le gros beffroi qui est de verre;
Combien qu'il n'est cœur qui ne tremble,
Quand de sonner est a son erre.
Sauvé a mainte bonne terre,
Le temps passé, chacun le sait:
Fussent gens d'armes ou tonnerre,
Au son de lui, tout mal cessoit.

180 Les sonneurs auront quatre miches,
Et se c'est peu, demi douzaine;
Autant n'en donnent les plus riches,
Mais ils seront de Saint Étienne.
Volant est homme de grand peine:
L'un en sera; quand j'y regarde,
Il en vivra une semaine.
Et l'autre? Au fort, Jean de la Garde.

181 Pour tout ce fournir et parfaire
J'ordonne mes executeurs,
Auxquels fait bon avoir affaire
Et contente bien leurs detteurs.
Ils ne sont pas mout grands vanteurs,
Et ont bien de quoi, Dieu mercis!
De ce fait seront directeurs.
Écris: je t'en nommerai six.

182 C'est maître Martin Bellefaye,
Lieutenant du cas criminel.
Qui sera l'autre? J'y pensoie:
Ce sera sire Colombel;
S'il lui plaît et il lui est bel,
Il entreprendra cette charge.
Et l'autre? Michel Jouvenel.
Ces trois seuls, et pour tout, j'en charge.

179 Item, laßt mächtig sie erschallen,
die spröde Glocke auf dem Turm,
erzittern mag das Herze allen,
sie läute einen großen Sturm.
Sie war so oft des Landes Retter,
wie jeder weiß, in alter Zeit,
ob Kriegsvolk kam, ob böses Wetter,
bei ihrem Lied floh alles Leid.

180 Vier Brote ich den Glöcknern sende,
ein halbes Dutzend auch zur Not,
mehr als der reichsten Leute Spende,
doch dafür sei es Stephansbrot.
Volant, ein armer Hungerleider,
als erster Glöckner schnell dabei,
lebt davon wieder acht Tag weiter.
Jean de la Garde der zweite sei.

181 Dies alles richtig zu versehen,
sind Testamentsvollstrecker nötig,
die von Geschäften was verstehen
und ihren Schuldnern gern erbötig.
Sind Leute ohne große Worte,
weißgott die reichsten, die ich kenne,
sie sind genau die rechte Sorte. –
Schreib auf, Fremin: sechs ich dir nenne!

182 Martin Bellefaye der erste sei,
im Kriminalamt Kommissar.
Der zweite dann? Ich denk dabei
An Colombel, ein Hofrat gar,
wenn's konveniert und ihm gefällt,
wird er sich wohl dazu bequemen.
Dann sei noch Jouvenel bestellt.
Und diese drei nur will ich nehmen.

183 Mais, ou cas qu'ils s'en excusassent,
En redoutant les premiers frais,
Ou totalement recusassent,
Ceux qui s'ensuivent ci après
Institue, gens de bien tres:
Phelip Brunel, noble écuyer,
Et l'autre, son voisin d'emprès,
Si est maître Jacques Raguier,

184 Et l'autre, maître Jacques James,
Trois hommes de bien et d'honneur,
Desirants de sauver leurs ames
Et doutants Dieu Notre Seigneur.
Plus tôt y mettroient du leur
Que cette ordonnance ne baillent;
Point n'auront de contreroleur,
Mais a leur bon plaisir en taillent.

185 Des testaments qu'on dit le Maître
De mon fait n'aura *quid* ne *quod;*
Mais ce sera un jeune prêtre
Qui est nommé Thomas Tricot.
Voulentiers busse a son écot,
Et qu'il me coûtât ma cornette!
S'il sût jouer a un tripot,
Il eût de moi *le Trou Perrette.*

186 Quant au regard du luminaire,
Guillaume du Ru j'y commets.
Pour porter les coins du suaire,
Aux executeurs le remets.
Trop plus mal me font qu'oncques mais
Penil, cheveux, barbe, sourcils.
Mal me presse; est temps desormais
Que crie a toutes gens mercis.

183 Im Fall, daß sie sich nicht entschließen,
weil sie die Anfangsspesen reuen,
und sollte es sie gar verdrießen,
will ich mich meinerseits nicht scheuen,
führ beste Ehrenmänner an:
Brunel, von stolzem Renommé,
und seinen Freund und Nachbar dann,
den Herrn Magister Jacques Raguier ...

184 ... als dritten wir Jacques James noch hätten:
das sind drei Herren hoch in Ehren,
die, ihre Seelen zu erretten,
sich ganz in Gottesfurcht verzehren.
Sie würden lieber Geld verlieren,
als nicht der Pflicht gemäß zu walten,
wozu sie also kontrollieren,
sie mögen nach Belieben schalten.

185 Die Kirchentestamentsaufsicht
erfährt von mir kein *quid* und *quod*,
und dort erst recht das Pfäfflein nicht,
mein Studienfreund Thomas Tricot.
Ein Prosit ihm, zahlt er die Kosten,
ich schenk ihm auch mein Hutband noch!
Wär er nur besser auf dem Posten,
vermacht ich ihm »Perrettes Loch«.

186 Die Sterbelichter aufzustecken,
Guillaume du Ru sei's überlassen,
das Bahrtuch mögen an vier Ecken
die Testamentsvollstrecker fassen.
Mich beißen mehr als eh und je
Bart, Brauen, Haar und Schamhärlein,
die Krankheit drängt, doch eh ich geh,
bitt alle ich, mir zu verzeihn.

A Chartreux et a Celestins,
A Mendiants et a Devotes,
A musards et claquepatins,
A servans et filles mignottes
Portants surcots et justes cottes,
A cuidereaux d'amour transis,
Chaussants sans méhaing fauves bottes,
Je crie a toutes gens mercis.

A fillettes montrants tetins,
Pour avoir plus largement hôtes,
A ribleurs, mouveurs de hutins,
A bateleurs trainants marmottes,
A fous et folles, sots et sottes,
Qui s'en vont sifflant six a six,
A marmousets et mariottes,
Je crie a toutes gens mercis.

Sinon aux traîtres chiens mâtins
Qui m'ont fait ronger dures crôtes
Et mâcher maints soirs et matins,
Qu'ore je ne crains pas trois crottes.
Je fisse pour eux pets et rottes;
Je ne puis, car je suis assis.
Au fort, pour eviter riottes,
Je crie a toutes gens mercis.

Qu'on leur froisse les quinze côtes
De gros maillets forts et massis,
De plombees et tels pelotes.
Je crie a toutes gens mercis.

Ballade, in der Villon um Verzeihung bittet

Kartäuser, Zölestiner hier,
samt Bettelweibern zum Erschrecken,
Halunken, Gauner voller Gier,
die Nutten an den Straßenecken
in engen Blusen, kurzen Röcken,
verliebte Schelme, frech und fein,
im Modeschuhwerk, eitle Gecken,
ich bitte sie, mir zu verzeihn.

Die Weiberbusen voller Zier,
daß alle Kerls die Hälse recken,
die Gaukler mit dem Murmeltier,
Gesindel all in den Verstecken,
auch die Hanswurste, Narrn, die kecken,
die pfeifend und in Sechserreihn
marschieren, Mädchen aufzunecken,
ich bitte sie, mir zu verzeihn.

Nur nicht die krummen Hunde hier,
die hartes Brot statt Semmelwecken
so früh wie abends gaben mir
und die mich jetzt nicht mehr erschrecken.
Sie möchte ich mit Schiß bedecken,
doch da ich sitze, kann's nicht sein,
und um nicht neuen Zank zu wecken:
ich bitte sie, mir zu verzeihn.

Die Rippen in Sergeantenfräcken,
schlagt sie mit schweren Hämmern ein,
mit Knüppeln, bleibeschlagnen Stöcken!
Ich bitte sie, mir zu verzeihn.

Ici se clôt le testament
Et finit du pauvre Villon.
Venez a son enterrement,
Quand vous orrez le carillon,
Vêtus rouge com vermillon,
Car en amour mourut martyr;
Ce jura il sur son couillon
Quand de ce monde vout partir.

Et je crois bien que pas n'en ment,
Car chassé fut comme un souillon
De ses amours haineusement;
Tant que, d'ici a Roussillon,
Brosse, n'y a ne brossillon
Qui n'eût, ce dit il sans mentir,
Un lambeau de son cotillon,
Quand de ce monde vout partir.

Il est ainsi et tellement,
Quand mourut n'avoit qu'un haillon;
Qui plus, en mourant, malement
L'époignait d'Amour l'aiguillon;
Plus agu que le ranguillon
D'un baudrier lui faisoit sentir
(C'est de quoi nous émerveillon)
Quand de ce monde vout partir.

Prince, gent comme émerillon,
Sachez qu'il fit au departir:
Un trait but de vin morillon,
Quand de ce monde vout partir.

Und hiermit schließt das Testament,
wie es im Elend schrieb Villon,
und wenn des Bitters Schelle tönt,
kommt zu der Leichenprozession,
zieht Kleider an, so rot wie Mohn,
denn er verschied als Liebesheld,
er schwor's bei seinem Schwanzkujon,
bevor er schied aus dieser Welt.

Ein jeder weiß es, der ihn kennt,
verjagt hat ihn voll Haß und Hohn
sie, die er seine Liebste nennt:
kein Dornstrauch bis nach Roussillon,
dem er, landauf landab die Fron,
– und Wahrheit ist, was er erzählt –
nicht ließ sein halbes Wams zum Lohn,
bevor er schied aus dieser Welt.

Und so, nicht anders, war sein End:
er starb als lumpiger Patron,
doch obendrein im Tod noch kennt
der Stachel Amors kein Pardon,
ihn noch viel spitzer zu bedrohn,
als ihn sein Schnallendorn gequält,
– ein wahres Wunder ist das schon –
bevor er schied aus dieser Welt.

Mein Fürst, der Merlin flog davon,
zum Abschied – rasch sei's noch erzählt –
trank er todschwarzen Morillon,
bevor er schied aus dieser Welt.

La groſſe margot

Mais adonc il ya grant dehait
Quãt ſãs argẽt ſẽva coucher margot
Veoir ne la puis mõ cuer mort la hait
Sa robe prent/chaperon et ſurcot
Si luy iure quil tiendra pour leſcot
Par les couſtes:ſi ſe prent lantecriſt
Crie et iure par la mort ieſucriſt
Que nõ fera:lors iẽpongne vng eſclat
Deſſus ſõ nez luy en fais vng eſcript
En ce bordeau ou tenons noſtre eſtat

POÉSIES DIVERSES · DIE GEDICHTE

Hommes faillis, dépourvus de raison,
Dénaturés et hors de connoissance,
Démis du sens, comblés de déraison,
Fous abusés, pleins de déconnoissance,
Qui procurez contre votre naissance,
Vous soumettants a detestable mort
Par lâcheté, las! que ne vous remord
L'horribleté qui a honte vous mene?
Voyez comment maint jeunes homs est mort
Par offenser et prendre autrui demaine.

Chacun en soi voie sa méprison,
Ne nous vengeons, prenons en patience;
Nous connoissons que ce monde est prison:
Aux vertueux franchis d'impatience
Battre, rouiller, pour ce n'est pas science,
Tollir, ravir, piller, meurtrir a tort.
De Dieu ne chaut, trop de verté se tort
Qui en tels faits sa jeunesse demene,
Dont a la fin ses poings doloreux tord
Par offenser et prendre autrui demaine.

Que vaut piper, flatter, rire en traison,
Quêter, mentir, affermer sans fiance,
Farcer, tromper, artifier poison,
Vivre en peché, dormir en défiance
De son prouchain sans avoir confiance?
Pour ce conclus: de bien faisons effort.
Reprenons cœur, ayons en Dieu confort,
Nous n'avons jour certain en la semaine;
De nos maux ont nos parents le ressort
Par offenser et prendre autrui demaine.

I Ballade der guten Ratschläge

Gestrauchelte, verlassen von Vernunft,
Entgleiste ohne Wissen und Gewissen,
der Einsicht bar und voller Unvernunft,
betrogne Narren, nur des Wahns beflissen,
habt ihr die Bande der Natur zerrissen
und liefert schmählich euch dem Tode aus,
euch kümmert's nicht! Trotz aller Schande Graus
scheut ihr euch nicht, den üblen Weg zu wählen?
Für manchen jungen Kerl ging's tödlich aus,
Gewalt zu üben, fremdes Gut zu stehlen.

Erkennen muß ein jeder, daß er irrt.
Nicht Rache soll, es soll Geduld uns leiten,
die ganze Welt zu einem Kerker wird
für alle nicht zur Einsicht noch Bereiten,
denn sinnlos sind die Händel und das Streiten,
und Stehlen, Rauben, Morden sind verrucht.
Von Gott sich abkehrt, nicht die Wahrheit sucht,
wer jung sich schon gesellt den Schandgesellen,
was händeringend er zu spät verflucht:
Gewalt zu üben, fremdes Gut zu stehlen.

Was heuchelt, schmeichelt, lacht ihr beim Verrat
und dreht und lügt und schwört mit Seitwärtsschauen
und schaukelt, gaukelt, sät ihr Drachensaat,
schlaft voller Angst bei Nacht ihr nur mit Grauen,
weil ihr nicht wagt, dem besten Freund zu trauen?
Hört zu: geht mit euch selber ins Gericht
und rafft euch auf, habt Gotteszuversicht,
an jedem Tage kann der Tod euch stellen.
Die Untat schont den Schmerz der Eltern nicht,
Gewalt zu üben, fremdes Gut zu stehlen.

Vivons en paix, exterminons discord;
Ieunes et vieux, soyons tous d'un accord:
La loi le veut, l'apôtre le ramene
Licitement en l'epître romaine;
Ordre nous faut, état ou aucun port.
Notons ces points; ne laissons le vrai port
Par offenser et prendre autrui demaine.

Tant gratte chevre que mal gît,
Tant va le pot a l'eau qu'il brise,
Tant chauffe on le fer qu'il rougit,
Tant le maille on qu'il se debrise,
Tant vaut l'homme comme on le prise,
Tant s'élogne il qu'il n'en souvient,
Tant mauvais est qu'on le déprise,
Tant crie l'on Noel qu'il vient.

Tant parle on qu'on se contredit,
Tant vaut bon bruit que grace acquise,
Tant promet on qu'on s'en dédit,
Tant prie on que chose est acquise,
Tant plus est chere et plus est quise,
Tant la quiert on qu'on y parvient,
Tant plus commune et moins requise,
Tant crie l'on Noel qu'il vient.

In Frieden leben ohne Zank und Streit,
so alt wie jung in Eintracht, Redlichkeit:
Gesetz ist's, der Apostel läßt's nicht fehlen,
im Römerbrief es mahnend zu erzählen.
Uns hilft nur Ordnung, Ruhe, Sicherheit.
So ist es, drum sei fern uns allezeit,
Gewalt zu üben, fremdes Gut zu stehlen.

II Ballade der Sprichwörter

Solange grast die Geis, bis sie nur Steine sieht,
solang der Krug zum Brunnen geht, bis er zerschellt,
solang das Eisen man erhitzt, bis rot es glüht,
solange hämmert man's, bis plötzlich es zerspellt,
solange zählt der Mann, wie er was aus sich macht,
solange geht man fort, bis alles man vergißt,
solange ist man bös, bis man nur wird verlacht,
solang man davon spricht, bis endlich Weihnacht ist.

Solange redet man, bis man sich selbst verklagt,
solange währt der Ruhm, wie man ein Günstling ist,
solange sagt man Ja, bis einmal Nein man sagt,
solange bittet man, bis man zufrieden ist,
solange etwas teuer ist, ist's auch was wert,
solange geht man um, bis man am Ziele ist,
solange etwas da ist, ist es nicht begehrt,
solang man davon spricht, bis endlich Weihnacht ist.

Tant aime on chien qu'on le nourrit,
Tant court chanson qu'elle est apprise,
Tant garde on fruit qu'il se pourrit,
Tant bat on place qu'elle est prise,
Tant tarde on que faut l'entreprise,
Tant se hâte on que mal advient,
Tant embrasse on que chet la prise,
Tant crie l'on Noel qu'il vient.

Tant raille on que plus on en rit,
Tant dépent on qu'on n'a chemise,
Tant est on franc que tout y frit,
Tant vaut «Tiens!» que chose promise,
Tant aime on Dieu qu'on suit l'Eglise,
Tant donne on qu'emprunter convient,
Tant tourne vent qu'il chet en bise,
Tant crie l'on Noel qu'il vient.

Prince, tant vit fol qu'il s'avise,
Tant va il qu'après il revient,
Tant le mate on qu'il se ravise,
Tant crie l'on Noel qu'il vient.

Solang liebt man den Hund, wie man ihn auch ernährt,
solang singt man das Lied, wie man es gerne hört,
solang spart man dem Mund das Obst, bis es schon gärt,
solang belagert man die Stadt, bis sie zerstört,
solange löscht man nicht, bis alles schon verbrannt,
solange hat man's eilig, bis das Übel sprießt,
solange wird geraubt, als Beute ist zur Hand,
solang man davon spricht, bis endlich Weihnacht ist.

Solange wird gescherzt, bis keiner mehr drum lacht,
solange gibt man aus, bis auch das Hemd dahin,
solange wird gepraßt, bis alles durchgebracht,
solange heißt es »Nimm«, wie noch im Topf was drin,
solange liebt man Gott, wie man zur Kirche geht,
solang man Geber ist, wie Gaben man genießt,
solange weht der Wind, bis sich das Wetter dreht,
solang man davon spricht, bis endlich Weihnacht ist.

Mein Fürst, solang er lebt, der Narr sich noch besinnt,
solange geht er fort, bis ihn die Heimat grüßt,
solange er verliert, bis endlich er gewinnt,
solang man davon spricht, bis endlich Weihnacht ist.

Je connois bien mouches en lait,
Je connois a la robe l'homme,
Je connois le beau temps du laid,
Je connois au pommier la pomme,
Je connois l'arbre a voir la gomme,
Je connois quand tout est de mêmes,
Je connois qui besogne ou chomme,
Je connois tout, fors que moi mêmes.

Je connois pourpoint au collet,
Je connois le moine a la gonne,
Je connois le maître au valet,
Je connois au voile la nonne,
Je connois quand pipeur jargonne,
Je connois fous nourris de cremes,
Je connois le vin a la tonne,
Je connois tout, fors que moi mêmes.

Je connois cheval et mulet,
Je connois leur charge et leur somme,
Je connois Biatris et Belet,
Je connois jet qui nombre et somme,
Je connois vision et somme,
Je connois la faute des Boemes,
Je connois le povoir de Rome,
Je connois tout, fors que moi mêmes.

Prince, je connois tout en somme,
Je connois couloures et blêmes,
Je connois mort qui tout consomme,
Je connois tout, fors que moi mêmes.

III Ballade der kurzen Redensarten

Ich kenn die Fliege gleich im Rahm,
ich kenn den Mann an seinem Kleid,
ich kenn den Apfelbaum am Stamm,
ich kenn am Harz des Stammes Leid,
ich kenne gute, schlimme Zeit,
ich kenn der Dinge gleich Gewicht,
ich kenne Faulheit, Tüchtigkeit,
kenn alles, nur mich selber nicht.

Ich kenn das Wams am Kragenbrauch,
ich kenn den Mönch am Rocke schon,
ich kenn am Schleier Nonnen auch,
ich kenn am Knecht schon den Patron,
ich kenn den Gauner schon am Ton,
ich kenn den Narrn am Leibgericht,
ich kenn den Wein am Fasse schon,
kenn alles, nur mich selber nicht.

Ich kenn den Esel und das Pferd,
ich kenne ihre Last und Qual,
ich kenn Beates, Belets Wert,
ich kenn des Würfels Fall und Zahl,
ich kenn Gesicht und Traum zumal,
ich kenn, was der Zigeuner spricht,
ich kenne Romas Machtgeprahl,
kenn alles, nur mich selber nicht.

Mein Fürst, ich kenne alles all,
ich kenn ein rot, ein blaß Gesicht,
ich kenn den Räuber Tod zumal,
kenn alles, nur mich selber nicht.

Il n'est soin que quand on a faim
Ne service que d'ennemi,
Ne mâcher qu'un botel de fain,
Ne fort guet que d'homme endormi,
Ne clemence que felonie,
N'assurance que de peureux,
Ne foi que d'homme qui renie,
Ne bien conseillé qu'amoureux.

Il n'est engendrement qu'en boin
Ne bon bruit que d'homme banni,
Ne ris qu'après un coup de poing,
Ne lots que dettes mettre en ni,
Ne vraie amour qu'en flatterie,
N'encontre que de malheureux,
Ne vrai rapport que menterie,
Ne bien conseillé qu'amoureux.

Ne tel repos que vivre en soin,
N'honneur porter que dire: «Fi!»,
Ne soi vanter que de faux coin,
Ne santé que d'homme bouffi,
Ne haut vouloir que couardie,
Ne conseil que de furieux,
Ne douceur qu'en femme étourdie,
Ne bien conseillé qu'amoureux.

Voulez vous que verté vous die?
Il n'est jouer qu'en maladie,
Lettre vraie qu'en tragedie,
Lâche homme que chevalereux,
Orrible son que melodie,
Ne bien conseillé qu'amoureux.

IV Ballade der falschen Wahrheiten

Der Hungernde die Not nur sieht,
nur Nutzen uns vom Feinde kommt,
nur trocknes Heu weckt Appetit,
nur wer stets schläft, als Wächter frommt,
nur die Verräter Rettung bringen,
nur Schwache werden stark genannt,
nur Apostaten gläubig singen,
nur der Verliebte zeigt Verstand.

Das Zeugen nur im Bad gelingt,
nur der Verbannte ruhmreich strahlt,
nur eine Faust zum Lachen bringt,
nur der hat Ansehn, der nicht zahlt,
nur Schmeichler reden stets die Wahrheit,
nur Unglück macht mit Glück bekannt,
nur Lügner schaffen endlich Klarheit,
nur der Verliebte zeigt Verstand.

Nur der hat Ruh, der Sorgen hat,
nur Ehre danken wir der Schmach,
nur Fälscher rühmt die ganze Stadt,
nur der gesund ist, wer erbrach,
nur Feige in der Schlacht von Wert sind,
nur tolles Blut das Unheil bannt,
nur lose Weiber stets geehrt sind,
nur der Verliebte zeigt Verstand.

Soll ich euch weitre Wahrheit singen?
Nur Not kann an den Spieltisch zwingen,
das Schauspiel nur wird Wahrheit bringen,
der Zage nur wird Held genannt,
der Mißton nur wird süß uns klingen,
nur der Verliebte zeigt Verstand.

Rencontré soit de bêtes feu jetants,
Que Jason vit, querant la Toison d'or;
Ou transmué d'homme en bête sept ans
Ainsi que fut Nabugodonosor;
Ou perte il ait et guerre aussi vilaine
Que les Troyens pour la prinse d'Helene;
Ou avalé soit avec Tantalus
Et Proserpine aux infernaux palus;
Ou plus que Job soit en grieve souffrance,
Tenant prison en la tour Dedalus,
Qui mal voudroit au royaume de France!

Quatre mois soit en un vivier chantants,
La tête au fond, ainsi que le butor;
Ou au grand Turc vendu deniers comptants,
Pour être mis au harnois comme un tor;
Ou trente ans soit, comme la Magdelaine,
Sans drap vêtir de linge ne de laine;
Ou soit noyé comme fut Narcissus,
Ou aux cheveux, comme Absalon, pendus,
Ou, comme fut Judas, par Desperance;
Ou puît perir comme Simon Magus,
Qui mal voudroit au royaume de France!

D'Octovien puît revenir le temps:
C'est qu'on lui coule au ventre son tresor;
Ou qu'il soit mis entre meules flottants
En un moulin, comme fut saint Victor;
Ou transglouti en la mer, sans haleine,
Pis que Jonas ou corps de la baleine;
Ou soit banni de la clarté Phebus,
Des biens Juno et du soulas Venus,
Et du dieu Mars soit pugni a outrance,
Ainsi que fut roi Sardanapalus,
Qui mal voudroit au royaume de France!

V Ballade wider Frankreichs Feinde

Er möge Drachen sehn, die Feuer spein,
wie Jason auf der Fahrt zum Goldnen Vlies,
und sieben Jahr zum Tier verwandelt sein,
wie einst Nebukadnez passierte dies,
er sei bekriegt, wie Troja dies gebührte,
nachdem es Helena zuvor entführte,
er sei verschlungen von dem Höllenfluß,
wie einst Proserpina und Tantalus.
Daß schlimmres Los wie Hiob er beklagte,
daß schmachte er im Turm des Dädalus,
wer Frankreichs Königtum zu schmähen wagte!

Vier Monat schrei er aus dem Schilf im Teich,
den Kopf im Wasser, wie die Dommeln schrein,
verkauft sei er an einen Wüstenscheich,
der Großtürk spanne ihn als Pflugstier ein,
wie Magdalena trag er dreißig Jahre
als einzige Kleidung nur die eignen Haare,
er sei wie einst Narziß im Bach ertränkt
und am Gelock wie Absalon erhängt.
Daß er wie Judas rettungslos verzagte,
er sei mit Simon Magus Los beschenkt,
wer Frankreichs Königtum zu schmähen wagte!

Und käm die Zeit Octavians zurück,
dann gösse man ihm in den Bauch sein Geld,
Mühlsteine müßten mahlen Stück um Stück
den Kerl, wie von Sankt Viktor man erzählt,
er jammre kläglicher, vom Meer verschlungen,
als Jonas aus dem Walfischbauch gesungen,
versagt sei ihm des Phöbus Sonnenstrahl,
der Juno Gunst, der Venus Freudensaal,
daß Mars den Frevler noch viel schlimmer plagte,
wie in den Flammen einst Sardanapal,
wer Frankreichs Königtum zu schmähen wagte!

Prince, porté soit des serfs Eolus
En la forêt ou domine Glaucus,
Ou privé soit de paix et d'esperance:
Car digne n'est de posseder vertus,
Qui mal voudroit au royaume de France!

Jenin l'Avenu
Va t'en aux étuves,
Et toi la venu,
Jenin l'Avenu,
Si te lave nu
Et te baigne es cuves.
Jenin l'Avenu,
Va t'en aux étuves.

Mein Fürst, es mögen Äolsknechte ihn
tief in des Glaukus Wasserwüste ziehn,
wo ihm kein Frieden, keine Hoffnung tagte,
denn ehrlos ist und ohne edlen Sinn,
wer Frankreichs Königtum zu schmähen wagte!

VI Rondel

Jenin l'Avenu,
marsch zur Badestube,
und im Bade zieh,
Jenin l'Avenu,
nackt dich aus und brüh
dich ab im Bottich, Bube!
Jenin l'Avenu,
marsch zur Badestube!

Je meurs de seuf aupres de la fontaine,
Chaud comme feu, et tremble dent a dent;
En mon pays suis en terre lointaine;
Lez un brasier frissonne tout ardent;
Nu comme un ver, vêtu en president,
Je ris en pleurs et attends sans espoir;
Confort reprends en triste désespoir;
Je m'éjouis et n'ai plaisir aucun;
Puissant je suis sans force et sans povoir,
Bien recueilli, debouté de chacun.

Rien ne m'est sûr que la chose incertaine;
Obscur, fors ce qui est tout evident;
Doute ne fais, fors en chose certaine;
Science tiens a soudain accident;
Je gagne tout et demeure perdant;
Au point du jour dis: «Dieu vous donne bon soir!»
Gisant envers, j'ai grand paour de choir;
J'ai bien de quoi et si n'en ai pas un;
Échoite attends et d'homme ne suis hoir,
Bien recueilli, debouté de chacun.

De rien n'ai soin, si mets toute ma peine
D'acquerir biens et n'y suis pretendant;
Qui mieux me dit, c'est cil qui plus m'ataine,
Et qui plus vrai, lors plus me va bourdant;
Mon ami est, qui me fait entendant
D'un cygne blanc que c'est un corbeau noir;
Et qui me nuit, crois qu'il m'aide a povoir;
Bourde, verté, au jour d'hui m'est tout un;
Je retiens tout, rien ne sait concevoir,
Bien recueilli, debouté de chacun.

Ich sterb verdurstend an der vollen Quelle,
ich glühe und mir klappert Zahn an Zahn,
ich sitze frierend an der Feuerstelle,
im eignen Vaterland ein fremder Mann,
nackt wie ein Wurm und fürstlich angetan,
ich lache weinend, harre hoffnungslos,
getröstet nur in der Verzweiflung Schoß,
und was mich freut, löst nicht das Glücksproblem,
und stark und groß ist doch nichts mit mir los,
ich, gern gesehn und allen unbequem.

Nichts ist mir sichrer als das Ungewisse,
verhüllt ist mir, was andren offenbar,
und im Gewissen seh ich Hindernisse
und vorbedacht scheint mir, was Zufall war,
gewinnend stets, verlier ich immerdar,
am Morgen wünsch ich andren gutenacht,
im Liegen nehm ich mich vorm Fall in acht,
ich hab kein Geld und leb doch angenehm,
auf Erbschaft warte ich, dem nichts vermacht,
ich, gern gesehn und allen unbequem.

Nichts will ich mehr, indes ich nur begehre
nach Geld und Gut, worauf ich pfeif vergnügt,
es schmeichelt mir der Schänder meiner Ehre,
und ehrlich meint's mit mir, wer mich belügt,
mein Freund ist, wer am meisten mich betrügt
und mir als Schwan ein Rabenvieh andreht,
und wer mir schadet, mir zur Seite steht,
ob falsch, ob wahr, was liegt an alledem,
ich sehe hier, was dorten schon vergeht,
ich, gern gesehn und allen unbequem.

Prince clement, or vous plaise savoir
Que j'entends mout et n'ai sens ne savoir:
Partial suis, a toutes lois commun.
Que sais je plus? Quoi? Les gages ravoir,
Bien recueilli, debouté de chacun.

Jam nova progenies celo demittitur alto.
VIRGILE, *Ég.* IV, 7.

O louee conception
Envoyee ça jus des cieux,
Du noble lys digne scion,
Don de Jesus tres precieux,
Marie, nom tres gracieux,
Font de pitié, source de grace,
La joie, confort de mes yeux,
Qui notre paix bâtit et brasse!

La paix, c'est assavoir, des riches,
Des pauvres le sustentement,
Le rebours des felons et chiches,
Tres necessaire enfantement,
Conçu, porté honnêtement,
Hors le peché originel,
Que dire je puis saintement
Souvrain bien de Dieu eternel!

Huldreicher Fürst, bedenkt in diesem Kreis,
wie ich so vieles und so wenig weiß,
ich bleib allein und füg mich dem System.
Was noch? Ich weiß, wie ich erring den Preis,
ich, gern gesehn und allen unbequem.

VIII Aus Anlass der Geburt der Marie d'Orléans

O Frucht aus hochgepriesnem Schoß,
vom Himmel uns herabgeschickt,
der edlen Lilie hehrer Sproß,
des Jesus Gabe, die beglückt,
Ihr, die Mariä Name schmückt,
des Mitleids Quell, der Gnade Hort,
o Lust, die immer uns entzückt,
Ihr allen Friedens sichrer Port!

Des Friedens als der Reichen Ziel,
der Armen Zuflucht immerdar,
der Gier und Lüge Widerspiel,
Geburt, die hochwillkommen war,
empfangen und getragen gar
jenseits ererbter Sündenschuld,
Ihr, frommem Munde wunderbar
das teure Gut aus Gottes Huld!

Nom recouvré, joie de peuple,
Confort des bons, des maux retraite;
Du doux seigneur premiere et seule
Fille, de son clair sang extraite,
Du dêtre côté Clovis traite;
Glorieuse image en tous faits,
Ou haut ciel creee et pourtraite
Pour éjouir et donner paix!

En l'amour et crainte de Dieu
Es nobles flancs Cesar conçue,
Des petits et grands en tout lieu
A tres grande joie reçue,
De l'amour Dieu traite, tissue,
Pour les discordés rallier
Et aux enclos donner issue,
Leurs liens et fers délier.

Aucunes gens, qui bien peu sentent,
Nourris en simplesse et confits,
Contre le vouloir Dieu attentent,
Par ignorance déconfits,
Desirants que fussiez un fils;
Mais qu'ainsi soit, ainsi m'aît Dieux,
Je croi que ce soit grands proufits.
Raison: Dieu fait tout pour le mieux.

Du Psalmiste je prends les dits:
Delectasti me, Domine,
In factura tua, si dis:
Noble enfant, de bonne heure né,
A toute douceur destiné,
Manne du ciel, celeste don,
De tous bienfaits le guerdonné
Et de nos maux le vrai pardon!

O Name, Volkes höchstes Gut,
der Leiden Trost, Gerechter Recht,
des milden Fürsten edlem Blut
entsprossen wahrhaft, einzig, echt,
o Kind aus Chlodewigs Geschlecht,
ruhmreiches Bild, das uns erfreut,
die Himmelswonnen Ihr versprecht,
die Ihr uns Glück und Frieden beut!

In Lieb und Furcht des Herrn gezeugt,
aus eines Caesar Schoß Ihr kamt,
der Groß und Klein sich willig beugt,
von freudigem Gefühl entflammt,
aus Gottesliebe, unerlahmt,
kehrt Zwietracht Ihr in Einigkeit,
und den Gefangenen, verdammt,
von Strick und Ketten Ihr befreit.

Wenn einer, weil ein Wahn ihn quält,
weil seinen Sinn nur Torheit nährt,
sich gegen Gottes Willen stellt,
indem er wie ein Narr erklärt,
er wünschte, daß ein Sohn Ihr wärt,
so geht es doch nach Gottes Plan,
ich weiß, daß Heil uns widerfährt.
Was Gott tut, das ist wohlgetan.

Ein Wort aus dem Psalmisten stammt:
»O Herr, du hast mein Herz erfreut
durch deiner Schöpfung Werk.« – Ihr kamt
aus Himmelshöhn zur rechten Zeit
als Inbegriff der Süßigkeit,
Ihr Gottesgabe, Mannabrot,
Ihr aller Wohltat Sicherheit,
Befreierin aus aller Not!

Combien que j'ai lu en un dit:
Inimicum putes, y a,
Qui te presentem laudabit,
Toutefois, non obstant cela,
Oncques vrai homme ne cela
En son courage aucun grand bien,
Qui ne le montrât ça et la:
On doit dire du bien le bien.

Saint Jean Baptiste ainsi le fit,
Quand l'Agnel de Dieu décela.
En ce faisant pas ne méfit,
Dont sa voix es tourbes vola;
De quoi saint Andry Dieu loua,
Qui de lui ci ne savoit rien,
Et au Fils de Dieu s'aloua:
On doit dire du bien le bien.

Envoiee de Jesus Christ,
Rappelez ça jus par deça
Les pauvres que Rigueur proscrit
Et que Fortune bétourna.
Si sais bien comment il m'en va:
De Dieu, de vous, vie je tien.
Benoîte soit qui vous porta!
On doit dire du bien le bien.

Ci, devant Dieu, fais connoissance
Que creature fusse morte,
Ne fût votre douce naissance,
En charité puissant et forte,
Qui ressuscite et reconforte
Ce que Mort avoit prins pour sien;
Votre presence me conforte:
On doit dire du bien le bien.

Doppelballade

Ich weiß ein altes Wort, das heißt:
»Als deinen Feind nur schaue an,
wer dich vor allen Leuten preist!«
Und trotzdem seh ich dann und wann,
wie wohl ein jeder rechte Mann
voll Tapferkeit sein Haupt erhoben,
weil er mit Stolz es sagen kann:
Was lobenswert, das soll man loben.

Johannes zeigte solchen Geist,
dem Gottes Lamm es angetan,
ein Mann, des Werk man rühmlich preist
und dessen Wort die Welt gewann.
Andreas lobte Gott sodann,
des Wissens anfangs noch enthoben,
schloß er dem Gottessohn sich an:
Was lobenswert, das soll man loben.

Und Ihr, die Christi Gabe heißt,
nehmt gütig Euch der Armen an,
die Unrecht in den Abgrund reißt
und die Fortuna abgetan.
So kam ich selber aus der Bahn,
der nur durch Gott und Euch erhoben:
auch die Euch trug, drum preise man!
Was lobenswert, das soll man loben.

Vor Gott den frommen Schwur ich leist,
ich wäre längst ein toter Mann,
wärt nicht in starkem Liebesgeist
Ihr uns erschienen wohlgetan,
die retten und die trösten kann
auch mich, den schon der Tod umwoben,
Trost bringt allein schon Euer Nahn:
Was lobenswert, das soll man loben.

Ci vous rends toute obeissance,
A ce faire Raison m'exhorte,
De toute ma pauvre puissance;
Plus n'est deuil qui me déconforte,
N'autre ennui de quelconque sorte.
Vôtre je suis et non plus mien;
A ce Droit et Devoir m'enhorte:
On doit dire du bien le bien.

O grace et pitié tres immense,
L'entree de paix et la porte,
Somme de benigne clemence
Qui nos fautes tout et supporte,
Se de vous louer me deporte,
Ingrat suis, et je le maintien,
Dont en ce refrain me transporte:
On doit dire du bien le bien.

Princesse, ce los je vous porte,
Que sans vous je ne fusse rien.
A vous et a tous m'en rapporte:
On doit dire du bien le bien.

Œuvre de Dieu, digne, louee
Autant que nulle creature,
De tous biens et vertus douee,
Tant d'esperit que de nature,
Que de ceux qu'on dit d'aventure,
Plus que rubis noble ou balais;
Selon de Caton l'écriture:
Patrem insequitur proles,

Gehorsam schuldet Euch mein Geist,
den Einsicht führt auf rechte Bahn
und meinen Willen unterweist:
kein Kummer und kein falscher Wahn,
auch kein Verdruß ficht mich noch an.
Ich diene Euch, mir selbst enthoben,
so daß ich sagen muß und kann:
Was lobenswert, das soll man loben.

O Gnade, Mitleid allermeist,
verkündend uns des Friedens Nah'n,
o Ihr, die Milde uns verheißt,
all unsre Schuld trägt, unsren Wahn,
wenn ich Euch nicht mehr preise dann,
es wär des Undanks, Aufruhrs Toben,
drum hänge diesen Reim ich an:
Was lobenswert, das soll man loben.

O Fürstin, dieses Lob nehmt an
von mir, der ohne Euch zerstoben!
Ich sag es Euch und jedermann:
Was lobenswert, das soll man loben.

Werk Gottes, höchsten Lobes wert,
wie anders kein Geschöpf man preist,
durch Güte, Tugenden verklärt
in Eurem Wesen, Eurem Geist,
und wie sie die Berufung weist,
Ihr kostbar und an Adel reich
und so, wie es bei Cato heißt:
»Das Kind ist seinem Vater gleich.«

Port assûré, maintien rassis,
Plus que ne peut nature humaine,
Et eussiez des ans trente six;
Enfance en rien ne vous demene.
Que jour ne le die et semaine,
Je ne sais qui le me défend.
A ce propos un dit ramene:
De sage mere sage enfant.

Dont resume ce que j'ai dit:
Nova progenies celo,
Car c'est du poete le dit,
Jamjam demittitur alto.
Sage Cassandre, belle Echo,
Digne Judith, caste Lucrece,
Je vous connois, noble Dido,
A ma seule dame et maîtresse.

En priant Dieu, digne pucelle,
Qu'il vous doint longue et bonne vie;
Qui vous aime, ma damoiselle,
Ja ne coure sur lui envie.
Entiere dame et assouvie,
J'espoir de vous servir ainçois,
Certes, se Dieu plaît, que devie
Votre pauvre écolier François.

Bewährter Hafen, fester Halt,
wie sonst kein Mensch sie bieten kann,
als wärt Ihr dreißig Jahre alt
und frei von allem Jugendwahn.
So sag ich immer wieder dann,
so viel der Tage, Wochen sind,
was schon das Sprichwort kundgetan:
»So wie die Mutter, so das Kind.«

Und also schließ ich mit dem Wort:
»Ein neu Geschlecht wird jetzt«, so ahnt
der Dichter und fährt also fort,
»vom hohen Himmel uns gesandt.«
Der Echo Reiz, Kassandras Stand,
der Judith Kraft, Lukretias Scheu,
der edlen Dido milde Hand:
Euch, Herrin, bleib ich immer treu.

Es schenke Gott Euch, Jungfrau wert,
des langen Lebens schöne Zier.
Und ihn, der liebend Euch verehrt,
nicht anficht mehr der Welt Begier.
So sei es stets Bedürfnis mir,
zu rühmen, Frau, Euch immerdar,
bis Gott von dieser Erde hier
abruft den fahrenden Scholar.

Ayez pitié, ayez pitié de moi,
A tout le moins, si vous plaît, mes amis!
En fosse gis, non pas sous houx ne mai,
En cet exil ouquel je suis transmis
Par Fortune, comme Dieu l'a permis.
Filles, amants, jeunes gens et nouveaux,
Danseurs, sauteurs, faisants les pieds de veaux,
Vifs comme dards, agus comme aguillon,
Gousiers tintants clair comme cascaveaux,
Le laisserez la, le pauvre Villon?

Chantres chantants a plaisance, sans loi,
Galants, riants, plaisants en faits et dits,
Courants, allants, francs de faux or, d'aloi
Gens d'esperit, un petit étourdis,
Trop demourez, car il meurt entandis.
Faiseurs de lais, de motets et rondeaux,
Quand mort sera, vous lui ferez chaudeaux!
Ou gît, il n'entre éclair ne tourbillon:
De murs épois on lui a fait bandeaux.
Le laisserez la, le pauvre Villon?

Venez le voir en ce piteux arroi,
Nobles hommes, francs de quart et de dix,
Qui ne tenez d'empereur ne de roi,
Mais seulement de Dieu de paradis;
Jeuner lui faut dimenches et merdis,
Dont les dents a plus longues que râteaux;
Après pain sec, non pas après gâteaux,
En ses boyaux verse eau a gros bouillon;
Bas en terre, table n'a ne tréteaux.
Le laisserez la, le pauvre Villon?

IX Epistel an meine Freunde

Erbarmt euch mein, erbarmt euch meiner doch,
ihr Freunde, laßt mich bitte nicht allein!
Nicht unterm Maibaum lieg ich, nein, im Loch,
ich ging in finstere Verbannung ein,
wie es Fortuna gab und Gott läßt sein.
Verliebte Dirnlein, Schelme rank und schlank,
ihr Tänzer, Springer voller Überschwang,
so pfeilgeschwind, so aalglatt wie ein Strich,
mit Kehlen klingend hell wie Schellenklang,
laßt ihr den armen Freund Villon im Stich?

Ihr Sänger, vogelwild und vogelfrei,
ihr Burschen, lustig, munter, frisch und keck,
so selbstbewußt und doch so dumm dabei,
mit weder Geld noch Falschgeld frech wie Dreck,
wo bleibt ihr nur, er stirbt euch sonst noch weg.
Legate-Lieder-Rondosängerlein,
bin ich gestorben, sauft ihr heißen Wein!
Im Schutze dicker Mauern liege ich,
kein Sturm dringt her, kein Blitz schlägt ein:
laßt ihr den armen Freund Villon im Stich?

Kommt her und seht sein jammervoll Gesicht,
ihr edlen Herrn, von allen Steuern frei,
die ihr nicht Kaiser kennt und König nicht
und nur den Lieben Gott so nebenbei,
ach, sonntags, dienstags gibt es keinen Brei,
die Zähne stehn wie Zinken ihm heraus:
nach trocken Brot, gewiß kein Kuchenschmaus,
füll kübelweis den Darm mit Wasser ich
und komm hier ohne Tisch und Bette aus.
Laßt ihr den armen Freund Villon im Stich?

Princes nommés, anciens, jouvenceaux,
Impetrez moi graces et royaux sceaux,
Et me montez en quelque corbillon.
Ainsi le font, l'un a l'autre, pourceaux,
Car, ou l'un brait, ils fuient a monceaux
Le laisserez la, le pauvre Villon?

Le mien seigneur et prince redouté
Fleuron de lys, royale geniture,
François Villon, que Travail a dompté
A coups orbes, par force de bature,
Vous supplie par cette humble écriture
Que lui fassiez quelque gracieux prêt.
De s'obliger en toutes cours est prêt,
Si ne doutez que bien ne vous contente:
Sans y avoir dommage n'interêt,
Vous n'y perdrez seulement que l'attente.

A prince n'a un denier emprunté,
Fors a vous seul, votre humble creature.
De six écus que lui avez prêté,
Cela pieça il mit en nourriture,
Tout se paiera ensemble, c'est droiture,
Mais ce sera legierement et prêt;
Car se du gland rencontre en la forêt
D'entour Patay, et chataignes ont vente,
Payé serez sans delai ni arrêt:
Vous n'y perdrez seulement que l'attente.

Ihr Herren allesamt, so alt wie jung,
erwirkt beim König mir Begnadigung,
bringt einen Rettungskorb und rettet mich.
Ihr helft mir wie die Schweine, die im Dung,
wenn eines quiekt, entfliehn im Seitensprung.
Laßt ihr den armen Freund Villon im Stich?

X Bittgesuch an den Herzog von Bourbon

Ihr mein erlauchter Fürst und edler Herr,
der Lilie Sproß, aus königlichem Blute,
François Villon, den bittre Not zu sehr
gezüchtigt und gequält mit harter Knute,
schreibt diesen Brief an Euch mit scheuem Mute
und bittet um ein Darlehn Eurer Huld.
Gerichtlich eingetragen sei die Schuld,
die Tilgung auch wird er Euch garantieren,
und keinen Schaden bringt Euch die Geduld,
und die Geduld nur sollt Euch nicht genieren.

Noch keinen Fürsten je um Geld er bat,
nur Euch, dem treu zu dienen sein Bestreben,
und die sechs Taler, die er von Euch hat,
mit denen knapp er fristete sein Leben,
wird er Euch mit den neuen wiedergeben,
es wird ihm auch ein Leichtes sein, und bald:
trägt Eicheln bei Patay der Tannenwald,
kann als Kastanien er sie offerieren,
und seine Schulden all sind schnell bezahlt,
und die Geduld nur sollt Euch nicht genieren.

Se je pusse vendre de ma santé
A un Lombard, usurier par nature,
Faute d'argent m'a si fort enchanté
Qu'en prendroie, ce cuide, l'aventure.
Argent ne pends a gipon n'a ceinture;
Beau sire Dieu! je m'ébahis que c'est
Que devant moi croix ne se comparaît,
Si non de bois ou pierre, que ne mente;
Mai s'une fois la vraie m'apparaît,
Vous n'y perdrez seulement que l'attente.

Prince du lys, qui a tout bien complaît,
Que cuidez vous comment il me déplaît,
Quand je ne puis venir a mon entente?
Bien m'entendez; aidez moi, s'il vous plaît:
Vous n'y perdrez seulement que l'attente.

Allez, lettres, faites un saut;
Combien que vous n'ayez pied ni langue,
Remontrez en votre harangue
Que faute d'argent si m'assaut.

Böt mir für die Gesundheit einer Geld,
und wär's ein Wucherer, ein Halsabschneider,
wenn mich die Geldnot so in Banden hält,
dann wagte ich dies Abenteuer, leider.
In Wams und Gurt kein Geld, so geht's nicht weiter,
mein Gott, ein Wunder muß hier rasch geschehn,
ein Kreuz seh ich im Geist schon vor mir stehn,
ob Holz, ob Stein, ich will nicht fabulieren,
viel lieber würde ich da Kreuzer sehn,
und die Geduld nur sollt Euch nicht genieren.

O Lilienfürst, der zu den Guten hält,
versteht Ihr nun, wie es um mich bestellt,
vermag mein Brief nicht Euer Ohr zu rühren?
Erhört die Bitte, helft, wenn's Euch gefällt:
und die Geduld nur sollt Euch nicht genieren.

Auf der Rückseite des Briefes

Fliegt, meine Zeilen, rasch bestellt
auch ohne Mund und ohne Füße
dem Hof von mir die schönsten Grüße,
es wär mein Tod, kommt nicht schnell Geld.

Qu'est ce que j'oi? – Ce suis je! – Qui? – Ton cœur
Qui ne tient mais qu'a un petit filet:
Force n'ai plus, substance ne liqueur,
Quand je te vois retrait ainsi seulet
Com pauvre chien tapi en reculet.
– Pour quoi est ce? – Pour ta folle plaisance.
– Que t'en chaut-il? – J'en ai la déplaisance.
– Laisse m'en paix. – Pour quoi? – J'y penserai.
– Quand sera ce? – Quand serai hors d'enfance.
– Plus ne t'en dis. – Et je m'en passerai.

– Que penses tu? – Être homme de valeur.
– Tu as trente ans. – C'est l'âge d'un mulet.
– Est ce enfance? – Nenni. – C'est donc foleur;
Qui te saisit? – Par ou? Par le collet?
– Rien ne connois. – Si fais. – Quoi? – Mouche en lait;
L'un est blanc, l'autre est noir, c'est la distance.
– Est ce donc tout? – Que veux tu que je tance?
Se n'est assez, je recommencerai.
– Tu es perdu! – J'y mettrai resistance.
– Plus ne t'en dis. – Et je m'en passerai.

– J'en ai le deuil; toi, le mal et douleur.
Se fusses un pauvre idiot et folet,
Encore eusses de t'excuser couleur:
Si n'as tu soin, tout t'est un, bel ou laid.
Ou la tête as plus dure qu'un jalet,
Ou mieux te plaît qu'honneur cette méchance!
Que répondras a cette consequence?
– J'en serai hors quand je trépasserai.
– Dieu, quel confort! – Quelle sage éloquence!
– Plus ne t'en dis. – Et je m'en passerai.

Wen hör ich da? – Ich bin es! – Wer? – Dein Herz,
das nur an einem dünnen Faden hängt,
Kraft, Mark und Saft, ach, schwanden niederwärts,
seh ich dich in dein eigen Selbst gezwängt,
wie einen Hund man in die Ecke drängt.
– Warum? – Dein ewiges der Lust Nachjagen.
– Was geht's dich an? – Ich muß die Folgen tragen.
– Hör auf damit! – Weshalb? – Ich denk schon dran.
– Und wann? – Nicht jetzt in meinen Jugendtagen.
– Mehr sag ich nicht. – Allein auch pack ich's an.

– Was hast du vor? – Ein braver Mann zu sein.
– Du bist schon dreißig! – Eselsalter! Sei's!
– Du bist kein Kind mehr? – Nein. – Doch Narretein
dich würgen? – Wo? Am Hals ist mir nicht heiß.
– Nichts weißt du. – Doch. – Und was? – Die Milch ist weiß,
die Fliege drin ist schwarz, leicht zu verstehen.
– Und ist das alles? – Mehr ist nicht zu sehen,
begreifst du's nicht, ich dir es zeigen kann.
– Du gehst zugrund! – So weit muß ich nicht gehen.
– Mehr sag ich nicht. – Allein auch pack ich's an.

– Mir bleibt der Kummer, dir der Schmerz, die Qual.
Würdst du ein armer Narr, ein Dummkopf sein,
wärst du entschuldigt ein für allemal,
doch dir ist alles gleich, ob groß, ob klein,
ach, oder ist dein Kopf so hart wie Stein,
und für dein Elend opferst du die Ehre!
Und ziehst du daraus wirklich keine Lehre?
– Bin ich gestorben, ist's damit getan.
– O Gott, welch Trost! – Ob deiner besser wäre?
– Mehr sag ich nicht. – Allein auch pack ich's an.

– Dont vient ce mal? – Il vient de mon malheur.
Quand Saturne me fit mon fardelet,
Ces maux y mit, je le croi. – C'est foleur:
Son seigneur es, et te tiens son varlet.
Voi que Salmon écrit en son rolet;
«Hommes sage, ce dit il, a puissance
Sur planetes et sur leur influence.»
– Je n'en crois rien: tel qu'il m'ont fait serai.
– Que dis tu? – Da! certes, c'est ma creance.
– Plus ne t'en dis. – Et je m'en passerai.

– **V**eux-tu vivre? – Dieu m'en doint la puissance!
– **I**l te faut . . . – Quoi? – Remords de conscience,
Lire sans fin. – En quoi? – Lire en science,
Laisser les fous! – Bien j'y aviserai.
– **O**r le retiens! – J'en ai bien souvenance.
– **N**'attends pas tant que tourne a déplaisance.
Plus ne t'en dis – Et je m'en passerai.

– Woher dies Elend? – Unglück schuf es mir.
Saturn schloß in mein Bündel all die Pein
als Angebind mit ein. – Ein Narr spricht hier:
du sollst sein Herr und nicht sein Sklave sein.
Schrieb Salomo nicht in sein Buch hinein:
»Dem weisen Manne ist die Macht gegeben
so über Sterne wie das Menschenleben«?
– O nein, ihr Walten ich nicht lenken kann.
– Warum? – Mein Glaube ist's, so denk ich eben.
– Mehr sag ich nicht. – Allein auch pack ich's an.

– Willst du nicht leben? – Gott wird helfen müssen!
– Dann ... – Nun? – ... zeig in der Reue dich beflissen
und lies! – Wie das? – Die Bibel stärkt dein Wissen,
laß ab vom Wahn! – Ich tue, was ich kann.
– Vergiß es nicht! – Es ist ein harter Bissen!
– Beiß zu, eh wieder Zweifel dich verdrießen.
Mehr sag ich nicht. – Allein auch pack ich's an.

Fortune fus par clercs jadis nommee,
Que toi, François, crie et nomme murtriere,
Qui n'es homme d'aucune renommee.
Meilleur que toi fais user en plâtriere,
Par pauvreté, et fouïr en carriere;
S'a honte vis, te dois tu doncques plaindre?
Tu n'es pas seul; si ne te dois complaindre.
Regarde et voi de mes faits de jadis,
Maints vaillants homs par moi morts et roidis;
Et n'es, ce sais, envers eux un souillon.
Apaise toi, et mets fin en tes dits.
Par mon conseil prends tout en gré, Villon!

Contre grands rois me suis bien animee,
Le temps qui est passé ça en arriere:
Priam occis et toute son armee,
Ne lui valut tour, donjon ne barriere;
Et Hannibal demoura il derriere?
En Carthage par Mort le fis atteindre;
Et Scipion l'Afriquan fis éteindre;
Jules Cesar au Senat je vendis;
En Egypte Pompee je perdis;
En mer noyai Jason en un bouillon;
Et une fois Rome et Romains ardis.
Par mon conseil prends tout en gré, Villon!

Alixandre, qui tant fit de hemee,
Qui voulut voir l'étoile poussiniere,
Sa personne par moi fut envlimee;
Alphasar roi, en champ, su sa banniere
Rué jus mort. Cela est ma maniere,
Ainsi l'ai fait, ainsi le maintiendrai:
Autre cause ne raison n'en rendrai.
Holofernes l'idolâtre maudis,
Qu'occit Judith (et dormoit entandis!)

Fortuna nannten mich dereinst die Weisen,
und du, François, willst Mörderin mich nennen,
den andere wohl kaum viel besser heißen,
und Bessere als dich laß Gips ich brennen
und aus Verzweiflung in den Steinbruch rennen:
du lebst in Schande, willst du dich beklagen?
Du bist da nicht allein, du mußt es tragen. –
Doch blick in die Vergangenheit ein Stück,
wie mancher starb und hatte auch kein Glück,
und war doch nicht wie du solch Lumpensohn.
Sei also still und halte dich zurück.
Ich rate dir, füg dich darein, Villon!

An großen Kaisern hatte ich Gefallen,
ein Blick ins Altertum läßt dich erschauern:
ich fällte Priamus samt Helden allen,
nichts nützten ihnen Burg und Turm und Mauern,
und willst du nicht auch Hannibal bedauern?
Den Tod hat in Karthago er gefunden,
in Afrika ist Scipio hingeschwunden,
durch den Senat bracht Caesar ich zu Fall,
Pompeius tötete ein Mörderstahl,
und Jason schlug ich auf dem Meere schon,
verbrannte einmal Rom samt Römern all.
Ich rate dir, füg dich darein, Villon!

Auch Alexander, einst so groß im Streiten,
der greifen wollte nach dem Ruhm der Sterne,
durch Gift ließ ich ihm seinen Tod bereiten,
gestreckt im Feld aufs Fahnentuch nicht gerne
sank Alphasar mir hin. – Mein Wesen lerne,
so wie ich's trieb, auch fürder ich es treibe,
und so und anders nicht ich dabei bleibe.
Den Götzendiener Holofernes traf,
als er in seinem Zelte lag im Schlaf,

De son poignard, dedans son pavillon;
Absalon, quoi? en fuyant le pendis.
Par mon conseil prends tout en gré, Villon!

Pour ce, François, écoute que te dis:
Se rien pusse sans Dieu de Paradis,
A toi n'autre ne demourroit haillon,
Car pour un mal, lors j'en feroie dix.
Par mon conseil prends tout en gré, Villon!

Je suis François, dont il me poise,
Né de Paris emprès Pontoise,
Et de la corde d'une toise
Saura mon col que mon cul poise.

verräterisch der Judith Dolch als Lohn,
und Absalon fand auf der Flucht die Straf.
Ich rate dir, füg dich darein, Villon!

Und drum sollst du, François, mich wohl verstehn:
könnt ohne Gott im Himmel was geschehn,
wärst du mit andern längst in Fetzen schon,
für eine Untat zahlt man mir mit zehn.
Ich rate dir, füg dich darein, Villon!

XIII Vierzeiler

Der Franz-os ich, ein Mißgeschick,
bin aus Paris bei Oisebrück,
bald merkt mein Hals am langen Strick:
mein Hintern bricht mir das Genick.

Freres humains qui après nous vivez,
N'ayez les cœurs contre nous endurcis,
Car, se pitié de nous pauvres avez,
Dieu en aura plus tôt de vous mercis.
Vous nous voyez ci attachés cinq, six:
Quant de la chair que trop avons nourrie,
Elle est pieça devoree et pourrie,
Et nous, les os, devenons cendre et poudre.
De notre mal personne ne s'en rie;
Mais priez Dieu que tous nous veuille absoudre!

Se freres vous clamons, pas n'en devez
Avoir dédain, quoi que fumes occis
Par justice. Toutefois, vous savez
Que tous hommes n'ont pas bon sens rassis;
Excusez nous, puis que sommes transis,
Envers le fils de la Vierge Marie,
Que sa grace ne soit pour nous tarie,
Nous preservant de l'infernale foudre.
Nous sommes morts, ame ne nous harie,
Mais priez Dieu que tous nous veuille absoudre!

La pluie nous a bués et lavés,
Et le soleil dessechés et noircis;
Pies, corbeaux, nous ont les yeux cavés,
Et arraché la barbe et les sourcils.
Jamais nul temps nous ne sommes assis;
Puis ça, puis la, comme le vent varie,
A son plaisir sans cesser nous charrie,
Plus becquetés d'oiseaux que dés a coudre.
Ne soyez donc de notre confrerie;
Mais priez Dieu que tous nous veuille absoudre!

XIV Grabschrift Villons in Balladenform

Ihr Menschenbrüder, die ihr nach uns lebt,
verhärtet eure Herzen nicht zu Stein,
wenn ihr uns Armen euer Mitleid gebt,
wird Gottes Gnade einst auch euch verzeihn.
Hier seht ihr uns gehängt, acht oder neun,
und unser Fleisch, das wir zu gut ernährten,
ist längst zernagt, verfault, wird Erde werden,
und das Gerippe wird zu Staub zerfallen.
Ach, lacht nicht über unsere Beschwerden
und bittet Gott, daß er verzeih uns allen.

Wenn wir euch Brüder nennen, so erbost
euch nicht, traf uns auch hier am Hochgericht
der Tod. Wir haben ihn zurecht erlost,
vernünftig sind wir Menschen alle nicht:
bittet für uns, losch unser Lebenslicht,
bei unsrer Jungfrau hochgebornem Sohne,
daß er mit seiner Gnade uns belohne
und uns bewahre vor der Hölle Qualen.
Wir sind jetzt tot, nicht sei's euch Grund zum Hohne,
und bittet Gott, daß er verzeih uns allen!

Der Regen laugt uns aus und wäscht den Flaus,
die Sonne hat uns mählich schwarz gedörrt,
die Augen hackten Krähn und Elstern aus,
sie haben Bart und Brauen ausgezerrt.
Zu keiner Zeit sind wir hier ungestört,
von welcher Seite auch die Winde wehen,
wir Fingerhüte uns mit ihnen drehen,
zerpickt, zerlocht von Schnäbeln und von Krallen.
Ihr Brüder sollt in uns ein Beispiel sehen,
und bittet Gott, daß er verzeih uns allen!

Prince Jesus, qui sur tous a maîtrie,
Garde qu'Enfer n'ait de nous seigneurie:
A lui n'ayons que faire ne que soudre.
Hommes, ici n'a point de moquerie;
Mais priez Dieu que tous nous veuille absoudre!

Tous mes cinq sens: yeux, oreilles et bouche,
Le nez, et vous, le sensitif aussi,
Tous mes membres ou il n'y a reprouche,
En son endroit un chacun die ainsi:
«Souvraine Cour, par qui sommes ici,
Vous nous avez gardé de déconfire.
Or la langue seule ne peut souffire
A vous rendre suffisantes louanges;
Si parlons tous, fille du Souvrain Sire,
Mere des bons et sœur des benoits anges!»

Cœur, fendez vous, ou percez d'une broche,
Et ne soyez, au moins, plus endurci
Qu'au desert fut la forte bise roche
Dont le peuple des Juifs fut adouci:
Fondez larmes et venez a merci;
Comme humble cœur qui tendrement soupire,
Louez la Cour, conjointe au Saint Empire,
L'heur des François, le confort des étranges,
Procreee lassus ou ciel empire,
Mere des bons et sœur des benoits anges!

Fürst Jesus, unser aller Herr und Meister,
entreiße uns der Macht der Höllengeister
und richte uns nach deinem Wohlgefallen.
Ihr Menschen, höhnt nicht unser um so dreister
und bittet Gott, daß er verzeih uns allen!

XV Dank und Bittschrift an den Gerichtshof

All meine Sinne, Nase, Ohren, Augen,
vergessen seien Mund und Tastsinn nicht,
auch meine Glieder all, die nicht viel taugen,
ein jedes heil an seinem Orte spricht:
»Vor dem wir stehn, erhabenes Gericht,
du wahrtest uns vorm Auseinanderfallen,
die Zunge aber weiß nur schwach zu lallen,
statt laut dir einen Reim ins Lob zu flechten,
drum, Tochter Gottes, hör es von uns allen:
du Engelsschwester, Mutter der Gerechten!«

Ergieß dich, Herz, laß dich vom Speer erbohren,
sei härter nicht als jener Felsen war,
daraus, als in der Wüste sie verloren,
den Juden Labung floß so wunderbar,
ihr Tränen, seid willkommen, fließet klar,
das seufzerreiche Herz, das arme, bleiche,
lob das Gericht, das heilig ewig gleiche,
gestiftet von den hohen Himmelsmächten,
das Frankreich teure, Fremden segensreiche:
du Engelsschwester, Mutter der Gerechten!

Et vous, mes dents, chacune si s'éloche;
Saillez avant, rendez toutes merci,
Plus hautement qu'orgue, trompe, ne cloche,
Et de mâcher n'ayez ores souci;
Considerez que je fusse transi,
Foie, poumon et rate, qui respire;
Et vous, mon corps, qui vil êtes et pire
Qu'ours ne pourceau qui fait son nid es fanges,
Louez la Cour, avant qu'il vous empire,
Mere des bons et sœur des benoits anges!

Prince, trois jours ne veuillez m'écondire,
Pour moi pourvoir et aux miens adieu dire;
Sans eux argent je n'ai, ici n'aux changes,
Cour triomphant, *fiat*, sans me dédire,
Mere des bons et sœur des benoits anges!

Ihr meine Zähne, aus dem Mund mir springet
und lobt und preist und rühmt und danket laut,
wie Orgel, Glocken und Trompeten singet,
denn beinah hättet ihr schon ausgekaut,
und ihr auch, denen es vorm Tode graut,
Milz, Leber, Lunge, jedes Atemholen,
und du mein Leib, du wüstester der Tollen,
wie Bär und Schwein im Sumpfgenist, dem schlechten,
dankt dem Gericht, es möge euch nicht grollen:
du Engelsschwester, Mutter der Gerechten!

O Fürst, gewährt mir Aufschub für drei Tage,
damit den Meinen Lebewohl ich sage,
vielleicht, daß sie an Reisegeld auch dächten,
sag *fiat*, o Gericht, sieh meine Lage,
du Engelsschwester, Mutter der Gerechten!

Que vous semble de mon appel,
Garnier? Fis je sens ou folie?
Toute bête garde sa pel;
Qui la contraint, efforce ou lie,
S'elle peut, elle se délie.
Quand donc par plaisir volontaire
Chanté me fut cette homelie,
Étoit il lors temps de moi taire?

Se fusse des hoirs Hue Capel
Qui fut extrait de boucherie,
On ne m'eût, parmi ce drapel,
Fait boire en cette écorcherie.
Vous entendez bien joncherie?
Mais quand cette peine arbitraire
On me jugea par tricherie,
Étoit il lors temps de moi taire?

Cuidiez vous que sous mon capel
N'y eût tant de philosophie
Comme de dire: «J'en appel?»
Si avoit, je vous certifie,
Combien que point trop ne m'y fie.
Quand on me dit, present notaire:
«Pendu serez!» je vous affie,
Étoit il lors temps de moi taire?

Prince, se j'eusse eu la pepie,
Pieça je fusse ou est Clotaire,
Aux champs debout comme une épie,
Étoit il lors temps de moi taire?

War klug, war töricht mein Appell,
Garnier, war nichts herauszuschinden?
Ein jedes Tier bangt um sein Fell
und sucht der Hand sich zu entwinden,
die quält und fangen will und binden.
Man wollte mir was Schönes geigen
mit langer Phrasen hohlen Quinten,
wär's recht gewesen, da zu schweigen?

Wenn ich ein Kapetinger wär,
ein Metzgerssohn mit Königsweihen,
dann überlegte man sich sehr
solch üble Wasserfoltereien.
Ich hoff, du wirst den Witz verzeihen!
Wenn hohe Richter Willkür zeigen
mit üblen Tricks und Schwindeleien,
wär's recht gewesen, da zu schweigen?

Du meinst, ich hätt nichts unterm Hut
und daß ich mich vielleicht geniere,
nein, mein Verstand hat kurz und gut
den Herrn erklärt: »Ich appelliere!«
Ich hab entlastende Papiere.
Denn vorm Notar wollt man mir's zeigen:
»Du wirst gehängt!« Was ich kapiere:
Wär's recht gewesen, da zu schweigen?

Mein Freund, wenn Schnabelpips ich hätte,
tanzt wie Clotaire ich Engelsreigen
mit Vogelscheuchen um die Wette.
Wär's recht gewesen, da zu schweigen?

Epitaphe dudit Villon

Freres humains qui apres noꝰ viues
Napez les cueurs contre noꝰ endurcis
Car ſe pitie de noꝰ pouurez auez
Dieu en aura pluſtoſt de vous mercis
Vous nous voies cy ataches cinq ſix
Quāt de la char q̄ trop auōs nourrie
Elleſt pieca deuouree et pourrie
et noꝰ les os deuenōs cēdres ⁊ pouldre
De noſtre mal perſonne ne ſen rie
Mais pries dieu que tous nous vueil
le abſouldre

BALLADES EN JARGON · DIE JARGON-BALLADEN

Die Balladen in der Sprache der Coquillards

A Parouart, la grant mathe gaudie,
Ou accolés sont duppes et noircis,
Et par les anges, suivans la paillardie,
   Sont greffis et prins cinq ou six;
La sont beffleurs au plus haut bout assis
Pour le evaige, et bien haut mis au vent.
Eschequez moy tost ces coffres massis:
Car vendengeurs, des ances circoncis,
   S'en brouent du tout a neant.
   Eschec, eschec pour le fardis!

   Brouez moy sur ces gours passants
   Avisez moy bien tost le blanc,
Et pietonnez au large sur les champs
Qu'au mariage ne soiez sur le banc
   Plus qu'un sac de platre n'est blanc.
   Si gruppés estes des carieux,
   Rebignez moy ces enterveux
   Et leut monstrez des trois le bris
   Qu'enclaus ne soiez deux a deux:
   Eschec, eschec pour le fardis!

   Plantez aux hurmes vos picons,
   De paour des bisans si très durs,
   Et aussi d'estre sur les joncs,
   Enmalés en coffre, en gros murs;
   Escharicez, ne soiez durs,
Que le grand Can ne vous fasse essorer.
   Songears ne soiez pour dorer,
   Et babignez tousjours aux huis
   Des sires pour les desbouser:
   Eschec, eschec pour le fardis!

I

Hier in Paris, der schönen großen Stadt,
sind wieder ein paar schwarze Kerls zu sehn,
wie sie Sergeanten nach der Missetat
zu fünf, zu sechs in ihre Falle gehn,
die Diebe, die so hoch im Ansehn stehn,
sie schaukeln droben nun im frischen Wind.
Paßt vor dem Kerker auf, wo sehr geschwind
die Beutelschneider mit geschlitztem Ohr
zum Schluß doch immer die Verlierer sind.
Paßt auf und seht euch vor dem Hanfstrick vor!

Macht euch davon, so schnell ihr laufen könnt,
nur fort, und notfalls mitten durchs Gesträuch,
wenn unterm Fuß euch schon der Boden brennt,
die Galgenhochzeit wartet sonst auf euch,
und dann seid ihr auf einmal kreidebleich.
Vor den Sergeanten schleunigst abgezischt,
zeigt ihnen euren Hintern und entwischt,
denn das sind Leute ohne viel Humor,
ihr werdet sonst in Ketten aufgemischt:
paßt auf und seht euch vor dem Hanfstrick vor!

Hängt an den Balken eure Haken, knackt
kein Schloß, daß ihr nicht auf der Folter büßt
und hinter dicken Mauern abgesackt
auf einer Schütte Stroh dann hausen müßt,
macht schnell euch aus dem Staub, denkt ans Gerüst,
an das der Chef euch sonst zum Trocknen hängt.
Mit lauter goldner Wahrheit sie beschenkt,
vielleicht leihn euch die Tröpfe dann ein Ohr,
wenn ihre Nasen ihr ein wenig lenkt:
paßt auf und seht euch vor dem Hanfstrick vor!

Prince froart, dit des arques petis,
L'un des sires si ne soit endormis.
Luez au bec que ne soiez greffis,
  Et que vous ens n'ayez du pis:
  Eschec, eschec pour le fardis.

Coquillars, arvans a Ruel,
Menys vous chante que gardez
Que n'y laissez et corps et pel,
Comme fist Collin l'Escailler.
Devant la roe a babiller.
Il babigna pour son salut!
Pas ne sçavoit oignons peler,
Dont l'amboureux luy rompt le suc.

Changez vos andosses souvent,
Et tirez vous tout droit au temple;
Et eschequez tost, en brouant,
Qu'en la jarte ne soiez emple.
Montigny y fut par exemple
Bien attaché au halle grup,
Et y jargonnast il le tremple,
Dont l'amboureux luy rompt le suc.

Ihr Herrn, die ihr nur kleine Truhen brecht,
der Wächter liegt nicht immer auf dem Ohr,
paßt auf beim Abhaun: macht man, daß ihr sprecht,
ergeht es euch noch schlechter als nur schlecht –
paßt auf und seht euch vor dem Hanfstrick vor!

II

Ihr Räuber, hört, ihr Coquillards,
ich rate euch, nehmt euch in acht,
sonst zahlt ihr drauf mit Haut und Haar,
wie's Colin »Coquillard« gemacht
mit zu viel Singen vor Gericht.
Das Singen brachte ihm kein Glück,
denn Zwiebeln pellen lag ihm nicht,
der Henker brach ihm das Genick.

Auch wechselt öfter mal den Frack,
zieht euch zurück, im Kloster pennt,
haut ab mit allem Sack und Pack,
sonst baumelt ihr im Büßerhemd.
Auch Montigny es so erging,
erwürgt von einem hanfnen Strick,
denn trotz Gejammer und Gesing,
der Henker brach ihm das Genick.

Gailleurs, bien faitz en piperie,
Pour ruer les ninars au loing,
A l'assaut tost, sans suerie!
Que les mignons ne soient au gaing
Farcis d'ung plombeïs a coing,
Qui griffe au gard le duc,
Et de la dure si très loin
Dont l'amboureux luy rompt le suc.

Prince, erriere de Ruel
Et n'eussiez vous denier ne pluc,
Qu'au giffle ne laissez la pel
Pour l'amboureux qui rompt le suc.

Spelicans
Qui en tous temps
Avancez dedans le pogois
Gourde piarde
Et sur la tarde
Desbousez les povres niais;
Et pour soustenir vos pois
Les duppes sont privés de caire,
Sans faire haire
Ne hault braire,
Mais plantés ils sont comme joncs
Pour les sires qui sont si longs.

Halunken der Ganovenzunft,
schnell fort, bevor man auf euch schießt,
nur keinen Mord, flieht mit Vernunft!
Die Zeche ihr sonst zahlen müßt,
wer an der »Birne« nicht erstickt,
den trifft das andere Geschick,
daß er von oben auf uns blickt,
der Henker bricht ihm das Genick.

Ihr Herrn, schlagt niemals einen tot,
so teures Geld bringt euch kein Glück,
und kein Appell hilft in der Not,
der Henker bricht euch das Genick.

III

Ihr Schnorrgesindel
denkt nur an Schwindel,
und immer neu wird Wein gebracht,
die halbe Nacht
wird durchgemacht,
ein netter Dummkopf wird geschröpft:
die Zeche zu bezahlen, knöpft
sein Geld ihr ab dem armen Schwein,
er darf nicht schrein,
muß stille sein,
sitzt binsengrad und hält sich gut,
ihr großen Herrn mit so viel Mut.

Souvent aux arques
A leurs marques
Se laissent toujours desbouser
Pour ruer
Et enterver;
Pour leur contre, que lors faisons
La fee les arques vous respons,
Et rue deux coups ou trois
Aux gallois.
Deux ou trois
Nineront trestout aux fronts
Pour les sires qui sont si longs.

Pour ce, Benards,
Coquillars
Rebecquez vous de la montjoye
Qui desvoye
Vostre proye,
Et vous fera du tout brouer,
Par joncher et enterver
Qui est aux pijons bien cher
Pour rifler
Et placquer
Les angels de mal tous rons
Pour les sires qui sont si longs.

De paour des hurmes
Et des grumes,
Rasurez vous en droguerie
Et faierie,
Et ne soyez plus sur les joncs
Pour les sires qui sont si longs.

Dann bei den Weibern
und Hurentreibern
die Ausgeplünderten noch lachen,
um mitzumachen
bei allen Sachen
mit ihren Freunden, die nur lauern,
sie auszunehmen als die Schlauern:
schnell zwei drei Schläge diesem Tropf
auf seinen Schopf,
auf seinen Kopf,
und schon schwimmt er im eignen Blut,
ihr großen Herrn mit so viel Mut.

Ihr Coquillards,
ihr Gaunerschar,
gut wär's, wenn an Montjoie ihr denkt,
wo ihr gehenkt
die Hintern schwenkt,
denn damit ist's dann aus, vorbei
mit Räuberei und Hurerei,
das fällt euch muntren Burschen schwer,
nicht raufen mehr,
nicht saufen mehr,
die Bullen machen euch kaputt,
ihr großen Herrn mit so viel Mut.

Denkt an den Galgen,
an die zwei Balken,
verbessert lieber die Methoden,
beherrscht die Pfoten,
weil sonst auf Kerkerstroh ihr ruht,
ihr großen Herrn mit so viel Mut.

Saupiquez, frouans des gours arques
Pour desbouser beaux sires dieux,
Allez ailleurs planter vos marques!
Benards, vous estes rouges gueux.
Berart s'en va chez les joncheux,
Et babigne qu'il a plongis,
Mes freres, ne soiez embraieux,
Et gardez des coffres massis!

Si gruppés estes, desgruppez
De ces angels si graveliffes:
Incontinent manteaux chappés
Pour l'embroue ferez eclipses;
De vos farges serez besifles,
Tout debout, et non pas assis.
Pour ce, gardez vous d'estre griffes
Dedans ces gros coffres massis.

Niais qui seront attrappés,
Bien tost s'en broueront au halle:
Plus n'y vaut que tost ne happez.
La baudrouse de quatre talle
Destirer fait la hirenalle,
Quand le gosier est assegis;
Et si hurque la pirenalle,
Au saillir des coffres massis.

Prince des gayeux, les sarpes,
Que vos contres ne soient greffis;
Pour doubte de frouer aux arques,
Gardez vous des coffres massis.

IV

Gewitzte Kerle, Truhenräuber,
um im Bedarfsfall Geld zu machen,
küßt anderswo mal andre Weiber,
hier machen Schwätzer schlimme Sachen.
Berart trinkt mit euch Schlingeln Wein,
doch zieht nicht gleich die Hosen aus,
wenn er was sagt, fallt nicht drauf rein,
denn sitzt ihr, führt kein Weg heraus.

Wenn die Sergeanten euch erwischen,
und hängt ihr schon in ihren Klauen:
raus aus dem Frack, um abzuzischen,
daß eure Henker blöde schauen,
sie schnüren sonst den Hals euch zu,
und lotrecht haucht den Geist ihr aus.
Haut ab, sonst habt ihr keine Ruh,
denn sitzt ihr, kommt ihr nicht mehr raus.

Ihr Tröpfe in Sergeantenfängen,
zum Galgenberg müßt ihr marschieren:
sie haben vor, euch dort zu hängen.
Der Vierfachstrick wird euch genieren
und auf dem Kopf das Haar euch bebt,
er macht ganz schnell den Gar euch aus,
daß euer Schwanz sich plötzlich hebt,
kommt so ihr aus dem Loch heraus.

Ihr schlauen Herrn, weg mit dem Haken,
denn die Komplizen plaudern's aus,
packt man als Knacker sie am Kragen,
dann sitzt ihr, kommt nicht mehr ihr raus.

Joncheurs jonchans en joncherie,
Rebignez bien ou joncherez,
Qu'Ostac n'embroue vostre arerie
Ou accolés sont vos ainsnez.
Poussez de la quille et brouez,
Car tost vous seriez roupieux.
Eschec qu'accolés ne soiez
Par la poë du marieux!

Bendez vous contre la faerie
Quant ils vous auront desbousés,
N'estant a juc la rifflerie
Des anges et leurs assosés.
Berard, se vous puist, renversez;
Se greffir laissez vos carrieux,
La dure bien tost renversez
Pour la poë du marieux.

Entervez a la floterie;
Chantez leur trois, sans point songer,
Qu'en astes ne soiez en suerie
Blanchir vos cuirs et essurger.
Bignez la mathe, sans targer,
Que vos ans n'en soient roupieux!
Plantez ailleurs contre assieger
Pour la poë du marieux.

Prince, benard en esterie,
Querez couplaus pour l'amboureux,
Et, autour de vos ys, luezie
Pour la poë du marieux.

V

Ihr Gauner, gaunernd Gaunerei,
mit Vorsicht nur ihr gaunern sollt,
sonst hängt euch Tusca zu den drei,
die vor euch schon hinaufgewollt.
Drum lieber Schluß und abgeschwenkt,
eh daß vor Angst der Frack euch saust.
Paßt auf, daß ihr nicht plötzlich hängt,
gepackt von einer Henkerfaust!

Und wehrt euch bei der Polizei,
auch wenn sie euch am Kragen hat,
mit eurer Beute wär's vorbei,
Sergeantenräuber sind auf Draht.
Und nehmt euch vor Berard in acht:
kommt ein Sergeant gar angebraust,
am besten ihr gleich Reißaus macht,
bevor euch packt die Henkerfaust.

Wenn man euch bei Gericht verhört,
dann singt drei Melodein, daß nicht
ihr plötzlich doch am Galgen dörrt,
die Haut euch schrumpft im Sonnenlicht.
Verlaßt die Stadt, eh es zu spät,
daß euch hier nicht der Affe laust!
Zu einem neuen Mädchen geht,
bevor euch packt die Henkerfaust.

Ihr Herrn Halunken, noch ist's Zeit,
steigt auf den Berg, sobald euch graust,
und haltet Umschau weit und breit,
bevor euch packt die Henkerfaust.

Contres de la gaudisserie,
Entervez tousjours blanc pour bis,
Et frappez, en la hurterie,
Sur les beaux sires, bas assis.
Ruez des feuilles cinq ou six,
Et vous gardez bien de la roe
Qui aux sires plante du gris
En leur faisant faire la moe.

La gifle gardez de rurie,
Que vos corps n'en aient du pis,
Et que point a la turterie
En la hurme ne soiez assis.
Prenez du blanc, laissez le bis,
Ruez par les fondes la poe,
Car le bizac, a voir advis,
Fait aux beroards faire la moe.

Plantez de la mouargie,
Puis ça, puis la, pour le hurtis,
Et n'espargnez point la flogie
Des doux dieux sur les patis.
Vos ens soient assez hardis
Pour leur avancer la droe;
Mais soient memoradis
Qu'on ne vous face faire la moe.

Prince, qui n'a bauderie
Pour eschever de la soe,
Danger de grup en arderie
Fait aux sires faire la moe.

VI

Gesellen von der Strolcherei,
das Silber ist mehr wert als Blech,
gebt acht bei einer Drängelei
auf Talerbörsen, schneidet frech
ein halbes Dutzend Beutel ab,
doch ist die Polizei nicht blind
und bringt die Pfuscher schnell auf Trab,
die dann die Fratzenzieher sind.

Gebt acht, daß kein Sergeant euch drischt,
bis ihr vielleicht zusammensackt,
und auf der Folterbank euch mischt,
daß es in euren Knochen knackt.
Stehlt Silbergeld, das Blech nehmt nicht,
in fremde Taschen langt geschwind,
doch weht der Wind mal ins Gesicht,
die Schlingel Fratzenzieher sind.

Macht gutes Geld aus schlechtem Geld,
bringt's unter Leute da und dort,
nur immerzu die Dummen prellt,
das Geld muß schwitzen immerfort.
Gönnt keine Ruh dem Handgelenk,
streut euer Falschgeld in den Wind,
doch Strolche oft, seid eingedenk,
zum Schluß die Fratzenzieher sind.

Die Herrn, die nicht genug gewitzt,
vorm Schlachthof abzuhaun geschwind,
wo sonst in heißem Öl man schwitzt,
zum Schluß die Fratzenzieher sind.

En Parouart, la grant mathe gaudie
Ou acollez sont caulx et agarciz,
Nopces ce sont, c'est belle melodie.
La sont beffleurs, au plus haut bout assis,
Et vendengeurs, des ances circoncis,
Comme servis sur ce jonc gracieux,
Dance plaisant et mès delicieux;
Car Coquillart n'y remaint grant espace
Que vueille ou non, ne soit fait des sieurs:
Mais le pis est mariage: m'en passe!

Rebourcez vous, quoy que l'en vous en die,
Car on aura beaucop de vous mercis.
Rente n'y vaut ne plus qu'en Lombardie.
Eschec, eschec, pour ces coffres massis!
De gros barreaux de fer sont les chassis.
Posce a Gaultier se serez un peu mieux.
Plantez picquons sur ces beaux sires dieux;
Luez au bec que roastre ne passe,
Et m'abatez de ces grains neufs et vieux.
Mais le pis est mariage: m'en passe!

Que faites vous? Toute menestrandie?
Antonnez poix et marques six a six,
Et les plantez au bien, en paillardie,
Sur la sorne que sires sont rassis.
Sornillés moy ces georgets si farcis,
Puis eschecquez sur gours passans tous neufs.
De seyme oyez, soiez beaucoup breneux,
Plantez vos huys jusques elle rappasse.
Car qui est grup, il est tout roupieux.
Mais le pis est mariage: m'en passe!

VII

Hier in der großen Wunderstadt Paris
hat jeder Kavalier auch einen Schatz,
die Hochzeit geht nach schöner Melodie.
Dem Gauner, stolz auf seinen Ehrenplatz,
und mit geschlitztem Ohr dem kleinen Fatz
wird hier auf frischer Binsenstreu serviert,
und Wein und Festmahl werden offeriert. –
Doch wird der Coquillard nicht stets so leben,
er wird zum Narren, schnell ist es passiert:
zum Schluß hängt man ihn auf. – So ist das eben!

Kommt zur Vernunft, was soll die Rederei,
sonst gibt es für euch niemals ein Pardon,
hier hilft kein Geld wie in der Lombardei.
Paßt auf, die Kerkermauern warten schon,
die Fenster mit den Eisengittern drohn! –
Schach fauler Ehrbarkeit! Seid doch nicht blind
und kapert die Écus, und ihr gewinnt;
gebt acht, wohin Sergeanten sich begeben,
die Münzen holt, wo sie zu finden sind! –
Zum Schluß hängt man euch auf. – So ist das eben!

Was habt ihr vor? – Wir machen jetzt auf fein.
Fürs Mädchen und für uns nur ein Quartier,
die Freier lassen gerne wir herein.
Am Abend sind sie müde, schlafen hier.
Und die garnierten Börsen schnappen wir,
dann ganz schnell fort in unsern neuen Schuhn. –
Gebt nur gut acht, was die Sergeanten tun,
versteckt euch, bis sie sich hinwegbegeben.
Erwischen sie euch, seid ihr dran, was nun?
Zum Schluß hängt man euch auf. – So ist das eben!

Prince planteur, dire verté vous veux:
Maint Coquillart, pour les dessusdits veux,
Avant ses jours piteusement trespasse,
Et a la fin en tire ses cheveux.
Mais le pis est mariage: m'en passe!

Vous qui tenez vos terres et vos fiefs
Du gentil roy Davyot appellé,
Brouez au large et vous esquarrissez,
Et gourdement aiguisez le pellé
[Loing de la roue ou Bernart est allé]
Pour les esclas qui en pevent issir.
Voyez ce jonc ou l'en fait maint soupir;
Mines taillez et chaussez vos beusicles:
Car en aguect sont, pour vous engloutir,
Anges bossus, rouastres et scaricles.

Ganovenprinz, es ist doch leider wahr:
es zahlte schon so mancher Coquillard
für solch ein wildes Leben mit dem Leben
und raufte vor dem Sterben sich das Haar.
Zum Schluß hängt man euch auf. – So ist das eben!

VIII

Mit eurem Grundbesitz und Lehensgut
vom edlen König, den man »Dietrich« nennt,
laßt alles stehn und liegen, nehmt den Hut,
paßt auf der Straße auf, wohin ihr rennt,
weil man die Dummen an der Richtung kennt.
Seht ihr das Stroh, auf dem so mancher stöhnt,
den nach dem Fluchtversuch man hier verwöhnt:
die Augen auf, ein Fernrohr wär das Rechte,
hier lauert, was den Mordgelüsten frönt,
Sergeantenhunde, Henker, Folterknechte.

Coqueurs de pain et plommeurs affectez,
Gaigneurs aussi, vendengeurs de costé,
Belistriens perpetuels des piez,
Qui sur la roue avez lardons clamez,
En jobelin ou vous avez esté
Par le terrant pour le franc ront querir,
Et qui aussi pour la marque fournir,
Avez tendu au pain et aux menicles:
Pour tant se font adouter et cremir
Anges bossus, rouastres et scaricles.

Rouges goujons, fargets, embabillez,
Gueux gourgourans par qui gueux sont gourez,
Quant a brouart sur la sorne abrouez,
Levez les sons, et si tastez lesquelz
Qu'il n'y ait anges desclavés empavez
En la vergne ou vostre han veut loirrir:
Car des sieurs pourriez bien devenir,
Se vous estiez happez en tels bouticles:
Pour tant se faut ataster et cremir
Anges boussus, rouastres et scaricles.

Prince, planteurs et bailleurs de saffirs
Qui sur les dois font la perle blandir,
Belistriens, porteurs de vironicles,
Sur toutes riens doivent tels gens cremir
Anges bossus, rouastres et scaricles.

Ihr Bankbesitzer, ambulantes Pack,
ihr Beutelschneider bei Gelegenheit,
ihr Streuner, stets auf Tour mit eurem Sack,
die ihr nach einer »milden Gabe« schreit
im dreisten Rotwelsch, wie's bei euch gedeiht,
Almosenfechter außer Rand und Band,
die auch ihr Mädchen füttern linkerhand,
nach Geld und – Handschelln ausstreckt eure Rechte:
ihr scheut und fürchtet einzig nur im Land
Sergeantenhunde, Henker, Folterknechte.

Halunken, Gecken, Spiegelfechter ihr,
Betrüger, die einander ihr betrügt,
schleicht ihr bei Nacht zum Räubern durchs Revier,
seht euch nur vor, eh ihr das Messer zückt,
daß ja kein Spitzel auf den Pelz euch rückt,
hier in der Stadt nicht und auch sonstwo nicht,
das stünde euch sehr übel zu Gesicht,
der Narr zu sein, wär keinesfalls das Rechte:
drum scheut bei Mondschein wie bei Tageslicht
Sergeantenhunde, Henker, Folterknechte.

Ihr Herrn, die ihr Juwelen schön frisiert,
am Finger falsche Perlen schön poliert,
Reliquien verscheuert, nicht ganz echte,
paßt auf und scheut, mit all dem Tand garniert,
Sergeantenhunde, Henker, Folterknechte.

Un gier coys de la vergne Cygault
Lué l'autrier en brouant a la loirre,
Ou gierement on macquilloit riffaut;
Et tout a cop veis jouer de l'escoirre
Un macquonceau atout deux gruppelins
Brouant au bay, atout deux walequins;
Pour avancer au solliceur de pie.
Gaultier lua la gauldrouse gaudie,
Et le marquin qui se polie et coinsse,
Babille en gier en pyant a la sie,
Pour les duppes faire brouer au minsse.

Après moller lué un gueux qui vout
Pour mieux hier desriver la touloire,
(C'est pour livrer aux arques un assaut)
De missemont maquillés a l'esquerre.
Puis dist un gueux: «J'ai paumé deux florins.»
L'autre pollist marquins et dollequins,
Et la marque souvent le gain choisit.
Adraguangier puis dist, le mieux fourni:
«Picquons au veau, saint Jacques, je m'espince!
Eschequer fault quant la pie est juchie,
Pour les duppes faire brouer au minsse.»

Puis dist un gueux qui pourluoit en haut:
«J'ai ja paumé tout le gain de ma choire,
Et m'a joué la marque du giffaut.
J'en suis mieux prins que volant a la foire.
Elle est brouee envers ses arlouis.
C'est tout son fait que d'engaudrer les guains,
A hornangier, ains qu'elle soit lubie.
De la hanter ma fueille est desgaudie,
Quant de gain n'ay plus vaillant une saince:
Mais toujours est gourdement entrongnie
Pour les duppes faire brouer au minsse.»

IX

Ich sah einmal in unsrer schönen Stadt,
wie dort auf Beute aus in der Taverne,
man schlau schon etwas eingefädelt hat,
beschäftigt waren ein paar Kerls, interne,
ein Hurentreiber mit zwei Gaunerlein,
die seiften schön zwei Neulinge grad ein:
die Rechnung für den Wein war zu bezahlen.
Und eurem Freund Gaultier hat das gefallen.
Der Kavalier sprach höflich mit den Tröpfen
und hob das Glas, um Kauderwelsch zu lallen,
die Dummen wo um ihre Mark zu schröpfen.

Sie tranken, und was dann: ein Gauner, um
noch mehr herauszuholen, räumt die Tische:
ein kleines Spielchen für das Publikum
mit gut verbleiten Würfeln – ja, ganz frische!
Schon schreit ein Tropf: »Zwei Gulden sind dahin!«
Der Kamerad kassierte den Gewinn
und ließ ihn seiner Dame zum Verstauen.
Es reicht, woanders noch sich umzuschauen:
»Wir gehen, bei Saint Jacques! kurz Luft nur schöpfen!
Der Wein ist alle, Zeit um abzuhauen,
die Dummen wo um ihre Mark zu schröpfen.«

Der andre bellte in die leere Luft:
»Was mir die Schläue brachte, ist verloren,
die Mieze dieses Schlägers hat geblufft,
wie einem Hammel mir das Fell geschoren!
Sie ist mit ihrem Louis jetzt allein,
zuvor doch schob mein ganzes Geld sie ein
und langte dabei tief in meine Taschen:
jetzt sitz ich da und hab nichts zu vernaschen!
Der Zweck war, den Gewinn hier abzuschöpfen,
die Kleine ist ganz schön verflucht gewaschen,
die Dummen wo um ihre Mark zu schröpfen.«

Prince gallant, quant vous saudrez la hie,
Luez la grime s'elle est desmaquillie,
Et retrallez se le bizouart saince
Qu'elle ne soit de l'assaut de turquie
Pour les duppes faire brouer au minsse.

Halunke, willst du was, denk an den Lohn,
schau erst genau sie an, es lohnt sich schon,
bevor du wagst, die Hose aufzuknöpfen,
paß auf, sie steht gar unter Protektion,
die Dummen wo um ihre Mark zu schröpfen.

Brouez, Benards, eschequez a la sauve,
Car escornez vous estes a la roue;
Fourbe, joncheur, chascun de vous se sauve:
Eschec, eschec! Coquille ci s'enbroue!
Cornette court: nul planteur ne s'i joue.
Qui est en plant, en ce coffre joyeux,
Pour ses raisons il a, ains qu'il escroue,
Jonc verdoiant, havre du marieux!

Maint Coquillart, escorné de sa sauve,
Et desbousé de son ence ou sa poue,
Beau de bourdes, blandi de langue fauve,
Quide au ront faire aux grimes la moue.
Por querre bien afin qu'on ne le noue.
Couplez vous trois a ces beaux sires dieux,
Ou vous aurez le ruffle sur la joue,
Jonc verdoiant, havre du marieux.

Qui *stat* plain en gaudie ne se mauve,
Luez au bec que l'en ne vous encloue:
C'est mon avis, tout autre conseil sauve.
Car quoi? aucun de la faux ne se loue.
La fin en est telle qu'on en deloue.
Car qui est grup, il a, mais c'est au mieux,
Par la vergne, tout au long de la voue,
Jonc verdoiant, havre du marieux.

Vive David, saint archquin, la baboue!
Iean mon ami, qui les fueilles desnoue,
Le vendengeur, beffleur comme une choue
LOin de son plain, de ses flots curieux
Noe beaucoup, dont il reçoit fressoue,
Jonc verdoiant, havre du marieux.

X

Haut ab, ihr dummen Kerle, und verschwindet,
mit euch macht die Justiz kein Federlesen,
Halunken schaut, wo ihr ein Schlupfloch findet,
paßt auf, denn die Coquille ist längst gewesen!
Der Strick ist Mode, aus ist's mit den Späßen.
Und wer in einem hübschen Kerker haust,
dem drohn vorm Laufenlassen hohe Spesen:
viel Hiebe, eine liebe Henkerfaust!

Dem Coquillard, im Jenseits seiner Freiheit,
kupiert man erst das Ohr und dann die Pratze,
versucht es mit geschickter Lügen Neuheit,
erwägt auch, Silber schönt die Richterglatze,
denn hängt man euch, dann zieht ihr eine Fratze.
Zu dritt und mit Écus ihr Schergen laust,
daß euch kein Volldampf unterm Hintern kratze,
viel Hiebe, eine liebe Henkerfaust.

Und geht's euch gut, dann haltet keine Reden,
paßt auf, laßt euch nicht in den Kerker sperren:
das ist mein bester Rat, euch gut zu betten.
Ihr sollt nicht über Heldentaten plärren,
sonst geht's euch wie den superklugen Herren,
die allzu schnell geschnappt sind und zerzaust,
man würde durch die ganze Stadt euch zerren,
viel Hiebe, eine liebe Henkerfaust.

Ein Hoch dem »Dietrich«, Würfeln und auch Karten!
Freund Joker ruiniert, die Geld erwarten,
und das, worauf die Beutelschneider harrten,
das große Glück ist längst vorbeigesaust,
erschrocken zittern sie als die Genarrten,
viel Hiebe, eine liebe Henkerfaust.

Se devers quai, par un temps d'ivernois,
Veiz abrouer a la vergne Cygaut
Marques de plan, dames et audinas,
Et puis merchans, tous tels qu'au mestier faut
. . . .
Gueux affinés, allegris et floars
Mareus, arves, pimpres, dorlots et fars,
Qui par usaige, à la vergne jolie
Abrouerent a flot de toutes pars
Pour maintenir la joyeuse folie.

Pour mieux abattre et oster le broullart
Adraguèrent de Grenoble maint crupaut
De rumatin et puis mole sines gras.
Truye marir sans avancer ravaut
. . . .
Babillangier surtous fais et sur ars,
Tant qu'il n'y eust de l'arton sur les cas
Broquans dorlots, grain, gain, aubeflorie
Que tout ne fust desployé et en pars,
Pour maintenir la joyeuse folie.

Pour mieux polir et desbouser musars,
On pollua des luans, bas et haut,
Tant qu'il n'y eust de vivres en caras;
Puis fist on faire a saint archquin un saut.
Après, doutant de ces anges l'assaut.
On verrouilla et serra les busars,
Pour mieux blanchir et desbouser, coquars.
La ot un gueux son endosse polie,
Puis on alla emprunter aux lombars
Pour maintenir la joyeuse folie.
. . . .

XI Fragment

An einem Wintertag war schön zu sehn,
wie auf dem Uferkai der großen Stadt
die Dirnlein, Damen, Huren sich ergehn,
samt Kunden, wie sie das Gewerbe hat
. . . .
Halunken, kühn zu Lug und Trug bereit,
so frech wie töricht, schlau und nicht gescheit,
sie tauchen in der feinen Stadt gern unter
und auf bei passender Gelegenheit,
so treibt's die muntre Dummheit immer bunter.

Man hatte für die finstre Nebelnacht
frisch aus Grenoble guten Rebensaft
und ein paar fette Hühner mitgebracht,
die Flaschen wurden ohne Glas geschafft
. . . .
Gespräche über dies und das vom Fach,
bis dann es immer mehr an »Brot« gebrach,
an Ringen, Silber, Talern, Kreuzern, Plunder,
geteilt und aufgebraucht so nach und nach,
so treibt's die muntre Dummheit immer bunter.

Vielleicht daß man noch irgendwas entdeckt,
blickt man sich um und blickt sich wieder an,
ob einer irgendwo noch »Brot« versteckt,
man könnte ja auch würfeln, meint man dann.
Daß kein Sergeant zur Unzeit kommen kann,
schließt man die Türe zu und bleibt im Haus
und nimmt so ungestört die Lümmel aus.
Bei einem Kerl ging schon die Jacke unter,
er trug zum Wucherer den alten Flaus,
so treibt's die muntre Dummheit immer bunter.
. . . .

Le grant teſtament villon/et le petit.
Son codicille. Le iargon ⁊ ſes balades

ANHANG

Zu Villons Leben

In der Einführung zu seiner Gesamtausgabe der Werke Villons schreibt Pierre Michel unter der Überschrift *L'énigmatique Villon* (Der rätselhafte Villon): »Alle Kritiker sind sich heute einig, daß es ein Geheimnis Villon gibt, wie es ein Geheimnis Homer und ein Geheimnis Shakespeare gibt. Aber über diese Tatsache reicht die Einigkeit nicht hinaus. Weder über die Identität des Verfassers der Legate, des Testaments und der Balladen, noch über die Authentizität der Aussage (oder der Aussagen) seiner Gedichte besteht auch nur die geringste Übereinstimmung. Am weitesten gehen einige, die sogar die Existenz Villons bezweifeln und ihn in die Schar der literarischen Mythengestalten einreihen.«

Im folgenden wird der Versuch unternommen, dasjenige über Villons Leben zusammenzustellen, was sich – der ausgedehnten Villon-Forschung zufolge – aus Dokumenten und aus dem Werk als einigermaßen gesichert ansehen läßt.

Der eigentliche Name des Dichters François Villon lautete, wie aus den Akten der Universität von Paris und aus den Gerichtsakten zu ersehen ist, François de Montcorbier oder des Loges. Montcorbier (Saône-et-Loire) war eine kleine Siedlung an der Grenze zwischen Burgund und Bourbon, des Loges war der Name eines Pachtguts des gleichnamigen Lehens. Dort hatten die Eltern des Dichters gewohnt, ehe sie nach Paris zogen.

François de Montcorbier wurde im Sommer 1431 in Paris geboren. Er verlor sehr bald seinen Vater. Später vertraute die Mutter die Erziehung ihres Sohnes einem angesehenen Geistlichen an, der vielleicht ein Verwandter war. Magister Guillaume de Villon war Kaplan der Kirche Saint-Benoît-le-Bétourné, wohlhabend und geachtet, Besitzer mehrerer Häuser in Paris und eines kleinen Weingartens vor den Mauern der Stadt, der aber auch in seinem Heimatort Villon in der Nähe von Tonnerre (Yonne) ein feudales Lehen erworben hatte. Der Pflegevater scheint den jungen Dichter in irgendeiner Form adoptiert zu haben, da sich dieser ab 1456 nur noch François Villon nannte.

Im März 1449 war François Villon Bakkalaureus geworden und 1452 Maître ès arts, Magister der Philosophie, und unterstand als Kleriker der Jurisdiktion der Kirche. Etwa zur gleichen Zeit begann der Aufruhr um den Pet-au-Diable, einen phallusartig geformten Grenzstein, den die Studenten eines Tages von der rue du Martroy-Saint-Jean auf den Hügel Sainte Geneviève verschleppt hatten.

Aufgrund einer Beschwerde der Bürger wurde die Polizei angewiesen, den Stein zu beschlagnahmen und innerhalb des Schloßhofs aufzustellen. Die Studenten erbrachen die Tore der Schloßmauer und entführten den Stein erneut, den sie nun noch mit eisernen Klammern verankerten. Außerdem waren sie dazu übergegangen, die Hauswappen abzumontieren, auszutauschen und zu verschleppen, was die aufgebrachte Bevölkerung erst recht reizte. Es gab Ausschreitungen, in deren Verlauf ein Student getötet und etwa vierzig Studenten verhaftet und eingekerkert wurden. Die Universität stellte die Vorlesungen monatelang ein, und der Rektor wurde gerichtlich zur Rückgabe des Pet-au-Diable aufgefordert. Der vom Dichter erwähnte *Roman du Pet-au-Diable* (T 88,2) ist nicht erhalten und auch sonst nicht belegt.

Am 5. Juni 1455, dem Fronleichnamsabend, saßen Villon, ein Priester namens Gilles und eine gewisse Isabeau auf einer Bank vor der Kirche Saint-Benoît und unterhielten sich. Ein anderer Priester, Philippe Sermoise, trat in Begleitung eines gewissen Jean le

Merdi zu ihnen und stellte Villon barsch zur Rede. Ein Wortwechsel entstand, die Begleiter der beiden verschwanden, Sermoise zog einen Dolch aus seinem Gewand und zerschnitt Villon die Lippe. Villon stieß den Angreifer zu Boden und entfernte sich. Als Villon sich umsah, war Sermoise wieder aufgestanden und schickte sich an, ihn zu verfolgen. Daraufhin warf Villon einen Pflasterstein nach dem Priester und traf ihn unglücklicherweise am Kopf. Sermoise fiel erneut zu Boden und blieb liegen. Villon begab sich zu einem Bader und ließ seine Wunde versorgen, wobei er sich als Michel Mouton ausgab.

Sermoise wurde in das Gefängnis von Saint-Benoît gebracht und von einem Untersuchungsrichter vernommen. Über die eigentliche Ursache der Auseinandersetzung machte er keine Angaben, erklärte aber, daß er Villon verziehen habe, und bat, von dessen Verfolgung abzusehen. Am nächsten Tag starb er im Krankenhaus, in das man ihn gebracht hatte.

Villon sah sich nun gezwungen, Paris zu verlassen. Er richtete jedoch ein Gnadengesuch sowohl an die kleine wie auch an die große Chancellerie. Das erste der beiden Gesuche war mit »François de Montcorbier«, das zweite mit »François des Loges, auch Villon genannt« unterzeichnet. Erst im Januar 1456 erhielt Villon durch zwei Antwortschreiben die Nachricht, daß der König in Anbetracht seiner bisher einwandfreien Lebensführung habe Gnade vor Recht ergehen lassen; er konnte also erst nach sechs Monaten nach Paris zurückkehren. Über seinen Aufenthalt in dieser Zeit ist nichts bekannt.

Als Villon im Februar oder März 1456 nach Paris zurückkehrte, begegnete er seinen alten Freunden und Studienkameraden, unter ihnen Guy de Tabarie und Colin Cayeux, beide Kleriker wie Villon, beide Maître ès arts, beide vorbestrafte Diebe und Einbrecher, und Colin Cayeux darüber hinaus vermutlich auch Mitglied der berüchtigten Verbrecherorganisation der Coquillards.

Wie aus den erhaltenen Dokumenten hervorgeht, verübte Villon mit diesen beiden und noch einem gewissen Petit Jean um Weihnachten 1456 im Collège de Navarre einen Einbruch, bei dem 500 Goldécus aus einer Truhe gestohlen wurden. Der Einbruch wurde erst im März 1457 entdeckt. Villon aber hatte unterdessen Paris schon um Weihnachten oder Anfang 1457 verlassen, um sich nach Angers zu begeben.

Der Liebeskummer, den Villon in seinen um diese Zeit entstandenen *Legaten* als Grund für die Reise nach Angers nennt, ist ebenso eine Mystifikation wie die Pose des fahrenden Ritters mit Panier und Zelt. Villon war aus Paris geflüchtet, um im Fall der Entdekkung des Einbruchs seiner Verhaftung zu entgehen, und darüber hinaus hoffte er wahrscheinlich, am musenfreundlichen Hof des Königs René d'Anjou Aufnahme zu finden.

Am 17. Mai 1457 erschien Pierre Marchand, der Prior von Paray, das zur Diözese von Chartres gehörte, im Châtelet und berichtete, daß er in einer Taverne einen gewissen Guy de Tabarie kennengelernt habe; dieser habe in ihm einen möglichen Komplizen für zukünftige Beutezüge gesehen und ihm in der Trunkenheit von seiner Mitwirkung am Einbruch im Collège de Navarre erzählt. Dabei habe Tabarie auch Villon erwähnt, der sich jedoch inzwischen nach Angers begeben habe, um eine neue Untat vorzubereiten. Tabarie wurde am 25. Juni verhaftet. Unter der Folter war er bald geständig.

Aus dem Bericht des Pierre Marchand geht hervor, daß nach dem Einbruch unter den Komplizen Unstimmigkeiten aufgetreten waren, weil Villon zu verhindern wußte, daß noch eine andere Truhe mit etwa 4000 oder 5000 Goldécus erbrochen wurde. Das läßt vermuten, daß die von Tabarie genannte Begründung der Reise nach Angers auch dazu diente, die unzufriedenen Komplizen zu beruhigen und die Flucht, den wahren Grund der Reise, zu verschleiern.

Villons Erwartungen wurden jedoch enttäuscht. Trotz der Fürsprache von André Courault, dem Bevollmächtigten des Königs in Paris, nahm René d'Anjou den Dichter nicht oder nur für kurze Zeit an seinem Hof auf; vielleicht waren schon Gerüchte über den Einbruch im Collège de Navarre bis nach Angers gedrungen. Jedenfalls war Villon nach Verbrauch seines Beuteanteils mittellos. Und nach Paris konnte er nicht zurückkehren. Vom Frühjahr 1457 bis zum Herbst 1462 führte er ein abenteuerliches Wanderleben: Er war in Saint-Generou (T 104), er hielt sich eine Woche lang bei dem Barbier und Bader Perrot Girart in Bourg-la-Reine auf, wo er der berüchtigten Äbtissin von Pourras begegnete (T 115), er war anscheinend in Bourges (T 140,7) und sicher am Hofe von Blois (G VII). Dem Herzog von Orléans schickte er aus Anlaß der Geburt einer Tochter ein Gedicht (G VIII), für das er – der Gepflogenheit entsprechend – wohl ein Geschenk erhielt. Er war in Moulins, wo ihm der Herzog von Bourbon, wie der Ballade G X zu entnehmen ist, sechs Goldécus »lieh«.

Gleichzeitig aber kam Villon auch mit ganz anderen Leuten in Berührung, etwa mit dem aus angesehener Familie stammenden Régnier de Montigny und anderen Angehörigen der Coquille, einer Verbrecherorganisation, die in ganz Frankreich über Verbindungen verfügte und deren Mitglieder den Dichter gelegentlich unterstützten oder ihm Unterkunft gewährten.

Im Sommer 1461 wurde Villon vom Bischof von Orléans, Thibaut d'Aussigny, in das berüchtigte Gefängnis von Meun-sur-Loire geworfen (T 1 ff., G IX). Der Grund ist nicht bekannt. Da er aber durch die Amnestie aus Anlaß der Durchreise Ludwigs XI. die Freiheit erlangte, ist anzunehmen, daß er kein Verbrechen begangen hatte. Verbrecher wurden, wenn eine Amnestie bevorstand, in andere Gefängnisse verlegt, auf die sich die Amnestie nicht erstreckte. Da Thibaut d'Aussigny dem Dichter wahrscheinlich auch den akademischen Grad eines Maître ès arts aberkannte, vermutet man, der Bischof könnte – außer an Villons satirischen Versen – auch daran Anstoß genommen haben, daß ein Kleriker mit einer Gruppe der in der *Ballade der guten Lehren* (T 158 B) so farbig beschriebenen Gaukler, Possenreißer und Schausteller durch das Land zog und mit ihnen auftrat.

Nach seiner Freilassung begab sich Villon erneut nach Moulins und bat den Herzog von Bourbon ein zweites Mal um Unterstützung (G X). Dann scheint sich Villon in der Umgebung von Paris aufgehalten zu haben, wo er das *Testament*, sein Hauptwerk, verfaßte.

Im Herbst 1462 saß Villon wegen Diebstahlverdacht im Gefängnis des Châtelet. Er hatte also der Versuchung nicht widerstehen können, nach Paris zurückzukehren. Am 7. November war er jedoch wieder frei.

Bald darauf aß Villon mit einem gewissen Robin Dogis irgendwo zu Abend. Nach dem Essen gingen die beiden in Begleitung eines Rogier Pichart und eines Hutin du Moustier am Haus des päpstlichen Notars Magister Ferrebouc vorbei, der das Privileg genoß, auch nach dem »Feueraus« zu arbeiten. Der händelsüchtige Pichart blieb vor den erleuchteten Fenstern stehen und beschimpfte die Schreiber des Notars, die wütend auf die Straße kamen. Es gab eine Rauferei. Moustier wurde ins Haus gezerrt, Magister Ferrebouc kam hinzu und versetzte Dogis einen so heftigen Schlag, daß der zu Boden stürzte. Dogis erhob sich, zog seinen Dolch und verletzte den Notar. Villon scheint sich an der Auseinandersetzung nicht beteiligt zu haben, wurde aber am nächsten Tag mit Moustier verhaftet. Dogis und Pichart waren geflohen.

Villon wurde erneut in das Gefängnis des Châtelet eingeliefert und gefoltert. Obwohl er unschuldig war und auch den Dolch nicht geführt hatte, wurde er zum Tod am Galgen verurteilt. Das Urteil wäre zweifellos vollstreckt worden, hätte Villon nicht an die Cour du Parlement, den obersten Gerichtshof, appelliert. In der langen und bangen Wartezeit verfaßte er die *Grabschrift Villons in Balladenform* (G XIV).

Endlich, am 5. Januar 1463, wurde das Urteil der ersten Instanz aufgehoben, Villon aber in Anbetracht seiner schlechten Lebensführung zu zehnjähriger Verbannung aus der Stadt, Prévôté und Vicomté von Paris verurteilt. Nun entstanden *Dank und Bittschrift an den Gerichtshof* (G XV) und die *Frage an den Strafvollzugsbeamten* (G XVI). Der darin erbetene Aufschub von drei Tagen wurde dem Dichter mit hoher Wahrscheinlichkeit gewährt, aber am 8. Januar 1463 mußte er Paris verlassen. Von diesem Tage an verliert sich jede Spur des »plus grand poète lyrique de la France« (Italo Siciliano), des »größten lyrischen Dichters Frankreichs«.

Zu Villons Werk

Das uns erhaltene Werk Villons besteht aus vier Dichtungen, von denen *Das Testament* am häufigsten übersetzt wurde. Die *Legate* und die *Gedichte* sind weniger bekannt, die *Jargon-Balladen* sind bisher noch nicht übersetzt worden. Um den Lesern, die Villon nur wenig oder noch nicht kennen, das Verständnis zu erleichtern, seien hier vor den allgemeinen Bemerkungen zum Problem der Übersetzung Villons einige kurze Hinweise zu den vier Dichtungen gegeben.

Die Legate (L)

Das erste von Villon erhaltene Werk wurde um Weihnachten 1456 verfaßt, zur Zeit des Einbruchs im Collège de Navarre, an dem der Dichter beteiligt war. Die Anfangsstrophen (L 1–8) und der Schluß (L 35–40) spiegeln die Unruhe des Dichters, der durch Flucht den Folgen einer Entdeckung zu entgehen hofft.

Villon schildert sich als fahrenden Ritter der vergangenen höfischen Zeit, der aus Liebeskummer von seiner ungetreuen Liebsten Abschied nimmt und den Freunden sein Hab und Gut vermacht. Die »untreue Dame« und das »Hab und Gut« sind ebenso fiktiv wie der »fahrende Ritter«. Am Schluß spricht der Dichter von einer plötzlichen Geistesverwirrung, einer Art »Melancholie« (Hausmann), der vielleicht auch eine Alibi-Funktion zugedacht ist. Die Legate gelten der treulosen Geliebten, dem Adoptivvater Guillaume de Villon, einigen schwer einzuordnenden Freunden oder Zechgesellen und mißliebigen, meist reichen Bürgern, die häufig auch öffentliche Ämter innehatten. Sie gelten ferner den Ordnungshütern (Sergeanten) und den Angehörigen der geistlichen und weltlichen Justiz, die im Zusammenhang mit den Studentenunruhen, der Verschleppung des Pet-au-Diable und dem anschließenden Unfug des Vertauschens der Hauswappen beschrieben sind. Dieser Unfug regte den Dichter an, den meisten der mit einem Legat bedachten Adressaten durch Dedikation mehr oder weniger sprechender Hauswappen einen Streich zu spielen. Hier sei besonders auf L 12 und die Umkehrung in T 97 verwiesen. »Reputation« (L 9,5) und »Stolz der ganzen Stadt« (L 40,2) mögen auf Villons Popularität im zwielichtigen Sinn von »stadtbekannt« anspielen, sind also keinesfalls nur positiv zu verstehen.

Die Vermutung liegt nahe, daß Villon die *Legate* vor allem für seine an den Raufereien beteiligten Kommilitonen und Tavernenfreunde verfaßt hat, als Abschiedsgeschenk vor seiner Flucht.

Das Testament (T)

In dem um 1462, kurz vor der Rückkehr nach Paris verfaßten Hauptwerk *Das Testament* sind viele Personen bereits als Adressaten der individuellen Legate aus Villons erstem Werk bekannt, doch viele neue kommen hinzu. Der Scherz mit den Hauswappen dominiert nicht mehr. Statt dessen spielt Villon auf persönliche Schwächen der Angesprochenen, ihre berufliche Tätigkeit, ihre soziale Stellung, ihren Reichtum und auf seine Beziehungen zu ihnen an. Dabei bleibt vieles im dunkeln, ebenso vieles aber kann aus den Formulierungen herausgelesen werden – ob zu Recht oder zu Unrecht, ist oft schwer zu entscheiden und wird auch künftigen Generationen genügend Stoff für neue Interpretationsvorschläge bieten.

Im *Testament* charakterisiert Villon in weit größerem Umfang als in den *Legaten* (z. B. L 11, 25 u. 26) die Adressaten seiner individuellen Vermächtnisse antithetisch. Als besonders auffälliges Beispiel sei T 140 genannt, in dem Villon die beiden Perdrier keineswegs als Gönner oder Freunde betrachtet und besonders François nicht als »Kameraden«. Er wirft ihnen im Gegenteil ihre »scharfen, roten, heißen (Läster-)Zungen« vor, die sie ihm »serviert« haben. Der Leser wird aus dem Zusammenhang erkennen, welche Strophen in ähnlichem Sinn zu verstehen sind.

Die individuellen Legate, die im ersten Werk das Hauptanliegen des Dichters sind, werden im *Testament* von einer Fülle prägnant formulierter moralischer und satirischer Betrachtungen, Beobachtungen, farbiger Schilderungen und treffsicherer Sentenzen umrahmt. Gedichteinlagen lockern das Werk auf.

Die Gedichte (G)

Die Gedichte I–VI sind kaum zu datieren, doch dürften zumindest I–III noch aus der Studentenzeit des Dichters stammen. Sie sind als erste dichterische Versuche konventionelle Varianten von Gedichten, wie wir sie aus der Sammlung des *Jardin de Plaisance* kennen.

Die Gedichte VII–XII beziehen sich auf Episoden aus den Jahren der Flucht nach dem Einbruch im Collège de Navarre, also auf die Zeit zwischen 1457 und 1461, wobei die Gedichte IX–XII in deutlichem Zusammenhang mit dem Gefängnisaufenthalt in Meun-sur-Loire und der Entlassung im Sommer 1461 stehen.

Aus der Zeit unmittelbar nach dem Todesurteil Ende 1462 stammen die Gedichte XIII und XIV, während XV und XVI Anfang 1463 verfaßt sind, nach der Revision des Urteils in zweiter Instanz, die die Todesstrafe in eine zehnjährige Verbannung aus Paris und Umgebung umwandelte.

Die Jargon-Balladen (J)

Die Verfasserschaft Villons wird bei diesen Gedichten von einigen Philologen angezweifelt, doch schreibt André Lanly in seiner Ausgabe mit Recht: »Eine vollständige Ausgabe der Jargon-Gedichte muß alle elf Balladen enthalten – und eine Gesamtausgabe der Werke des Dichters kann nicht auf die Jargon-Gedichte verzichten.«

Man nimmt an, daß diese Gedichte während der Elendsjahre nach der Flucht aus Paris entstanden sind, also zwischen 1455 und 1461. Wenn es auch keinen Hinweis gibt, daß Villon der Organisation der Coquille angehörte, so begegnete er doch in den Tavernen vielen Coquillards, die ihm in Notzeiten halfen. Und von Villons Pariser Studienkollegen und Freunden war Regnier de Montigny mit Sicherheit, Colin Cayeux wahrscheinlich ein Coquillard.

Die Sprache der Coquillards ist keine Sprache im eigentlichen Sinne, sondern steht dem Jargon besonderer Berufsgruppen nahe, wie dem der Seeleute oder der Soldaten. Sie war der Argot all der nach dem Hundertjährigen Krieg umherstreunenden Heimatlosen, die Gaunersprache des ambulanten Gewerbes, der Händler, Schausteller, Bettler und Strolche, die durch das verarmte Land zogen. Diese Sprache wurde in den billigen Tavernen gesprochen oder zumindest verstanden, und die Angehörigen der Coquille haben besondere Ausdrücke und Redensarten dazu beigesteuert.

Die unregelmäßige Silbenzahl der Verse, besonders in den Balladen I und III, ist neben anderen ein Zeichen dafür, daß die *Jargon-Balladen* nicht ausgearbeitet wurden.

»Was die Fleißarbeit (l'industrie) der Legate in (Villons) Testamenten betrifft, so müßte man, um sie hinreichend zu würdigen und zu verstehen, zu seiner Zeit in Paris gelebt und die Orte, die Objekte und die von ihm erwähnten Personen gekannt haben: so schnell wie die Erinnerung geschwunden ist, so schnell schwand auch die Wertschätzung dieser Fleißarbeit der erwähnten Legate. Aus diesem Grund darf man nicht diesen nebensächlichen und sonderbaren Dingen zu viel Bedeutung beimessen, wenn man eine Ausgabe von bleibendem Wert schaffen will. Das übrige Werk unseres Villon (abgesehen von den Legaten) ist so poetisch, so voll Lebensweisheit und mit so viel tausend Farben gemalt, daß die Zeit, die alles nachdunkeln läßt, sein Werk bisher nicht verdunkeln konnte. Und noch weniger wird sie es heute und erst recht in Zukunft verdunkeln, nachdem die guten französischen Schriftwerke besser bekannt und ediert sind und sein werden als je zuvor ...«

Dieser Abschnitt aus dem Vorwort von »Clement Marot de Cahors, Kammerherr des Königs«, das die im Jahre 1533 erschienene erste kritische Ausgabe Villons einleitet, erwähnt das Hauptproblem, vor das sich der Leser Villons gestellt sieht, und erst recht der Übersetzer.

Wir wissen heute mehr über die Adressaten der individuellen Legate in Villons Werk, als Marot wissen konnte. Besonders in den letzten Jahrzehnten sind die in den Archiven aufgefundenen Akten und Dokumente immer wieder durchgesehen, verglichen und geprüft worden. Aber auch wenn wir dank den wissenschaftlichen Bemühungen, besonders der französischen Philologen, die meisten der von Villon genannten Adressaten seiner Legate identifizieren können, über ihren Rang, ihre bürgerliche Stellung und ihren

Charakter besser Bescheid wissen, bleibt oft genug die Frage offen, in welcher persönlichen Beziehung sie zu dem Dichter standen, aus welchem Grund Villon gerade ihnen ein solches Legat gewidmet hat. Vieles ist mit einiger Sicherheit zu vermuten, manches erscheint plausibel und anderes bleibt Spekulation.

Hinter dem Wortlaut der Legate verbarg sich durch den umgangssprachlichen Gebrauch von Vokabeln und Redensarten für die Zeitgenossen und den Kreis der Eingeweihten oft noch ein ganz anderer Sinn, der eigentliche Kern des Legats. Villon ist besonders in den individuellen Legaten ein Meister der Anspielung, des Wortspiels und der Mystifikation. Wenn er seine Verse in den Tavernen vortrug, konnte er des Beifalls sicher sein: die Zuhörer lachten schadenfroh, und manche bekamen rote Ohren. In dieser Hinsicht sind Villons Legate vielleicht mit den im alpenländischen Raum manchmal heute noch im Wirtshaus vorgetragenen Schnaderhüpferln zu vergleichen, deren Spott meist nur im Kreis der Eingeweihten und Betroffenen verstanden wird.

Eine neue Übersetzung Villons kann die Arbeiten von Pierre Guiraud nicht übergehen. Seine Interpretation sieht im *Testament* eine Justizschelte. Aber darüber hinaus ist es vor allem eine Schelte der sozialen Verhältnisse: ». . . der gesellschaftliche Wandel, der Aufstieg des Bürgertums und die Welt der Geschäftemacher nach der fast völligen Ausrottung des Adels während des Hundertjährigen Krieges und dessen zunehmende Bedeutungslosigkeit. In der neu sich konstituierenden Hauptstadt zählt nur das Geld, man ist gleichgültig gegen Lob und Tadel . . .« (André Mary). Die Hinweise Guirauds auf die sprechenden Namen der Legatsempfänger (streitsüchtig, lügnerisch, betrügerisch, rücksichtslos usw.) können ebenso wenig in die Übersetzung eingebracht werden wie seine Hinweise auf Prozesse, Unterschlagungen, sexuelles Verhalten usw., auf die in den individuellen Legaten angespielt wird. Insbesondere aber kann die einstige Aktualität der Verse Villons, die sich auf den Stadtklatsch über Charakter und Verhältnisse der Legatsempfänger beziehen, nicht wieder herbeigezaubert werden. Guirauds Werk erleichtert das Verständnis von Villons Dichtungen, indem es die Hintergründe beleuchtet, aber der an den Text gebundene Übersetzer kann allenfalls entsprechend seinen Hinweisen »kolorieren«. Nach der Ansicht von philologischen Kollegen Guirauds sind auch manche seiner Quellen überbewertet, die Theorie, daß Villon nicht der Verfasser des unter seinem Namen überlieferten Werkes sei, wird kaum aufgenommen. Auch die seit Guirauds Arbeiten erschienenen Ausgaben und Kommentierungen vornehmlich von André Lanly, Pierre Michel und von Rychner und Henry zeigen sich gegenüber Guirauds Thesen und deren Konsequenzen zurückhaltend.

Es ist eines der Hauptprobleme jeder Übersetzung gerade Villons, Formulierungen zu finden, die dem Wortlaut entsprechen und gleichzeitig dem Leser die hinter dem Text verborgenen Anspielungen vermitteln oder andeuten. Zwei Beispiele:

In T 112/113 besagt der Text, daß der (Pelzhändler und) Hauptmann der (150) Bogenschützen von Paris, Jean Riou, offenbar jagdliche Ambitionen hatte, die Villon verspottet. Die Strophe kann auch so verstanden werden, daß mit den »Hunden« die Bogenschützen als Ordnungshüter und mit den »Wölfen« die gegen die öffentliche Ordnung verstoßenden Gejagten gemeint sind, die von den »Hunden« selten gestellt werden, allenfalls irgendeinmal »in die Falle« gehen.

In L 11,2 und 3 vermacht Villon dem Ythier Marchant, dem er sich verpflichtet fühlt (antithetisch?), sein Schwert (brant), aber *brant* war auch ein Ausdruck für das *membrum virile*: warum also vermacht Villon ihm sein Schwert?

1. Als Anspielung auf Marchants Amtsadel und als Prestigegeschenk? (F. R. Hausmann, S. 244)
2. Weil Marchant ein Nebenbuhler Villons war? (M. Dufournet, Romania 1965, S. 375–376)
3. Als Anspielung auf Marchants Impotenz? (M. Dufournet, Romania 1965, S. 381)
4. Weil Villon sexuelle Beziehungen zu Marchant hatte? (G. Pinkernell, Zeitschrift f. roman. Philologie 91, 1975 S. 95–107)

In die Übersetzung der *Jargon-Balladen* kann Guirauds Deutung, hinter jedem (ohnehin schon schwer verständlichen) Balladentext verberge sich ein zweiter, ja sogar ein dritter Text, und diese drei Lesarten bildeten eine Einheit, nicht eingebracht werden. Unsere Vokabeln für Guirauds Lesart A lassen sich nicht zusätzlich im Sinne der Lesarten B und C verstehen. Auch hat Villon eben nicht 18, sondern 6 Balladen geschrieben (die Balladen VII–XI hat Guiraud nicht untersucht), deren Auflösung in je drei inhaltlich verschiedene Fassungen und Integration in einen auf dreierlei Weise zu verstehenden Text auch im heutigen Französisch nicht möglich ist. Als Beispiel für die Unmöglichkeit, auch nur die Lesarten A und B in *einer* Übersetzung zu vereinen, nachstehend die erste Strophe der von Guiraud nicht interpretierten *Ballade* VII (Stockholm 1) in den Fassungen A und B:

Hier in der großen Wunderstadt Paris
hat jeder Kavalier auch einen Schatz,
die Hochzeit geht nach schöner Melodie.
Dem Gauner, stolz auf seinen Ehrenplatz,
und mit geschlitztem Ohr dem kleinen Fatz
wird hier auf frischer Binsenstreu serviert,
und Wein und Festmahl werden offeriert. –
Doch wird der Coquillard nicht stets so leben,
er wird zum Narren, schnell ist es passiert:
zum Schluß hängt man ihn auf. – So ist das eben!

Hoch auf dem Galgenhügel von Paris
die Gauner baumeln, kreideweiß, zerhackt,
das Hängen geht nach schöner Melodie.
Der Chef wird ganz zuoberst abgenagt,
das Schlitzohr baumelt unter ihm im Takt,
fein wie auf Kerkerstroh wird hier serviert,
den Raben Tanz und Festmahl offeriert. –
Der Coquillard wird niemals lange leben,
er wird zum Narren, schnell ist es passiert:
zum Schluß hängt man ihn auf. So ist das eben! –

Die Versuche von Löpelmann (Villon, Dichtungen, München 1937 u. ö.) und Remané (Die Lebensbeichte des François Villon, Berlin 1964), wenigstens eine Probe der *Balladen* in der Sprache der Coquillards mit Hilfe alter Glossare in ein historisierendes Rotwelsch zu übersetzen, haben nicht nur den Nachteil, daß ihnen die Spontaneität fehlt, sondern vor allem auch, daß sie den meisten Lesern unverständlich bleiben. Nachstehend jeweils die erste Strophe der *Balladen* I und II:

Ballade I (Löpelmann)

In Parward hier, dem Ferbemackum groß,
Wo Wysulm wird vermont durch viel Molsamer,
Von loen Iltissen im Schrefenboß
  Gebickt zu fünf und sechs, o Jammer,
Da alchen Kafpims hoch die Dolmanleiter
Und muffen Bläse oben und so weiter.
Verlunscht und haltet Wind vor Klems und Bley!
Risch holchen Zwicker, Dallinger herbei,
  Und ins Adone! Seid gescheiter!
  Tut einhar vor der Prinzerey!

Ballade II (Remané)

Gfralcht, Coquillards, verpischt euch von Ruel!
Vernust zergafft, zerschabert wird man da!
Den Kobis läßt man gar mitsamt dem Fell,
Wie es Colin de l'Escailler geschah.
Der ist nicht poder worden, wie man sah,
So quant beim Zwiebelpellen er changiert'.
Kein Babbeln half ihm, kein Putziálaca,
Vom Dallinger ward er am Dolm geschniert.

Lanly hat 1971 diese Balladen in eine den heutigen Franzosen verständliche Schreibung übertragen und kommentiert, so daß auf dieser Grundlage der Versuch gewagt wurde, alle elf Balladen zu übersetzen.

*

Die Textfassung von André Mary wurde nur in wenigen Fällen geändert. In L 19,3 wurde statt *Pèches, poires* nach Hausmanns Vorschlag *Perches, poivré* gesetzt, in L 29 nach einem Vorschlag von Rychner und Henry das Semikolon nach Zeile 4 und in L 40,3 nach *menge* und *figue* das Komma gestrichen, nach *date* ein Komma und in Zeile 4 nach *écouvillon* ein Semikolon gesetzt. In T 31,8 wurde der Tradition folgend, *vin* durch *pain* ersetzt. In T 42,5 wurde *regnes* statt *Rennes*, in T 62,1 *ce decret* statt *le Decret* und in T 88,5 *cayeulx* statt *cahiers* gesetzt, Rychner und Henry folgend. Außerdem wurde entsprechend der üblichen Praxis die *Grabschrift* als Strophe 178 mitgezählt, die anschließenden Strophen wurden neu numeriert. In G XI wurde die von André Burger vorgeschlagene Interpunktion übernommen, die *c'est l'âge d'un mulet* dem Leib zuschreibt. In J XI 2,2 wurde Lanly und Michel folgend *de Grenoble* ergänzt. Die nicht von Villon stammenden üblichen Überschriften wurden gelegentlich abgewandelt oder ergänzt. Außerdem wurden zusätzliche Zwischenüberschriften eingefügt, um dem Leser die Übersicht zu erleichtern. Dabei bleibt die Zuordnung und Charakterisierung in einigen Fällen vielleicht fraglich. Die Rondels wurden ausgeschrieben, wie dies auch bei Rychner und Henry der Fall ist.

*

Die Auswahlbibliographie führt, mit Ausnahme der Erstausgabe und der ersten kritischen Ausgabe von Marot, nur die vom Übersetzer benutzten neueren Ausgaben an. Von den deutschen Villon-Ausgaben ist die 1988 erschienene Übersetzung von Frank-Rutger Hausmann genannt, die erste deutsche Übersetzung, die mit einem ausführlichen Kommentar ausgestattet ist. Diese Ausgaben repräsentieren durch die kritische Einbeziehung der Erkenntnisse ihrer Vorgänger den heutigen Wissensstand. Ihren Verfassern hat der Übersetzer viel zu verdanken.

Verzeichnis der Eigennamen und Begriffe

Die Eigennamen sind in der Schreibung der Übersetzung aufgenommen.

Angaben von Textstellen, in denen das Stichwort nicht selbst erscheint, sind eingeklammert.

In den Stellenverweisen werden folgende Siglen verwendet:

L	*Legate*
T	*Testament*
G	*Gedichte*
J	*Jargon-Balladen*

Die nicht numerierten Balladen und Rondels im Testament *werden mit B bzw. R und der vorangehenden numerierten Strophe gekennzeichnet.*

Ein Beispiel: T 41 B1 2,2 bedeutet: die 1. Ballade nach Strophe 41 des Testaments, 2. Strophe, 2. Zeile.

Abälard, Pierre Esbaillart (1079–1142), Lehrer der Philosophie in Paris und Präzeptor der Héloïse, mit der ihn eine leidenschaftliche Liebe verband. Er wurde auf Veranlassung ihres Onkels Fulbert entmannt und zog sich in das Kloster Saint-Denis zurück.
T 41 B1 2,2

Absalon, Sohn Davids, hatte sich gegen seinen Vater erhoben und wurde von Joab getötet, als er sich mit seinem Haar in den Zweigen einer Eiche verfing.
G V 2,8; G XII 3,11

Äbtissin von Pourras, Huguette du Hamel. Sie galt als die Geliebte des Prokurators der Abtei von Port Royal und führte ein zügelloses Leben.
T 115,8

Ägypterin, die heilige Maria aegyptiaca (in G V 2,5 verwechselt mit Magdalena), eine Kurtisane aus Alexandria, die im 4. Jh. nach einer Vision in Jerusalem 47 Jahre lang ihre Sünden in der Wüste bereute, ehe ihr durch Vermittlung der Jungfrau Maria verziehen wurde.
T 89 B 2,2; (T 92,7); (G V 2,5)

Äolsknechte, die Diener des Aeolus, des Gottes der Winde.
G V 4,1

Aestimative s. Memoria

Alençon, Herzog von A., wahrscheinlich Johann I., der 1415 bei Azincourt gefallen war, nachdem er den Herzog von York getötet und mit einem Schwerthieb dem König von England die Krone vom Haupt geschlagen hatte.
T 41 B2 4,3

Alexander der Große (356–323 v. Chr.). Die Anekdote steht nicht bei Valerius Maximus, sondern bei Cicero. Villons Fassung geht jedoch auf die Übersetzung einer späteren Überlieferung zurück, in der auch der Name Diomedes steht. Alexander starb ganz plötzlich im Alter von 33 Jahren, und man vermutete, daß er vergiftet wurde.
T 17,1; T 21,2; G XII 3,1

Alfons, König von Aragon und Neapel, ein Förderer von Wissenschaft und Kunst, gest. 1458.
T 41 B2 1,4

Alis, die Schwiegermutter der Bietreis (Beatrix), deren Bruder Berthes (Mutter Karls des Großen) Vater war.
T 41 B1 3,3

Alphasar (655–633 v. Chr.), der von Nebukadnezar besiegte König der Meder.
G XII 3,5

Amon, Sohn Davids, der seine Schwester Thamar verführte.
T 64 B 4,1

Amor, Gott der Liebe und Sohn der Venus.
T 92,1; T 125 B 1,3; T 139 B 1,7; T 178, Grabschrift 3; T 186 B 2,3,4

Andreas, Bruder des Apostels Petrus und Gefährte Johannes des Täufers, ehe er Christus nachfolgte.
G VIII 8,5

Angelot s. Galerne

Angers, Stadt an der Loire und Residenz des Königs René d'Anjou. Tabarie hatte nach dem Einbruch im Collège de Navarre bei seiner Vernehmung ausgesagt, daß Villon sich nach Angers begeben habe, um einen neuen Diebstahl vorzubereiten. Möglicherweise hat Villon mit einer solchen Begründung seinen Komplizen gegenüber die Tatsache seiner Flucht verschleiern wollen. Man nimmt an, daß sich Villon an dem Einbruch vor allem deswegen beteiligte, weil er sich entsprechend ausstatten wollte, um am Hofe des kunstfreundlichen René d'Anjou als Dichter aufgenommen zu werden. »Nach Angers gehen« bedeutete

auch: auf ein Liebesabenteuer ausziehen, was Villon für die Fiktion des fahrenden Ritters zustatten kam.
L 6,3

Antonius s. Sankt A.

Apostel s. Römerbrief

Archipiada, wahrscheinlich eine Verballhornung des Namens Alkibiades aus dem Kreis um Sokrates, den man im Mittelalter für eine Frau hielt.
T 41 B1 1,3

Architriklin, Tafelmeister. Im Mittelalter galt A. als der Bräutigam auf der Hochzeit zu Kanaan.
T 125 B 1,6

Aristoteles (384–322 v. Chr.), griechischer Philosoph, der neben Sokrates und Platon als Begründer der philosophischen Tradition des Abendlandes galt und der auch von der Kirche anerkannt wurde.
L 37,8; T 12,8

Ars memorativa, in lateinischer Sprache verfaßtes und im 15. Jh. viel gelesenes didaktisches Werk.
(L 14,6)

Artus, Arthur III. de Bretagne, gest. 1458, Streitgenosse von Jeanne d'Arc, der Jungfrau von Orléans.
T 41 B2 1,6

Auditoren, die Beamten des königlichen Rechnungshofes, deren Sitzungssaal renovierbedürftig oder, bei Villon wahrscheinlicher als Antiphrase: sehr luxuriös ausgestattet war.
T 122,1

Augustinerinnen s. Sainte Avoie

Aunis, trockener Weißwein aus der Umgebung von La Rochelle.
T 98,1

Aussigny, Thibaut d'A., Bischof von Orléans, ein Anhänger der Jungfrau von Orléans, der Villon in Meun-sur-Loire ins Gefängnis geworfen und ihm vielleicht auch seinen Rang als Maître ès arts aberkannt hat. Der Grund ist nicht bekannt, aber man vermutet, daß Villon mit einer Gauklertruppe durchs Land zog und auftrat. Wenn er bei entsprechender Gelegenheit Verse vortrug, wie wir sie aus seinem Werk kennen, ist es verständlich, daß der Bischof an solchen Darbietungen eines Klerikers Anstoß nahm.
T 1,6ff.; (T 73,1)

Auvergne, Graf d'A., Beraud III., gest. 1426.
T 41 B2 4,2

Avenu, Jenin l'A., irgendeiner, ein Trottel.
G VI 1,4,7

Averroës, Ibn Rochd, (1126–1198), arabischer Philosoph, der im Mittelalter vor allem durch seinen Kommentar zu Aristoteles berühmt war, einer der vielseitigsten und bedeutendsten Gelehrten seiner Zeit.
T 12,7

Bailly, Jean de B., Anwalt am Parlement und Justizbeamter am Trésor, vor dessen Haus sich der Maubué-Brunnen (Übelfrisch) befand.
T 105,5

Basanier, Pierre, Untersuchungsrichter, Jean Mautaint, Notar, und Nicolas Rosnel, ebenfalls Untersuchungsrichter, Beamte des Châtelet, das dem Prévôt de Paris unterstand. Jean du Ruel, reicher Gewürzhändler, der im Auftrag der Universität gegen den Prévôt Robert d'Estouteville (»Diener des Christophorus«) prozessierte, und die drei Juristen werden ironisch beauftragt, mit Hilfe des Geschenks der Gewürznelken (Aphrodisiakum) ihm beizustehen, wohl auch was seine ehelichen Pflichten betrifft.
L 20,2; T 138,1

Baude, Bruder B., gehörte zum Karmeliterkonvent auf der place Maubert und galt als besonders streitsüchtig. Man nannte ihn den »Teufel von Vauvert«, ein gefürchtetes Gespenst.
T 120,1

Beate, Belet, irgendwelche Mädchen.
G III 3,3

Beghinen, mit den Mendiants, den Filles Dieu und den Carmes zusammen genannte caritative Vereinigung von Frauen und armen Mädchen.
L 32,2; T 116,2

Beinharnisch (les Trumillières), Taverne in der Nähe der Markthallen. L 13,6

Beinkleid – vorn mit Loch. Zu *houseaux sans avant-pieds* schreibt Lanly: »Houseaux ist in obszönem Sinn zu verstehen (s. Thuasne II, S. 47) und man vergleiche die Verse 1342–45.« (= T 135, 5 u. 6).
L 24,8

Belet s. Beate

Bellefaye, Strafvollzugsbeamter des Prévoît de Paris, Colombel, königlicher Rat aus reicher Familie, und der reiche Jouvenel waren kaum bereit, für den mittellosen Dichter als Testamentsvollstrecker tätig zu werden. Jouvenel hatte die Kosten für das Begräbnis Karls VII. als Kanzler unterzeichnet und erschien Villon daher als besonders geeignet, für seine Bestattung zu sorgen.
T 182,1

Berard u. *Berart*, vielleicht ein Polizeispitzel oder umgangssprachliche Bezeichnung dafür, sonst »irgendeiner«.
J IV 1,5; J V 2,5

Berthe Großfuß, die Mutter Karls des Großen.
T 41 B1 3,3

Bietreis s. Alis

Billy, Turm von B., s. Vicêtre

Birne s. Folterbirnen

Blanche, vielleicht Bianca von Kastilien, Mutter Ludwigs des Heiligen, die 1252 in Paris starb.
T 41 B1 3,1

Blary, Jean de B., s. Saint Amant

Blois, nach 25 Jahren englischer Gefangenschaft hatte Charles d'Orléans junge Dichter an seinen Hof nach Blois geladen. Auch Villon hatte sich zwischen 1457 und 1460 kurze Zeit dort aufgehalten.
G VII Überschrift

Bobignon, Pierre, in mehrere Grundstücksprozesse verwikkelter clerc de la prévôté de Paris und Cornu, Jean, sind Justizbeamte. Die Strophen T 95 u. 96 lassen vermuten, daß Cornu, sei es als Ankläger, sei es als Verteidiger, zu einer von Bobignon ausgesprochenen Gefängnisstrafe Villons beigetragen hat. Daher ist der Vorschlag von Hausmann verführerisch, in dem *jardin* den Gefängnishof zu sehen und mit dem Legat Cornu einen Gefängnisaufenthalt zu wünschen, wie er ihn diesem zu verdanken hat. Dagegen ist es wenig überzeugend, in T 96 eine Art Beschreibung des Gefängnisses zu vermuten. Wahrscheinlicher ist es, daß Villon mit dem vagen *jardin* ein Spiel treibt und dieser in T 96 nicht mehr der Gefängnishof ist, sondern, älteren Interpretationen folgend, ein Bobignon gehörendes Grundstück mit einem baufälligen Gebäude, das Villon und seine Kumpane als Schlupfwinkel benutzt ha-

ben. Da das Gebäude keine Türe hatte, wurden bei einer Polizeiaktion (Falken = Sergeanten und Lerchlein = lokkere Vögel) Villons Wurfstein, Knüppel und der verharmlosend als Hauswappen bezeichnete Schlosserhaken beschlagnahmt. Diesen corpora delicti verdankt Villon den von Bobignon verhängten Gefängnisaufenthalt: ein Bett im Dreck.
T 95 u. 96

Boulogne-sur-Mer, Stadt in Nordfrankreich, nach der eine besondere Zubereitungsart von Heringen benannt wurde.
L 7,6

Bourbon, Herzog von B., Karl I., gest. 1456. An seinen Sohn Johann II. (1456–1488) hatte Villon eine Bittschrift (G X) gerichtet. Er residierte in Moulins, der »guten Stadt« (T 13,5). Montcorbier, der Geburtsort von Villons Vater, liegt auf bourbonischem Gebiet.
T 41 B2 1,5; G X Überschrift

Bretonin s. Jeanne die B.

»Brot«, hier wohl ganz einfach »Geld« oder Dinge, die zu Geld gemacht werden können wie z. B. die Jacke in 3,8.
J XI 2,7 u. 3,3

Brulare bigod, verballhornter englischer Fluch (By our Lord! By God!).
T 150,3

Brunel, Phelip, Seigneur de Grigny, prestige- und streitsüchtiger Gutsbesitzer, den Villon höhnisch zusammen mit dem aus bester Familie stammenden Coquillard Regnier de Montigny nennt. Ihm werden auch »sechs Hunde mehr als Montigny« vermacht, da der Besitz von Jagdhunden ein Adelsprivileg war.
(L 18,1); (T 136,1); T 183,6

Bruyeæres, Catherine de B., seit 1454 Witwe eines Notars und Sekretärs Karls VI., der das Hoîtel du Pet-au-Diable gehörte (s. Teufelsfurz); eine fromme Dame, die sich mit Gleichgesinnten bemühte, Dirnen zur Tugend zu bekehren.
T 144,1

Bulle s. Karmeliterrecht

Burgvogt s. Rousseville

Buridan, ein gelehrter Theologe, den nach der im 15. Jh. bekanntesten Legende die Königin Marguerite von Burgund zu ihrem Liebhaber machte und später in der Seine ertränken ließ. Buridan war jedoch noch ein Kind, als

Marguerite 1315 wegen ihres Lebenswandels hingerichtet wurde.
T 41 B1 2,6

Caesar, der erste römische »Kaiser«, sein Name wurde zum Herrschertitel.
G VIII 4,2; G XII 2,8

Calais, Jean de C., Notar am Châtelet, der mit der Testamentsvollstreckung jener Verstorbenen beauftragt war, die nicht der Jurisdiktion der Kirche unterstanden.
T 173,2; T 175,4

Calixt III., Alfonso Borgia, war drei Jahre und vier Monate Papst, ehe er 1458 starb.
T 41 B2 1,1

Cardon, Jacques, reicher Tuchhändler, dessen Vater Untersuchungsrichter am Châtelet und Besitzer des »Geilen Esels« (l'Ane rayé) war; vielleicht mit Villon befreundet.
L 16,1; T 166,1

Carolus Magnus s. Karl der Große

Cato, M. Porcius C. Censorius C. (234–149 v. Chr.) aus Tusculum, Quaestor Scipios und Praetor in Sardinien, ein temperamentvoller Schriftsteller. Von seinen sprichwörtlichen Distichen wurde eine im Mittelalter beliebte Sammlung veranstaltet (*Disticha Catonis*).
G VIII 14,7

Cayeux, Colin de C., Studienfreund Villons, Maître ès arts, Sohn eines Schlossers und »gelernter« Einbrecher, der auch am Einbruch im Collège de Navarre beteiligt war. In T 88,5 setzen Rychner und Henry statt *cahiers* (Hefte) einer anderen Überlieferung folgend *cayeulx* (in der Champagne und in Burgund gebräuchliche Form), was nach dem kurz zuvor genannten Tabarie als beabsichtigtes Wortspiel aufgefaßt werden kann: »Die Hefte liegen unterm Tische.« oder »Bei Cayeux liegt er (der Roman) unterm Tische.« Da Cayeux aber 1460 gehängt worden war, kann die Zeile auch ein Hinweis sein, daß der Roman schon zur Zeit der Abfassung des Testaments verschollen war.
T 88,5; T 156,8; (J II 1,4)

Chappelain, Jean, Sergeant der Douzaine, der Wachmannschaft des Prévôt de Paris, ein berüchtigter Schürzenjäger. Villon benutzt seinen Namen für ein Wortspiel-Legat: *chappelle,* nach kanonischem Recht eine Pfründe, auf die

Villon hätte Anspruch erheben können, die er aber in Wirklichkeit nicht besaß. T 172,2

Charruau, Guillaume, vielleicht der 1449 zum Magister ernannte Studienfreund Villons, der inzwischen Anwalt geworden sein könnte. Wenn die vor allem in *brant*, *fourreau* und *bourse* versteckten sexuellen Anspielungen aufgenommen werden, in denen Hausmann sogar die Androhung einer Sodomisierung nicht ausschließt, bietet sich die Möglichkeit, die Zeilen 4–8 enger in den Zusammenhang einzubeziehen: Villon vermacht Charruau zusammen mit seinem (Nahkampf-)Schwert auch Geld, damit er sich (abwegige?) Vergnügungen leisten kann, und erklärt ironisch, daß Geld auf dem außerhalb der Stadt gelegenen Templerfeld, wohl einem Treffpunkt der Prostitution, leicht zu finden (zu verdienen) sei.
T 99,1

Chartier, Alain, Verfasser der *Belle Dame sans Mercy*, in der es heißt: »Ich vermache den Liebeskranken, die auf Heilung hoffen, die Gabe, daß sie Lieder, Gedichte und Balladen schreiben.«
T 168,2

Châtelet, alter Festungsbau, das komfortabelste Gefängnis in Paris, vielleicht mit dem Lilienwappen des Königshauses geschmückt, oder als königlicher Justizpalast volkstümlich als »Dreililienhaus« bezeichnet.
L 22,8

Chlodewig, Clovis, der bedeutendste der merowingischen Könige, regierte 482 bis 511 und war der erste König, der in Paris residierte.
G VIII 3,5

Cholet, Böttcher und Sergeant am Châtelet, der aber bald wieder entlassen wurde. Während einer Demonstration vor den Toren von Paris schlug er so übertriebenen Alarm, daß eine Panik ausbrach.
L 24,1; T 109,1; T 110,4

Claquin, Bertrand de Guesclin, der 1380 im Kampf gegen die Engländer gefallen war.
T 41 B2 4,1

Clotaire, Chlotar I. aus dem Hause der Merowinger, der ab 558 die Herrschaft über ganz Frankreich ausübte. Mit Vogelscheuchen um die Wette: am Galgen hängend.
G XVI 4,2

Cœur, Jacques, Sohn eines Goldschmieds aus Bourges, rücksichtsloser Bankier und Minister Karls VII. Von seinen Gegnern als Geldfälscher verleumdet, wurde er 1455 zu hoher Geldstrafe und lebenslänglicher Verbannung verurteilt. Er starb völlig verarmt 1461.
T 36,5
Colin Coquillard, ein Wortspiel s. Cayeux
Collège de Navarre, eine zur theologischen Fakultät der Universität Paris gehörende Organisation, in der Villon mit seinen Freunden Tabarie und Cayeux im Dezember 1456 einen Einbruch verübt und 500 Goldécus erbeutet hatte. Das Collège de Navarre wird im Werk Villons nirgends genannt.
Colombel s. Bellefaye
Coquillard, Angehöriger der Coquille, einer Verbrecherorganisation mit dem Hauptsitz in Dijon und mit Unterorganisationen in Paris und ganz Frankreich. Es liegen keine Beweise vor, daß Villon Mitglied der Coquille war, aber sein Freund Regnier de Montigny gehörte dem Geheimbund an, ob ihm auch Cayeux angehörte, ist zweifelhaft.
J II 1,1 u. 1,4; J III 3,1; J VII 1,8 u. 4,2; J X 1,4 u. 2,1
Cornu, Jean le C., königlicher Sekretär und reicher Finanzbeamter, der Villon in irgendeiner Angelegenheit im Stich gelassen hat. Die Zeilen T 95, 3–4 sind wahrscheinlich ironisch zu verstehen (s. Bobignon).
L 11,4; T 95,1
Cotart, Jean, trinkfreudiger Domherr von Notre-Dame und Anwalt beim Geistlichen Gericht. Daß ihm Villon freundlich gesinnt war, wird bezweifelt. Er war 1460 für die Verfolgung von Straftaten jener zuständig, die der Jurisdiktion der Kirche unterstanden, also auch für Villon.
T 5,2; T 125,1 u. B Überschrift und Refrain
Cotin, Guillaume, Magister, zusammen mit Thibaut de Vitry genannt: reiche alte Kanoniker von Notre-Dame, die mit Saint-Benoît wegen des Hauses Guillot-Gueuldry prozessierten.
L 28,2; (T 131,1)
Courault, Andry, Anwalt am Parlement und Berater des Königs René d'Anjou in Paris, der dem musenfreundlichen Herrscher den Dichter Villon vergeblich empfohlen hatte.
T 142,1
Cul d'Oue s. Taranne

Dädalus, athenischer Baumeister des Königs von Kreta, der ihn und seinen Sohn Ikarus ins Labyrinth sperrte, aus dem beide mit künstlichen Flügeln fliehen konnten.
G V 1,10

Dauphin de Vienne et Grenoble, Ludwig XI., der bis zum Tod seines Vaters die Dauphiné verwaltet hatte.
T 41 B3 3,2

David, König von Israel und Verfasser des *Psalter* (in T 37,3 wird aus Ps 37,10 zitiert: »... et quaeres locum eius et non invenies«), der sich in Bathseba, die Frau des Uria verliebte, als er sie im Bad erblickt hatte.
T 37,3; T 64 B 3,5

Denise, vielleicht Catherine de Vaucelles, die Villon wegen übler Nachrede verklagt haben mag, sonst nicht bekannt.
T 125,5

Detusca, Tusca, wohl der verballhornte Name eines Unbekannten.
T 120,5; J V 1,3

Deus laudem, Ps 109,8. Villon nennt absichtlich falsch Vers 7, um zu demonstrieren, daß er aus dem Gedächtnis zitiert. Der Vers lautet: »Nur wenige seien seine Tage; ein anderer nehme sein Amt.« T 6,7

Dichter, der römische Dichter P. Vergilius Maro (70–19 v. Chr.); das Zitat heißt: »Schon wird ein neuer Sproß entsandt aus himmlischen Höhen.« (*Bucolica* IV,7), was im Mittelalter auf Christi Geburt bezogen wurde.
G VIII 16,3

Dicke Margot, Name eines Hauses, in dem üble Mädchen und Burschen wohnten und in dem viel nächtlicher Lärm herrschte. Die Überzeichnung in Villons Ballade ist als Kritik zu werten.
T 150,1 u. B Überschrift

Dido, die von Vergil in der *Aeneis* erwähnte legendäre Königin von Karthago. Sie hatte Aeneas während seiner Irrfahrt gastlich aufgenommen und sich nach seiner Flucht getötet. Dido galt als ein Urbild weiblicher Liebe.
(T 157,6); G VIII 16,7

Diener des Christophorus s. Estouteville

Dietrich, die deutsche Bezeichnung für den von Villon *roy Davyot* genannten Schlosserhaken, mit dem vor allem auch Colin Cayeux gut umzugehen verstand.
J VIII 1,2; J X 4,1

Dijon, Salins, Dôle, von D., S., D. der Herr: welcher Herrscher an dieser Stelle gemeint sein kann, ist unsicher, vielleicht Philipp der Gute.
T 41 B3 3,3

Diomed(es) s. Alexander der Große

Dôle s. Dijon

Donat, Aelius Donatus, lateinischer Grammatiker des 4. Jh.s, der Name bot Gelegenheit zu einem Wortspiel: donare: schenken. T 128,3

Douzaine, Douze s. Zwölferschar

Drei Lilien, das königliche Wappen und vielleicht auch die volkstümliche Bezeichnung für das Chaîtelet.
L 22,7

Dummenordeninstruktion, Wortspiel: Mathuriner, religiöser Orden, der auch Matheliner genannt wurde. Saint Mathurin war der Schutzpatron Geisteskranker.
T 127,7

Dummerherr, (Maupensé), ein erfundener Name. L 14,5

Echo, Waldnymphe, um die sich mehrere Sagen ranken: sie verdorrte aus unerwiderter Liebe zu dem schönen Narziß. Nach einer anderen Sage wurde sie von Juno dazu verurteilt, immer das letzte Wort zu haben, durfte aber stets nur das zuletzt vernommene Wort wiederholen.
T 41 B1 1,5; G VIII 16,5

Écu, Taler, Münze.
J X 2,6

Edler von Grigny s. Brunel

Eichel einer Weide, ein sinnloses Geschenk, doch der Singular *le gland* weist vielleicht auf eine obszöne Anspielung hin: die Eichel ist Potenzsymbol, während Weidensamen als potenzmindernd galt.
L 16,4

Ein altes Wort, vermutlich aus den *Disticha Catonis.*
G VIII 7,1

Ein neu Geschlecht, Zitat aus Vergil (Bucolica IV,7).
G VIII 16,2 u. 4

Elfmalzwanzig (les Onze Vingts), die 220 unberittenen Sergeanten des Polizeipräfekten, die für die Ordnung im Stadtinneren zu sorgen hatten. Außerhalb der Mauern waren berittene Sergeanten eingesetzt.
T 107,2

Emmaus, hier war zwei Jüngern das Heil widerfahren, dem auferstandenen Jesus zu begegnen (Lukas 24, 13–16).
T 13,3
Estouteville, Robert d'E., hatte als Prévôt de Paris bei der Untersuchung der Studentenunruhen eine Rolle gespielt und war 1461 von Ludwig XI. abgesetzt worden. Er hatte 1466 Ambroise de Loré geheiratet.
(T 138,8 Diener des Christophorus); T 139 B Überschrift.

Fähnlein (Pavillon), das Ritterfähnlein, auch Zelt der fahrenden Ritter und Zelt allgemein.
(L 9,6); L 40,5
Feder, Helmschmuck, Hutschmuck aus Federn oder Samtband, Zeichen der fahrenden Ritter zu Ehren ihrer Dame.
T 71,1
Feigen und Datteln hier mit sexuellen Konnotationen.
L 40,3
Feigenbaum (le Gros Figuier), verrufenes Haus.
L 19,4
Feuerlohn s. Schottenkönig
Feuerseuche s. Sankt Antonius
Findelkinder, elternlose Kinder, für die das Domkapitel von Notre-Dame ein Asyl gegründet hatte. Villon stellt in einem Wortspiel den *Gefundenen* (Findelkinder) die *Verlorenen* gegenüber, die Vagabunden, die sich bei Damen wie Marion l'Idole trösten.
T 155,1 u. 2
Flora, von Juvenal erwähnte römische Kurtisane.
T 41 B1, 1,2
Folterbirne, ein dem Delinquenten in den Mund geschobenes birnenförmiges Holz, das Erstickungserscheinungen verursachte. »Poires d'Angoisse« würde »Birnen aus Angoisse« heißen, umgangssprachlich für »üble Verhältnisse, schlechte Behandlung«. Ein Wortspiel.
T 73,4; J II 3,5
Formative s. Memoria
Fortuna, die römische Schicksalsgöttin.
T 166 R 1,3 u. 4,3; G VIII 9,4; G IX 1,5; G XII Überschrift u. 1,1
Four, Michaut du F., geltungssüchtiger Sergeant am Chaîtelet, der auch in die Untersuchung des Einbruchs im Colleæge de Navarre eingeschaltet war.
T 106,2

Fournier, Pierre, für Saint-Benoiît und damit für Villon als Syndikus zuständiger Anwalt. Daß ihn der Winter in Hitze bringen wird, ist eine Anspielung darauf, daß die aufsässigen Studenten einen »heißen« Winter prophezeien.
L 20,5; T 100,1

Frankreichs König, Ludwig der Heilige (1215–1270).
T 41 B3 2,3

Fremin, erfundene Person, Villon hatte natürlich keinen Sekretär.
T 57,5; T 78,3; T 79,4

Fünfzehn Zeichen sollen nach einer apokryphen Überlieferung den Anbruch des Jüngsten Gerichts verkünden, ein bei den Bettlerorden beliebtes Thema zur Einschüchterung und Erpressung von Almosen.
L 32,5

Galerne, Colin, Barbier (Bader) und Kirchenvorstand von Saint-Germain-le-Vieux, wo auch der Herborist Angelot wohnte, den Villon offenbar als Nachbar kannte. Villon benutzt den Namen des Barbiers (galerne: kalter Nordwind) für eine diesem angedichtete Erkältung. Daß er es im Sommer wieder warm haben wird: in der Hölle schwitzen.
T 154,2

Garde, Jean de la G., reicher Gewürzhändler. Die Vornamen Jean und Thibaut werden als Spottnamen für betrogene Ehemänner verwendet.
L 33,2; T 137,1 u. 2; T 180,8

Garnier s. Strafvollzugsbeamter

Gaultier, Name, hinter dem sich Villon versteckt.
J IX 1,8

Gedächtniskunst s. Ars memorativa

Geiler Esel (l'Ane rayé), mindestens vier Häuser waren mit diesem Hauswappen geschmückt. Der Esel galt als Inbegriff der Geilheit. Hinter ihm versteckt sich vielleicht Villon, der vor Blary als Nebenbuhler resigniert (reculle), er mag nicht mehr, ist zum Faultier geworden.
L 12,4; T 97,8

Genevois, Pierre, Anwalt des Domkapitels von Notre-Dame am Chaîtelet, der wahrscheinlich ein Zechgenosse des Jean de la Garde war.
T 137,8

Gerichtshof (Cour de Parlement), das vom Prévoît über Vil-

lon verhängte Todesurteil war vom Parlement in zehnjährige Verbannung verwandelt worden.
G XV Überschrift

Girart, Perrot, Zunftbarbier und Bader in Bourg-la-Reine, der Villon nach dem Tod des Priesters Sermoise oder nach dem Einbruch im Collège de Navarre versteckt hatte. Schüssel und Krug sind Zunftzeichen der Bader, *zwei* Schüsseln und *ein* Krug dürften – wie auch die Anwesenheit der berüchtigten Äbtissin von Pourras – auf eine obszöne Anspielung hinweisen.
T 115,1

Glaukus, Meeresgottheit.
G V 4,2

Glocke. Die große Glocke von Notre-Dame, die beim Begräbnis hochgestellter Persönlichkeiten geläutet wurde, wird als spröde bezeichnet, weil 1429 ein Sprung festgestellt wurde, so daß sie 1434 und 1451 repariert werden mußte. Wenn sie mit vollem Schwung geläutet wurde, bestand die Gefahr, daß sie barst, was 1479 dann auch der Fall war.
T 179,2

Goldner Mörser (le Mortier d'Or), häufiges Hauswappen der Gewürzhändler.
L 33,1

Goldnes Vlies s. Jason

Goldschmied-Schreiner (orfevre de bois), identifiziert mit Jean Mahé, dem Sergeanten und Gehilfen des Untersuchungsrichters am Châtelet. Mahé war praktisch Folterknecht. Wenn von »Nägel, Stift und Kopf« (auch obszöne Konnotation) gesprochen wird, kann es sich nur um Nelken-Nägel handeln (vgl. T 138,3), denn Ingwer wird aus Rhizomen gewonnen. Nelken und Ingwer galten als Aphrodisiaka. Die Vermutung liegt nahe, daß »sarazenischer Ingwer« noch eine andere umgangssprachliche Bedeutung hatte. Die Sarazenen standen im Rufe raffinierter Grausamkeit. Aber da die Fachliteratur trotz den auffälligen Bezeichnungen *orfevre de bois* und *gigembre sarrasinois* kaum Hinweise bietet, folgt die Übersetzung dem Wortlaut und damit der aggressiv obszönen Interpretation.
T 111,1

Gontier, Franc und Helène, Helden eines Gedichts von Philippe de Vitry (1291–1361), Bischof von Meaux, der auch ein berühmter Komponist war. In seinem Werk preisen Franc

und Helène das einfache Landleben, wie dies schon Vergil in seinen *Georgica* getan hatte.
T 142,2; T 143,1; T 143 B Überschrift, 2,1 u. 3,6

Gossouin s. Laurens, Colin

Gottes Lamm, Bezeichnung für den leidenden Gottesknecht, hier wohl Christus.
G VIII 8,2

Gouvieux s. Rousseville

Grenoble, Stadt am Gebirgsrand in Südostfrankreich. Was mit *rumatin* gemeint sein kann, ist nicht zu ermitteln.
J XI 2,2

Grigny s. Brunel

Grüner Käfig (Cage vert), Bordell gegenüber dem Karmeliterkloster.
T 120,6

Grüß dich, Taler ... s. Laurens, Colin

Guillot-Gueuldry, Guillaume-Gueuldry, Metzgerei in der rue Saint-Jacques, die dem Domkapitel von Notre-Dame mietpflichtig war. Es wurde jedoch niemals Miete bezahlt.
L 28,7; T 131,6

Gute Stadt s. Moulins

Hammel (Mouton), der Name, unter dem sich Villon bei einem Bader nach der Auseinandersetzung mit dem Priester Sermoise behandeln ließ, und Hauswappen in der rue de la Harpe. Nach dem Zusammenhang in L 18 wurde vermutet, daß es sich um den Namen einer unbekannten und von Villon wenig geschätzten Persönlichkeit handelt, die mit dem Seigneur de Grigny im Streit lebte, gegen den Villon kaum prozessiert haben dürfte. *malotru changeon* scheint jedoch eher auf Villons Decknamen zu verweisen.
L 18,5 u. 7; L 21,1

Hannibal hatte sich, nachdem er von den Römern besiegt war, zum König Prusias geflüchtet. Als dieser ihn an die Römer ausliefern wollte, vergiftete er sich. Er starb also nicht in seiner Heimatstadt Karthago.
G XII 2,5

Harembourg, Gräfin von Maine, gest. 1226.
T 41 B1 3,4

Haus der Achtzehn (Dix-Huit-Clercs), eine Stiftung des Klosters Notre-Dame, die alte und kranke Geistliche aufnahm, aber ärmlich dotiert war. Villon vermacht den beiden »ar-

men« Theologen etwas, worauf diese ohnehin Anspruch hatten und worauf sie bei ihrem Reichtum gar nicht angewiesen waren.
T 133,2

Hektor und Troïlus, Söhne des Priamus von Troja, durch Homer für ihr ritterliches Verhalten berühmte Helden.
T 139,7

Helena s. Paris

Helène s. Gontier

Helmschmiedin s. Schöne Helmschmiedin

Heloïs s. Abälard

Henri, der Folterknecht und Henker Henry Cousin wird in zeitgenössischen Dokumenten erwähnt.
T 152,8

Herodes Antipas, König der Juden (4 v. Chr.–39), für den seine Tochter Salome tanzte und dafür das Haupt Johannes des Täufers forderte.
T 64 B 4,5

Hesselin, Denis, Beamter der königlichen Steuerverwaltung, der vor allem für die Getränkesteuer verantwortlich war. Die Strophe dürfte so zu verstehen sein, daß Villons Testamentsvollstrecker den von Turgis geholten Wein selber trinken und die Fässer dann mit Wasser füllen sollen, damit sich Hesselin nicht berauscht.
T 98,2

Hiob wurde von Gott mit Plagen heimgesucht, dann aber für seine Standfestigkeit im Glauben reich belohnt.
T 28,3; G V 1,9

Höllenfluß, der griechische Styx in Arkadien wurde zum Fluß der Unterwelt. Proserpina war von Pluto, dem König des Totenreichs, entführt worden, der sie zur Gattin nahm. Tantalus wurde von den Göttern zu ewigen Qualen in die Unterwelt verbannt.
G V 1,7

Höllenhund s. Orpheus

Holofernes s. Judith

Horatius, vielleicht ein Verwandter oder Vorfahre des Dichters, dann aber mit Anspielung auf den römischen Dichter und Satiriker Qu. Horatius Flaccus (65–8 v. Chr.).
T 35,4

Hutband s. Tricot

Intellectuales s. Memoria

Jakob, der von Gott mit Reichtum gesegnete jüngere Sohn des Isaak und der Rebekka.
T 8,1

Jakobiner, der Dominikanerregel unterstehender Mönchsorden.
T 148,8

James, Jacques, Stadtbaumeister von Paris und Besitzer eines Badehauses, das, wie wohl alle Badehäuser im Mittelalter, in keinem guten Ruf stand.
T 169,1; T 184,1

Jason eroberte das Goldene Vlies dank der Hilfe der Zauberin Medea. Er begegnete feuerschnaubenden Stieren, die er jedoch vor seinen Wagen spannen konnte. Nach einer weit verbreiteten Sage war Jason auf seinem Schiff von einer Rahe erschlagen worden.
G V 1,2; G XII 2,10

Jeanne, umgangssprachlich für »irgendein« Mädchen.
T 135,8

Jeanne die Bretonin, eine Dirne.
T 151,2

Jenin l'Avenu s. Avenu

Johanna, Jeanne d'Arc, die Jungfrau von Orléans, geb. 1412, die 1431 in Rouen von den Engländern als Hexe verbrannt wurde.
T 41 B1 3,5

Johannes der Täufer hatte Jesus im Jordan getauft und dem Volk als Lamm Gottes gepriesen, das der Welt Sünde trägt.
G VIII 8,1

Joker, zusätzliche Spielkarte, die für jede andere Karte gilt.
J X 4,2

Jolis, Noël. Nach der wahrscheinlichsten Lesart der nicht ganz klaren Situation hatte Jolis auf Anstiften der Catherine de Vaucelles als Nebenbuhler dem Dichter eine Tracht Prügel verabreicht, die ihm Villon in T 152 »heimzahlt«. In L 3,3 bezieht sich das »Mißgeschick« auf diese Situation.
T 64 B 5,6; T 152,1

Jonas war nach einer späteren Legende auf Gottes Geheiß ins Meer gestürzt worden, nachdem er sich geweigert hatte, in

Ninive zu predigen. Er wurde von einem großen Fisch verschlungen, in dessen Leib er drei Tage schmachtete, ehe ihn Gott errettete.
G V 3,6

Jouvenel s. Bellefaye

Judas hatte sich, nachdem er Christus verraten hatte, erhängt.
G V 2,9

Juden, »den J. Labung floß ...« Nach Exodus 17, wo der Herr zu Moses spricht: »... auch deinen Stab, womit du den Nil geschlagen, nimm mit und gehe! Siehe! Ich stehe dort vor dir auf dem Felsen von Horeb. Schlägst du an den Felsen, so fließt Wasser heraus, und das Volk kann trinken.«
G XV 2,4

Judith hatte Holofernes, dem General Nebukadnezars, im Schlaf den Kopf abgeschlagen.
G VIII 16,6; G XII 3,9

Juno, die Gattin des Jupiter, hier als Spenderin des Reichtums.
G V 3,8

Kapetinger, das Herrscherhaus der Kapetinger soll von einer Metzgerfamilie abstammen.
G XVI 2,1

Karl VII., der Vater Ludwigs XI., gest. 1461.
T 41 B2 1,7

Karl der Große, Carolus Magnus (747–814), König der Franken und Langobarden, 800 zum römischen Kaiser gekrönt. Um seine Gestalt ranken sich zahlreiche Sagen.
T 9,4; T 41 B2 Refrain

Karmeliterrecht. Entsprechend einem Dekret des Laterankonzils von 1215 waren alle Christen verpflichtet, jährlich mindestens einmal bei ihrem Gemeindepfarrer zu beichten. Nach einer Beschwerde der geistlichen Orden, vor allem der Karmeliter, wurde ihnen mit der Karmeliterbulle von Papst Nicolaus V. gestattet, diese Beichte auch selber abzunehmen. Die Universität und die Bischöfe erhoben Einspruch, und Calixt III. annullierte durch eine neue Bulle die Bulle von Nicolaus V. Die ganze Affäre wirbelte viel Staub auf. Villon spielt auf diese Vorgänge nur an, um zum Ausdruck zu bringen, daß bei den delika-

ten Eheverhältnissen des Saint Amant beide Parteien gehört werden sollten (s. Saint Amant).
L 12,6

Kartäuser, nach der Benediktinerregel gegründeter Einsiedlerorden.
T 30,6; T 149,1; T 186 B 1,1

Karthago, Kolonie der phönizischen Stadt Tyrus in Nordafrika, deren Königin Dido nach dem Untergang Trojas den auf der Suche nach Italien umherirrenden Aeneas gastlich aufnahm und deren Feldherr Hannibal später zum gefährlichsten Gegner Roms wurde.
G XII 2,6

Kassandra, Tochter des Priamus und der Hekuba von Troja, der von Apollo die Gabe der Weissagung verliehen war.
G VIII 16,5

Kirchentestamentsaufsicht (Maître des Testaments). Diese Behörde war mit der Vollstreckung der Testamente jener Verstorbenen beauftragt, die der Jurisdiktion der Kirche unterstanden. Wenn Villon diesem Amt kein Legat, kein »*quid* und *quod*« vermacht, so kann das im Zusammenhang mit T 173 als ein weiteres Indiz dafür angesehen werden, daß Villon nicht mehr Geistlicher war, daß ihm der Bischof von Orléans (Thibaut d'Aussigny) seinen Rang aberkannt hatte.
T 185,1

Kleines Faß (le Barillet), Taverne.
T 137,6

Kommandant der Wache (Chevalier du Guet), Jean du Harley. Ihm unterstanden 20 berittene und 40 Sergeanten zu Fuß, die vor allem nachts für die Sicherheit auf den Straßen der Innenstadt verantwortlich waren. Der Kommandant verfügte außerdem über »Pagen«, Helfer, deren oft rabiates Auftreten ein Ärgernis war und zum Einschreiten veranlaßte. Villon vermacht dem Kommandanten zwei aus Altersgründen entlassene Polizisten als Helfer (Marquet und Philebert), deren Untauglichkeit stadtbekannt war. Jean du Harley, ein Adliger, hatte als Kommandant Anspruch auf den Titel eines Chevaliers, der ihm jedoch verweigert wurde. Zum Trost vermacht ihm Villon den »Ritterhelm«, das Hauswappen einer Taverne auf der rue Saint-Jacques, da das Tragen eines Helmes das Privileg der Chevaliers war.
L 22,1; T 171,1

Konstantinopels Herr, die goldene (Kugel in der) Hand war das Symbol der kaiserlichen Gewalt.
T 41 B3 2,1

Kreterreich s. Sardanapal

Kronochs (le Bœuf couronné) s. Trouvé

Krummstab (la crosse), Zeichen der Bischofswürde, in L 29,1 als Verhöhnung von Cotin und Vitry, die ja keine Bischöfe waren, aber vielleicht auch wie die ganze Strophe mit sexueller Konnotation als Anspielung auf die Impotenz und abwegigen Gelüste der »braven Buben«. Die Philologen sind verschiedener Ansicht, indem die einen trotz des »item«, das sonst ein neues Legat einleitet, die ersten vier Zeilen noch als Fortsetzung der vorhergehenden Strophe auffassten, während die anderen in *crosse* den Stock sehen, mit dem die Gefangenen geprügelt wurden, und die ganze Strophe den Strafgefangenen zuschreiben. Beide Vorschläge sind nicht befriedigend. Es scheint einleuchtender, hier ein anzügliches Spiel zu sehen, in dem Villon zunächst scheinheilig mit »item« ein neues Legat für die Gefängnisinsassen ankündigt, das aber arglistig noch den beiden »braven Buben« gilt, denen er einen Gefängnisaufenthalt vorschlägt. Das Wasser der Seine als Getränk bildet den Übergang: die »braven Buben« dürfen noch keinen Wein trinken, Wasser ist aber auch das übliche Getränk im Gefängnis, *trappe voliere,* Vogelkäfig, wieder mit sexueller Konnotation, *mirouër bel et idoine* mag der Narrenspiegel sein, mit dem (lockere) Vögel gefangen werden, und wohl auch eine versteckte Anspielung auf das hohe Alter der »braven Buben« und *grace de la geoliere* ein Hohn auf den wohl nicht mehr brauchbaren »Krummstab« der beiden alten Herren.
L 29,1

Kuh (la Vache troussée), die geschulterte Kuh, s. Trouvé

Ladislaus, Lanzelot, König von Böhmen, der 1457 im Alter von 17 Jahren starb.
T 41 B2 3,7

Laurens, Colin, mit Girard Gossouin und Jean Marceau, den »armen Waisenkindern«, genannt. Laurens und Gossouin waren reiche Salzspekulanten, Marceau ein reicher Bankier, der den Engländern Waffen geliefert hatte und wegen seiner Geschäfte mehrfach ins Gefängnis geworfen wurde.

»Grüß dich, Taler ...« in T 128,6 entspricht der von Villon beabsichtigten populären Verballhornung des Anfangs eines lateinischen Marienhymnus, wobei *salus* mit dem *Salut d'or*, einer seit Karl VI. wiederholt geprägten Goldmünze, »verwechselt« wird.
L 26,1; (T 127–130)

Laurens, Jean, hatte als Ankläger im Zusammenhang mit dem Einbruch im Collège de Navarre Villons Freund Tabarie verhört, der auf der Folter auch Villon als Mittäter nannte.
T 124,1

Leuchte (la Lanterne), Spelunke auf der rue de la Pierre-au-lait, hier aber wohl das während der Studentenunruhen gestohlene Hauswappen. Zugleich eine Anspielung auf den wenig »erleuchteten« Geist der Adressaten des Legats.
L 22,6

Lilienfürst, die Lilie war das Wappenzeichen der Bourbonen.
G X 4,1

Loges, François des L., s. Villon, François

Lombarde, Pierre, Theologe des 12. Jh.s. Seine *Sententiae* enthalten einen Abschnitt über die Heilige Dreifaltigkeit, auf deren Unteilbarkeit er bestand. Sein Buch galt im Mittelalter als Standardwerk. In T 74,8 handelt es sich nicht nur um die »Trinität« der drei Gerichtsbeamten des Bischofs, sondern auch um ein Wortspiel, da *lombard* Wucherer heißt und die Wucherer Gott sicher nicht liebten.
T 74,8

Lombardei, die L. stand im Ruf der Bestechlichkeit und Betrügerei.
J VII 2,3

Lomer, Pierre, gehörte zur Geistlichkeit von Notre-Dame und war vom Kapitel beauftragt, die Dirnen in den Häusern des »Lion« und »Ours« zu evakuieren. Um so höhnischer das Legat der allnächtlich hundert Mannheitsproben.
T 167,1

Loré, Ambroise de L., Tochter des Ambrois Loré, Baron d'Ivry, die Robert d'Estouteville geheiratet hatte. Sie starb 1468.
(T 139,2)

Loth, nach der Erzählung im Alten Testament hatte Loth keinen Sohn. Damit das Geschlecht nicht aussterbe, woll-

ten seine zwei Töchter von ihm schwanger werden, wozu sie ihren Vater betrunken machten.
T 125 B 1,2

Lou, Jean le Lou(p), Fischer und für die Kanalisation zuständiger Schiffer, mit Cholet zusammen genannter Sergeant des Châtelet. Beide standen in üblem Ruf. Die Strophen deuten auf nächtliche Beutezüge, zu denen sie ihr Amt mißbrauchten. Le Lou war außerdem ein Spitzel, der ein Drittel der dank seiner Denunziation verhängten Geldstrafen kassierte.
L 24,1; T 110,1

Louviers, Louvieux, Nicolas de L., Steuereinnehmer und Rat am Rechnungshof.
L 34,1; T 102,1

Louvieux s. Louviers

Ludwig XI. (1461–83) bemühte sich, die politische und territoriale Einheit Frankreichs nach dem Krieg mit England wiederherzustellen. Der bei seinem Regierungsantritt erlassenen Amnestie verdankt Villon seine Entlassung aus dem Gefängnis in Meun-sur-Loire.
T 7,8

Lukretia war vom Sohn des Tarquinius Superbus, des letzten Königs von Rom, vergewaltigt worden und hatte sich erstochen.
G VIII 16,6

Macée d'Orléans, die weibliche Endung ist als obszöne Anspielung zu verstehen. Der Stellvertreter des Amtmanns de Berry. Das Abknöpfen des Gurts (mit der Geldbörse) war ein Zeichen für die unmittelbar bevorstehende Hinrichtung. T 122,5

Machecoue, damals bereits gestorbene vormalige Inhaberin eines Speiselokals in der Nähe des Châtelet.
T 102,8

Macquaire. In dem 1318 verfaßten *Martyrium des heiligen Bacchus* wird ein Koch erwähnt, der Macaire heißt.
T 141,5

Macrobius, Ende 4. Jh., römischer Prokonsul in Afrika und Verfasser eines Kommentars zu Ciceros *Traum des Scipio* und der moralisierenden *Saturnales*, die im Mittelalter sehr geschätzt waren.
T 145,5

Magdalena s. Ägypterin

Mannabrot, dem Volk Israel während der Hungersnot von Gott gespendete Speise.
G VIII 6,6

Marceau s. Laurens, Colin

Marchant, Perrenet (Pernet), mit der Überwachung des Dirnenwesens beauftragter Sittenpolizist und Kuppler. Die Bezeichnung *Bâtard de la Barre* kann auch Schlagstockschwinger oder Schwanzheld bedeuten. Ausgehend von T 108,4 (écu: Wappen) wurde die heraldische Bedeutung bevorzugt. Ein von unten links nach oben rechts das Wappen teilender Balken verweist auf illegitime Geburt. Villon überläßt dem Zuhörer oder Leser die Wahl.
L 23,1; T 76,4; T 93,4; T 108,1

Marchant, Ythier, im Dienst des Herzogs de Berry, Bruder Ludwigs XI., vielleicht ein Nebenbuhler Villons.
L 11,2; T 94,1; T 99,3

Margot s. Dicke Margot

Marie die Schöne, Maria aegyptiaca, s. Ägypterin

Marie d'Orléans, die Prinzessin Marie wurde in zweiter Ehe des Charles d'Orléans mit Marie de Clèves am 19. Dezember 1457 geboren.
G VIII Überschrift u. ff.

Marion la Peautarde ist unbekannt.
T 166,6

Marion l'Idole, eine Dirne.
T 151,1; T 155,4

Marle, Jean de Merle und sein Sohn Germain, reiche Bankiers. Die ironischen Wechselkurse, z.B. zwei Angelots (Engelchen) für einen Grand ange (großen Engelstaler) kostümierten erotische Wünsche: dem jungen Marle wird eine Rolle als Zuhälter zugemutet.
T 126,1

Marquet s. Kommandant der Wache

Mars, der römische Kriegsgott und Gatte der Venus.
G V 3,9

Martial, Sankt Martial, der erste Bischof von Limoges, gest. 1250. Man sprach ihm die Eigenschaften zu, die der sich vom römischen Kriegsgott herleitende Name beinhaltet.
T 9,5

Matheolus, Verfasser eines *Liber lamentationum Matheo-*

luli, in dem auch die Mißstände des Mönchswesens kritisiert werden.
T 118,6

Maubué s. Bailly

Mautaint, Jean, königlicher Notar und Untersuchungsrichter am Châtelet, der mit der Untersuchung des Einbruchs im Collège de Navarre beauftragt war.
L 20,1; T 138,5

Meischuld s. Saint Zahlmirdu

Memoria, hier personifiziert als Frau Memoria (Erinnerungsvermögen, Geisteskraft), die über die ihr zugerechneten Fähigkeiten (Species collaterales) herrscht: Opinativa: qualitatives Unterscheidungsvermögen; Intellectuales: geistige Fähigkeiten allgemein; Aestimativa: Urteilsfähigkeit; Prospectiva: Voraussicht; Similativa: Assoziationsvermögen; Formativa: Gestaltungskraft; Sensitiv: Empfindungsvermögen; Phantasie: Vorstellungskraft. Nach Hausmann »die pathologische Beschreibung von Villons dichterischer Inspiration«.
L 36,4

Merebeuf, Pierre, Tuchhändler, der mit Louviers (Louvieux) zusammen genannt wird, beide reiche Leute mit gesellschaftlichen Ambitionen. Beide werden daher in L 34 auch zusammen mit Rousseville, dem Kastellan von Gouvieux, genannt, dem »Geld« vermacht wird und der als Schloßvogt den gesellschaftlichen Ansprüchen von Merebeuf und Louviers genügt.
L 34,2; T 102,2

merlinflink, der Merlin ist eine kleine Falkenart.
T 186 B2 4,1

Methusalem, Sohn des Henoch und Vater des Lamech, Gestalt des Alten Testaments, sprichwörtlich für hohes Lebensalter.
T 8,8

Meun, Jean de M. hatte den von Guillaume Lorris begonnenen *Roman de la Rose* fortgesetzt, in dem auch Passagen enthalten sind, die sich gegen das Unwesen der Bettelmönche richten.
T 118,5

Meun-sur-Loire s. Aussigny

Michaut. Eine Legende des an Erschöpfung gestorbenen Liebhabers war schon dem Verfasser des *Renart le Contrefait*

bekannt. Daß dieser unersättliche Liebhaber in Saint Satur (Satyr!) begraben sein soll, dürfte eine Erfindung Villons sein: Saint Satur liegt am Fuß des Hügels von Sancerre (Sanctus Satyrus!).
T 91,5

Millières, Jeanne de M., die Geliebte des Robert Vallée, deren Name im Strafregister des Châtelet verzeichnet ist. Die riesigen Hörnerhauben waren zu einer modischen Unsitte ausgeartet.
L 13,8

Montcorbier s. Villon, François

Montigny, Regnier de M., Sohn eines königlichen Hofbäkkers, hatte sich der Verbrecherorganisation der Coquillards angeschlossen, war mehrfach im Gefängnis und wurde 1457 gehängt.
L 17,2; L 18,3; J II 2,5

Montjoie, ironisch zu verstehende Bezeichnung für den Galgenhügel von Paris.
J III 3,3

Montmartre, im 12. Jh. gegründetes Nonnenkloster, das zur Zeit Villons baulich und moralisch verfallen war. Auf dem Mont Valérien (mont des vauriens: Berg der Taugenichtse) befanden sich eine kleine Kapelle und eine Einsiedelei.
T 146,1

Mont Valérien s. Montmartre

Moreau, wahrscheinlich Jean M., Garkoch, und Jean de Provins, Konditor, sowie Robin Turgis, Besitzer des »Pinienzapf« (la Pomme de Pin).
T 77,6

Morillon, dunkle Traubensorte mit dem Anklang an *mort:* Tod.
T 186 B2 4,3

Moulins (gute Stadt), Residenz der Bourbonen, deren Wahlspruch »Espérance« (Hoffnung) lautete.
(T 13,5)

Mouton s. Hammel

Müdes Maultier (la Mule, weiblich!), Taverne, in der Villon und seine Freunde verkehrten. Hier aber vom Dichter in der Bedeutung sexueller Trägheit gebraucht (Maultier, Muli: unfruchtbare Kreuzung zwischen Pferd und Esel).
L 12,2; T 97,8

Narrenprinz (Prince des Sots). Der Narrenprinz war für die Organisation festlicher Veranstaltungen zuständig, insbesondere auch der Theateraufführungen und ähnlicher Darbietungen.
L 34,8; T 106,1

Narziß verschmähte die Nymphe Echo, die in ihn verliebt war. Sie verfluchte ihn, sich in etwas zu verlieben, das er niemals werde besitzen können: sein Spiegelbild im Bach, zu dem er hinabtauchte und ertrank.
T 64 B 2,5; G V 2,7

Navarre s. Collège de Navarre

Nebukadnez(ar), König der Chaldäer (605–552 v. Chr.), war nach der Eroberung der Stadt Jerusalem von Gott in ein wildes Tier verwandelt worden.
G V 1,4

Nijon, Schloßruine in der Nähe von Paris.
L 18,2

Noah hatte in der von ihm erbauten Arche die Sintflut überlebt. Er entdeckte den Weinstock und berauschte sich an seinem Saft.
T 125 B 1,1

Noël s. Jolis

Octavian. Dem geldgierigen Kaiser Augustus (Octavianus) soll geschmolzenes Gold in den Mund gegossen worden sein.
G V 3,1

Offizial, der Vorsitzende des bischöflichen Gerichts in Orléans, wahrscheinlich Etienne Plaisance (Wortspiel: qui est plaisant: netter Mensch).
T 74,3

Oisebrück (Pontoise). Das Größenverhältnis von Paris und Pontoise wird von Villon scherzhaft umgekehrt.
G XIII, 2

Opinative s. Memoria

Orléans s. Aussigny

Orpheus, thrakischer Sänger der griechischen Sagenwelt, der nach dem Tod seiner Frau Eurydike in die Unterwelt hinabstieg, um sie zurückzugewinnen. Mit seinem Gesang beschwichtigte er den Zerberus (Höllenhund) und erreichte, daß Pluto, der Herrscher des Totenreichs, seine Bitte erfüllte, wobei er jedoch zur Bedingung erhob,

daß Orpheus erst dann Eurydike anblicken dürfe, wenn er in die Oberwelt zurückgekehrt sei. Da Orpheus der Versuchung erlag, sich bereits auf dem Rückweg nach Eurydike umzusehen, mußte sie im Totenreich zurückbleiben.
T 64 B 2,1

Otker, der Däne, einer der Ritter Karls des Großen und Held mehrerer Dichtungen, der nach zahlreichen amourösen Abenteuern von der Fee Morgane wieder verjüngt und sittsamer Vater vieler Kinder wurde.
T 167,8

Paris. Zur Zeit Villons nach Beendigung des Hundertjährigen Krieges zwischen Frankreich und England (1337–1453) war Paris das geistige und wirtschaftliche Zentrum des Landes, dessen Mittelpunkt die Universität und das Quartier Latin bildeten. Das 1257 von Robert de Sorbon gegründete theologische Kollegium wurde 1554 von der theologischen Fakultät der Universität übernommen, die nicht nur theologisch, sondern auch politisch zunehmenden Einfluß gewann. Die auf der Ile de la Cité errichtete Kathedrale Notre-Dame, deren Grundstein 1163 anläßlich eines Besuches von Papst Alexander III. gelegt wurde und deren Doppeltürme bereits 1250 standen, wird von Villon in T 179 nur indirekt erwähnt (s. Glocke).
T 75,1; T 116,3; T 117,6; T 144 B Refrain; T 160,3; J I 1,1; J VII 1,1; (J XI 1,2)

Paris und Helena. Paris, Sohn des Priamos von Troja, der durch den Raub der Helena von Sparta den Trojanischen Krieg heraufbeschworen hatte, galt im Mittelalter als Inbegriff des Reichtums, wie Helena als Inbegriff weiblicher Schönheit galt.
T 40,1; G V 1,6

Parlement, in der ersten Zeit der französischen Monarchie der oberste Gerichtshof, der seinen Sitz im Châtelet hatte und im Namen des Königs entschied.
(L 13,2); (G XV Überschrift)

Patay, Ortschaft in der Nähe von Orléans, wo es weder Wald gab, noch Kastanien geerntet wurden.
G X 2,7

Perdrier, Jean, Kastellan des königlichen Schlosses von Loges, François, königlicher Finanzbeamter, Söhne eines Ban-

kiers. Möglicherweise war Villon eines Vergehens beschuldigt und François P. als Zeuge vernommen worden.
T 140,1

Pernet s. Marchant, Perrenet

Perrenet s. Marchant, Perrenet

Perrettes Loch (le Trou Perrette), Spielhaus gegenüber dem »Pinienzapf«.
T 185,8

Pet-au-Diable s. Teufelsfurz

Petit Pont, Brücke mit Läden und Verkaufsständen auf beiden Seiten, die die rue Saint-Jacques mit der Cité verbindet und noch heute existiert.
T 144 B 3,3

Pfründenanwartschaft. Villon hatte an der Universität den Grad eines *Clerc* erworben und war Maître ès arts, Magister artium, aber er war kein Priester. Es wird vermutet, daß auf Veranlassung des Bischofs Thibaut d'Aussigny ihm sein etwa unserem Doktorgrad entsprechender Titel aberkannt wurde. Damit hätte Villon ab 1461 nicht mehr der Jurisdiktion der Kirche unterstanden.
L 27,1

Pfründlein s. Chappelain

Phantasie s. Memoria

Philebert s. Kommandant der Wache

Phöbus Apollon, der griechische Sonnengott.
G V 3,7

Pierre-au-Lait, rue P. a. L., Milchmarkt neben der Kirche Saint-Jacques, wo auch die Schreiberbuden standen.
L 22,6

Pikarden, in Flandern verbreitete Sekte. Das von Villon erwähnte stumme Beten war schon vorher bei den Albigensern üblich.
T 5,5

Pinienzapf (la Pomme de Pin), Taverne in der Altstadt von Paris.
L 19,5; T 101,8

Pompeius, der Rivale Caesars, der nach der Schlacht bei Pharsalus im Jahre 48 v. Chr. in Ägypten ermordet worden war.
G XII 2,9

Popins Roß-Schwemmlokal (Abreuvoir Popin), Pferdetränke und Taverne in der Nähe des Louvre. Zeile 3 ist so verstümmelt, daß fast jede zweite Textausgabe eine andere Lesart

bietet. Hier wurde die Fassung von Hausmann vorgezogen und der Text ironisch aufgefaßt: ebensowenig wie in dem Roß-Schwemmlokal ein Teller Pfefferfische serviert werden dürfte, ist in dem verrufenen »Feigenbaum« ein leckeres Mahl zu erwarten.
L 19,2

Poullieu, Jean de P., Prediger, dessen Thesen 1321 verworfen wurden, mit denen er sich gegen das Unwesen der Bettelmönche gewandt hatte.
T 118,1

Priamus, König von Troja, der mit seiner ganzen Stadt und Familie untergegangen war.
G XII 2,3

Prokurator, Staatsanwalt am Geistlichen Gericht des Bischofs von Orléans.
T 74,2

Proserpina s. Höllenfluß

Prospektive s. Memoria

Provins (Seine et Marne) s. Quinze Vingts

Provins, Jean de P., s. Moreau

Psalm des David: »... und ihre Stätte kennt sie nimmer« (Ps 103,16).
T 37,3

Psalmist, König David, der Verfasser des *Psalter*. Villon zitiert Ps 92,5: »Du, Herr, erfreust mich durch dein Tun«.
G VIII 6,1

Quinze-Vingts, das von Ludwig dem Heiligen 1260 gegründete Heim für Blinde in der Nähe des Friedhofs Les Innocents. Der Prior von Saint-Aoul in Provins war verpflichtet, dem Haus der Quinze-Vingts eine Art Dependance zur Verfügung zu stellen. T 160,1

Raguier, Jacques, vielleicht der Sohn des obersten Küchenmeisters am Hof Karls VII., von Villon als Fresser und Säufer und in T 183,8 mit Brunel und James als *hommes de bien*, ironisch als Taugenichts apostrophiert.
L 19,1; T 101,2; T 183,8

Raguier, Jean, aus reicher Familie, war einer der zwölf Sergeanten der Polizeipräfektur von Paris, den Villon der Bestechlichkeit bezichtigt.
L 17,3; T 105,1

Regnier, René d'Anjou, Herzog von Anjou und König von Sizilien. Er hatte 1446 in Angers ein ritterliches Turnier veranstaltet, in dem Robert d'Estouteville seine Frau Ambroise Loré gewonnen hatte.
T 139,6

Reich (Pierre Richer), Magister, Theologe und Schulleiter. Ein Wortspiel.
T 128,2

Richer, Denis und Jean Vallette gehörten zu den 220 Sergeanten zu Fuß, die für die Ordnung in der Innenstadt verantwortlich waren.
T 107,4

Riesenfaß (le Grand Godet), Taverne auf der Place de Grève.
T 101,1

Riou, Jean, Pelzhändler und Hauptmann der 180 städtischen Bogenschützen, die nicht zur Polizei gehörten, sondern bei festlichen Anlässen eine repräsentative Aufgabe erfüllten.
T 112,1

Ritterhelm (le Heaume), Taverne.
L 22,2

Robert. Man vermutet, daß es sich bei dem *petit maître Robert* um einen Beisitzer am bischöflichen Gericht handelt.
T 74,6

Römerbrief des Apostels Paulus: »So sind wir als viele ein einziger Leib in Christus, im einzelnen aber untereinander Glieder« (Römer 12,5). Und auch: »Die Liebe sei ungeheuchelt. Verabscheut das Böse, hanget an dem Guten! Seid einander zugetan in brüderlicher Liebe, kommt einander mit Achtung zuvor, im Eifer nicht lässig, im Geiste glühend, dem Herrn dienend; in der Hoffnung fröhlich, in der Drangsal geduldig, im Beten beharrlich.« (Römer 12, 9–11).
G I 4,4

Rom, in der Antike die Hauptstadt der Welt, war im Jahre 64 von Nero in Brand gesteckt worden.
G III 3,7; G XII 2,11

Rosenbuch (Roman de la Rose). Villon war ein eifriger Leser dieses berühmten, von Guillaume de Lorris begonnenen und von Jean de Meun fortgesetzten Romans aus dem 13. Jh., in dessen erstem Teil die höfische Liebe allegorisch behandelt wird.
T 15,2

Rosnel s. Basanier

Rotwelsch (Jobelin), hier die Bezeichnung für den Jargon der Heimat- und Besitzlosen, die nach dem Hundertjährigen Krieg mit England durch das ausgeplünderte und verarmte Land zogen.
J VIII 2,5

Rousseville, Pierre de R., Burgvogt des verfallenen Schlosses von Gouvieux, der berechtigt war, Straßenzoll zu erheben; vor dem Krieg mit England war dies eine gute Einnahmequelle, die zu Villons Zeit praktisch versiegt war.
L 34,6

Roussillon, Ortschaft in der Dauphiné.
T 186 B2 2,4

Ru, Guillaume du R., ausgerechnet der reiche Weinhändler soll die Sterbelichter aufstecken, das »Öl der Erleuchtung«. Der Spott beruht darauf, daß in der Umgangssprache der Wein als »Öl« bzw. als »Rebenöl« bezeichnet wurde.
T 186,2

Ruel s. Basanier

Saint Amant, Pierre de S. A., Beamter der königlichen Finanzverwaltung. *Le Cheval Blanc* (Lahmer Gaul = Impotenz), *la Mule* (Müde Stute = Frigidität) und *l'Ane rayé* (Geiler Esel = Villon?) lassen vermuten, daß der Dichter mit der Frau des Saint Amant ein Verhältnis hatte. Blary, ein in Prozesse verwickelter reicher Goldschmied, könnte ein Nebenbuhler Villons bei der Frau des Saint Amant gewesen sein (Diamant!?). Das mit Zeile 5 beginnende neue Legat, das mit den vier ersten Zeilen nicht im Zusammenhang zu stehen scheint, aber auch nicht mit item eingeleitet wird, überrascht. Doch der fehlende Zusammenhang ist nur scheinbar: hinsichtlich des gestörten Ehelebens des Saint Amant sei die »Beichte beiderlei Geschlechts« anzuhören. Villon gibt beiden Ehepartnern die Schuld (s. Karmeliterrecht). Zu T 97 schreibt Galway Kinnell (The Poems of François Villon. New Edition. Translated with an Introduction and Notes by Galway Kinnell. Hannover and London 1982, S. 232, 1006–13): »The customary reading ... may be more likely grammatically but I can't see that it makes as much sense.«
L 12,1; T 97,2

Saint Antoine, rue S. A., die Straße, an der die Taverne »la Crosse« lag.
L 29,2

Saint Avoie, die Kapelle des Klosters der Augustinerinnen, die sich im ersten Stock befand und für eine Beisetzung denkbar ungeeignet war.
T 176,1

Saint Jacques (de-la-Boucherie), Kirche in der Nähe des Châtelet und Platz, auf dem die Schreiberbuden standen (fenêtre hier auch im Sinn von Bordell). In J IX 2,9 bestätigender Ausruf, etwa »beim heiligen Jakob!«.
L 15,7; J IX 2,9

Saint Satur s. Michaut

Saint Zahlmirdu (Saint Generou) und Meischuld (Voventes) sind hier sprechende Namen. Bretagne oder Poitou sind eine spöttische Irreführung.
T 41 B3 3,3; T 127,6

Salins, Stadt in Burgund und Wortspiel: Salins – Salzspekulanten. T 104,2–4

Salomo(n) hatte auf Anstiften seiner Weiber im Alter heidnische Götter angebetet. Er ist auch der Verfasser des Buches *Die Weisheit Salomos* mit Lebenslehren.
T 64 B 1,6; G XI 4,5

Samson, Feldherr der Juden, der von Dalila an die Philister verraten und von ihnen geblendet wurde.
T 64 B 1,7

Sancerre s. Michaut

Sankt Antonius, hier wohl eine Anspielung auf die Versuchung des heiligen Antonius und auch auf eine im Mittelalter weit verbreitete Seuche, die mit einem Hautausschlag verbunden war und *feu Saint Antoine* (Sankt Antonsfeuer) genannt wurde.
(L 33,7); T 61,8

Sankt Dominik, der heilige Dominikus war der Schutzpatron der vor allem von den Dominikanern geleiteten Inquisition. Seine Erwähnung in diesem Zusammenhang ist bittere Ironie.
T 165,7

Sankt Viktor, zum Christentum bekehrter römischer Offizier, wurde im Jahre 290 zwischen Mühlsteinen zermalmt.
G V 3,4

Sarazenen-Ingwer s. Würznelken

Sardanapal, legendärer assyrischer König, der sich nach einer Niederlage mit seinen Frauen und Schätzen auf einem riesigen Scheiterhaufen verbrannte. In T 64 B 3,3 irrtümlich als König von Kreta bezeichnet.
T 64 B 3,1 u. 3; G V 3,10

Saturn. Diesem Planeten wurde ein böser Einfluß auf das menschliche Leben zugeschrieben.
G XI 4,2

Schlachthof (Marché aux Pourceaux: Schweinemarkt) in der Nähe der Markthallen, wo die Falschmünzer hingerichtet und in heißes Öl geworfen wurden.
J VI 4,2

Schleudersau, wahrscheinlich die in Rabelais' *Gargantua und Pantagruel*, Buch 4, Kapitel 40 als »Sau von Riole« erwähnte Belagerungsmaschine, die wie eine Windmühle ausgesehen haben mag und mit der 1378 Bergerac eingenommen wurde.
T 68,6

Schnabelpips, Geflügelkrankheit, Entzündung der Mund- und Rachenhöhle.
G XVI 4,1

Schöne Helmschmiedin, die durch Villon unsterblich gewordene Dirne war um 1375 geboren und wurde 1394 aus ihrem Haus im Klosterbezirk von Notre-Dame vertrieben. Sie war 1461 also weit über 80 Jahre alt.
T 47,2; T 56 B Überschrift

Schottenhalsband s. Vacquerie

Schottenkönig, Jakob II., gest. 1400; wahrscheinlich mit einem angeborenen Feuermal (naevus flammeus).
T 41 B2 2,1

Scipio Africanus war eines natürlichen Todes gestorben, von Villon vielleicht mit Scipio Aemilianus verwechselt, der angeblich ermordet wurde.
G XII 2,7

Seneschall, sowohl ein Gewürzhändler in der rue Saint-Jacques als auch der als Pierre de Brézé identifizierte Groß-Seneschall der Normandie, der bei Ludwig XI. in Ungnade gefallen war. Villon treibt ein freches Spiel mit dem Familiennamen des Gewürzhändlers, bei dem er wahrscheinlich Schulden hatte, und dem ins Gefängnis geworfenen hohen Beamten, vielleicht als eine Art Reverenz gegenüber Ludwig XI., dem er seine Befreiung aus dem Gefängnis in Meun

verdankte. *ferrer oues et canettes* heißt umgangssprachlich: aus Langeweile sich die Zeit vertreiben, z. B. (im Gefängnis) Fidibusse drehen, es hatte aber auch die unfreundliche Bedeutung: (junge) Gänse und (alte) Enten »beschlagen«, konnte also auch obszön verstanden werden. Die Wortspielkette Senéchal (oberster Beamter der Dienerschaft am Hof) – Maréchal (Oberhofmeister der königlichen Pferdeställe, aber auch ganz einfach Hufschmied) ist in der Übersetzung kaum nachzubilden.
T 170,1

Sensitiv s. Memoria

Sidoine. Vielleicht aus dem *Roman de Ponthus et de la belle Sidonie* entlehnter Name.
T 143 B 1,3

Similative s. Memoria

Simon Magus flog der Legende nach von Geistern getragen zwischen Himmel und Erde, Petrus vertrieb die Geister, und Simon Magus stürzte auf die Erde zurück.
G V 2,10

Sorbonne. Die theologische Fakultät der Universität Paris. Die erste Sorbonne war an das Kloster Saint-Benoît angeschlossen und umfaßte außer den Quartieren für die Studenten einen großen Saal, die berühmte Bibliothek, einen Turm und eine Kapelle. Die von Villon erwähnte Glocke wurde 1358 eingeweiht und läutete allabendlich um neun Uhr kanonischer Zeit den Angelus bzw. das Feueraus.
L 35,4

Spanien, Herr von S., Johann III. von Kastilien, gest. 1454.
T 41 B2 2,6

Species collaterales s. Memoria

Stephansbrot. Der heilige Stephanus wurde als Märtyrer zu Tode gesteinigt, Stephansbrot bedeutet daher steinhartes Brot oder Steine.
T 180,4

Strafvollzugsbeamter (Clerc du Guichet). Garnier, der ins Gefängnis geworfen und zu einer Geldstrafe verurteilt worden war, weil er Gefangene gegen Bezahlung entfliehen ließ, war offensichtlich mit Villon befreundet.
G XVI Überschrift

Tabarie, Guy de T., Magister artium, hatte mit Villon im Dezember 1456 am Einbruch im Collège de Navarre teilgenom-

men und in der Trunkenheit dem Geistlichen Pierre Marchant auch Villon als Mittäter genannt. Hierauf beziehen sich das ironische »Ehrenmann« und »Wahrheitsdenken«.
T 88,3

Taillevent, eigentlich Guillaume Tirel, Küchenmeister Philipps VI. und Leibkoch Karls VI., Verfasser des ersten Kochbuchs mit dem Titel »Viandier«.
T 141,1

Tantalus s. Höllenfluß

Taranne, Charlot, und Michaut Cul d'Oue, steinalte reiche Bürger, die ihr Legat nur unter einer für sie unannehmbaren Bedingung erhalten.
T 135,2

Templerfeld (Couture du Temple) s. Charruau

Teufelsfurz (Pet-au-Diable), ein phallusartig geformter Stein vor dem Haus der Witwe de Bruyères, der 1451 von Studenten verschleppt wurde, was zu einer Kontroverse zwischen der Stadtverwaltung und der Universität führte. Villon hatte sich an dem Aufruhr der Studenten beteiligt, der sich bis 1453 hinzog und einen Toten und viele Verletzte forderte. Der vom Dichter erwähnte Roman ist nicht erhalten und auch sonst nicht belegt.
T 88,2

Teufel von Vauvert s. Baude

Thaïs, griechische Buhlerin im 4. Jh. v. Chr., die auch Alexander den Großen auf seinen Feldzügen begleitete.
T 41 B1 1,3

Thamar s. Amon

Theologen, arme Th., s. Cotin

Theophilus, Priester in Kilikien, der einen Pakt mit dem Teufel geschlossen hatte und nach siebenjähriger Reue durch Vermittlung der Jungfrau Maria gerettet wurde.
T 89 B 2,3

Thibaut, Tacque, der Name des wegen seines Lebenswandels und als Erpresser verhaßten Günstlings des Herzogs Jean de Berry dient Villon zu einer böswilligen Verwechslung mit dem Bischof Thibaut d'Aussigny.
T 73,1

Trascaille, Robinet, Sekretär Ludwigs XI. *jatte,* der Topf, den Villon ihm als Helm für seine Ausrüstung hoch zu Roß vermacht, ist auch die Bezeichnung für ein leichtes Mädchen.
T 114,1

Tricot, Thomas, Studienfreund Villons, Magister artium, der inzwischen ein geistliches Amt angetreten hat. Das Hutband dürfte das Villon nicht mehr zustehende samtene oder seidene Abzeichen geistlicher Würde sein.
T 185,4

Troja wurde nach zehnjähriger Belagerung von den Griechen zerstört.
G V 1,5

Troïlus s. Hektor

Trouvé, Jean, Knecht am Schlachthof. Ein malerischer Winkel im alten Paris mit der rue Troussevache (Kuhträger) und mit den Hauswappen »Mouton« (Hammel und Deckname Villons), »La Vache« (Kuh) und »Le Bœuf couronné« (Kronochs). Daß Trouvé im Anschluß an die vorhergehende Strophe genannt wird, in der das Randalierertum erwähnt wird, ist kein Zufall, denn er wurde 1447 und 1448 wegen Gewalttätigkeit bestraft, und Villon widmet ihm ein Legat für die Ordnungshüter wohl auch wegen der Rolle, die er offensichtlich als Verteidiger der Hauswappen während der Studentenunruhen nach der Verschleppung des Pet-au-Diable gespielt haben mag. Villon vermacht Trouvé den »Mouton«. Dies war der Name, unter dem sich der Dichter nach dem Streit mit dem Priester Sermoise seine Wunde behandeln ließ. *franc et tendre* ist als Antiphrase zu verstehen: beim Raufen fühlt sich Villon dem Trouvé gewachsen, wenn dieser die Wappen des »Kronochs« und der »Kuh« zurückerobern will. Daß man bereit ist, diese beiden Zunftschilder zu verkaufen (qu'on veut vendre), dürfte die Einladung zu einer Straßenschlacht sein. Aber wer sich die Schilder aufs Genick lädt, der soll gehängt werden. So etwa könnte eine der schwierigsten Strophen Villons interpretiert werden. Einige Philologen vermuten, daß sich hinter »Kronochs« und »Kuh« irgendwelche Personen verstecken, dann würde diese Strophe eine andere oder eine zusätzliche Interpretation zulassen.
L 21,3

Turgis, Robin, s. Moreau

Turlupins, Turlupinen, vielleicht aus Ungarn stammende Häretikersekte.
T 116,4

Tusca s. Detusca

Vacquerie, François de la V., Ankläger beim Geistlichen Gericht, der die Prozesse gegen Geistliche vorbereitete und Anklage erhob. Er war zur Freude der Bevölkerung auf dem Heimweg überfallen und verprügelt worden. Das Schottenhalsband galt als ritterliches Rangabzeichen, das Villon hier durch den Hanfstrick des Galgens ersetzt sehen möchte.
T 123,1 u. 2

Valerius Maximus, lateinischer Schriftsteller zur Zeit des Kaisers Tiberius, der eine Anekdotensammlung verfaßt hat, in der jedoch die von Villon hier berichtete Anekdote nicht enthalten ist.
T 20,7

Vallee, Robert, Magister artium, war ein reicher Studienfreund Villons und inzwischen Anwalt beim Parlement geworden. Vielleicht hatte er Villon in einer Notlage im Stich gelassen.
L 13,1; L 15,2

Vallette s. Richer, Denis

Vaucelles, Catherine de V., Villons Geliebte, wahrscheinlich aber diente sie nur zur Illustration seiner Rolle als fahrender Ritter aus Liebeskummer. Das Haus der Familie Vaucelles stand neben dem Haus »Zur Rose«, worauf sich die »teure Rose« in T 90,1 beziehen könnte.
(L 3–6); T 64 B 5,5; (T 65–70); (T 90,1); (T 91–93 u. Ballade); (T 186 B2 2,3)

Vegetius, Flavius V. Renatus (4. Jh.), lateinischer Militärschriftsteller in Konstantinopel, schrieb die *Epitomae rei militaris*. L 1,6

Venus, die Göttin der Schönheit und Liebe.
G V 3,8

Vershausierer. Die übliche Schreibung *mercerot de Rennes* ist fraglich. Rychner und Henry ziehen *mercerot de regnes* vor, wobei *regnes* im Sinn von *propos* und *discours* belegt ist: hier etwa Wortehändler, Dichter (Hausmann: Silbenkrämer).
T 42,5

Vicêtre, verfallene Festung, die Villon zusammen mit der Ruine Billy dem ambitionierten Phelip Brunel vermacht. Beide Ruinen waren vielleicht Schlupfwinkel für lichtscheue Freunde Villons.
L 18,4; T 136,2

Villon, François. Der in den Akten der Universität verzeichnete Name des Dichters ist François de Montcorbier. Vermutlich nannte sich der Dichter erst nach einer Adoption durch seinen Pflegevater Villon. Ein Begnadigungsschreiben vom Januar 1456 wurde an »François des Loges, sonst Villon genannt« ausgefertigt. Des Loges mag ein wieder aufgegebenes Pseudonym sein.
L 1,2; L 40,2; T 178 Grabschrift 4; T 186 B2 1,2; (G VIII 17,8); G IX Refrain; G X 1,3; G XI Überschrift; G XII 1,2 u. 4,1, Refrain; G XIII 1

Villon, Guillaume de V., Magister artium, Kaplan von Saint-Benoît-le-Bétourné, der den Dichter aufgenommen, sein Studium gefördert und ihn wohl in irgendeiner Form adoptiert hat. L 9,5–8, in dem der Dichter seinem »mehr als Vater ... muttersorgendem Berater« (T 87,1–3) seinen fragwürdigen Ruhm (bruit) vermacht, der zur Zeit der Abfassung der Legate wohl nur aus dem Aufsehen bestand, das die folgenschwere Streiterei mit dem Priester Sermoise verursacht hatte, allenfalls noch aus dem Aufsehen, das der »Teufelsfurz-Roman« erregt haben mag, hat zu der Vermutung geführt, daß der Dichter seinen Adoptivvater verspottet. Wenn aber in T 87 keine Spur eines Spottes zu entdecken ist, im Gegenteil, so scheint es richtiger, L 9 als eine bei Villon nicht ungewöhnliche Form der Selbstironie zu verstehen: ich besitze nichts anderes als meinen schlechten Ruf.
L 9,7; T 87,2

Vitry s. Cotin

Volant, Guillaume, reicher Salzspekulant.
T 180,5

Wäscheplätze (Marché au Filé) neben den Markthallen. Die Seidenspinnerinnen und Leinwandweberinnen standen in schlechtem Ruf.
T 144,8

Waisenknaben s. Laurens, Colin

Wallfahrtskrücke. Der nach der Abtei Saint Maur des Fosses (Seine) benannte Wallfahrtsort Saint Mor stand im Ruf, die Gicht zu heilen. Die Wallfahrtskrücke soll scherzhaft als Stößel zum Senfrühren im Mörser dienen. Das Wortspiel bezieht sich nicht nur darauf, daß Jean de la Garde an Gicht erkrankt war, sondern hat auch einen obszönen

Nebensinn: die Gicht macht ihm bei der Erfüllung seiner ehelichen Pflichten Schwierigkeiten.
L 33,3

Weißes Rössel, Weißes Roß (Le Cheval Blanc), Taverne.
L 12,2; T 97,6

Würznelken. Sie galten als Aphrodisiakum (in 111,3 auch Sarazenen-Ingwer genannt).
(T 111,2); T 138,3

Zölestiner, nach der Benediktinerregel gegründeter Einsiedlerorden.
T 30,6; T 149,1; T 186 B 1,1

Zum kleinen Faß (le Barillet) s. Kleines Faß

Zwölferschar (la Douzaine, Douze), die aus zwölf berittenen Sergeanten bestehende Leibwache des Prévôt de Paris.
T 105,2

Zypern, König auf der Z. Thron, Johann III. von Lusignan, gest. 1458.
T 41 B2 2,5

Pierre Levet
Le grant testament Villon et le petit. Son codicille. Le jargon & ses ballades. Paris 1489
Clement Marot
Les Œuvres de François Villon de Paris revues et remises en leur entier. Paris 1533
Louis Thuasne
François Villon, Œuvres. Edition critique avec notices et glossaire. Paris 1923
André Burger
Lexique de la langue de Villon précédé de notes critiques pour l'établissement du texte. Genève et Paris 1957
André Mary
François Villon: Œuvres. Préface, gloses et notices sur tous les personnages cités et sur les particularités du temps, par André Mary. Paris 1959
David Kuhn
La Poétique de François Villon. Paris 1967
Pierre Guiraud
Le Jargon de Villon ou le Gai Savoir de la Coquille. Paris 1968
Pierre Guiraud
Le Testament de Villon ou le Gai Savoir de la Basoche. Paris 1970
André Lanly
François Villon: Ballades en Jargon (y comprises celles du ms de Stockholm). Texte accompagné d'une traduction, de notes et d'un glossaire par André Lanly. Tome I et II. Paris 1971
Pierre Michel
Villon, Poésies complètes. Edition présentée, établie et annotée par Pierre Michel. Paris 1972
Jean Rychner et Albert Henry
Le Testament Villon. I Texte, II Commentaire. Genève 1974
Jean Rychner et Albert Henry
Le Lais Villon et les Poèmes variés. I Texte, II Commentaire. Genève 1977
André Lanly
François Villon: Œuvres. Traduction en français moderne accompagnée de notes explicatives par André Lanly. Paris 1978

Gert Pinkernell
François Villons Lais, Versuch einer Gesamtdeutung (Studia Romanica. 34.) Heidelberg 1979
Frank-Rutger Hausmann
François Villon, Das Kleine und das Große Testament. Französisch/deutsch. Herausgegeben, übersetzt und kommentiert von Frank-Rutger Hausmann. Stuttgart 1988
Rudolf Sturm
François Villon. Bibliographie und Materialien. Herausgegeben von Rudolf Sturm. 2 Bände. München 1990

Inhaltsverzeichnis

André Gide im dtv

Die Falschmünzer

Paris zu Beginn dieses Jahrhunderts. Eine Gruppe junger Gymnasiasten hat sich zu einem literarischen Zirkel zusammengeschlossen, um der großbürgerlichen Scheinwelt der Eltern entfliehen zu können. Die geistreiche Eleganz ihrer älteren schriftstellerischen Vorbilder erweist sich als verführerische Droge. Aber es geht nicht nur um intellektuelle Falschmünzerei. Einige Schüler werden bei der Verbreitung von Falschgeld ertappt...
dtv 1749

Die Verliese des Vatikan

Gegen Ende des letzten Jahrhunderts kommt im Süden von Frankreich das Gerücht auf, Papst Leo XIII. sei von internationalen Verschwörern entführt worden und werde in Rom gefangengehalten, während zum Schaden der katholischen Christenheit ein Doppelgänger den Stuhl Petri besetzt habe. Ein Apotheker aus Pau macht sich als moderner »Kreuzritter« auf den Weg und wird im Schnellzug von Rom nach Neapel von einem jungen Abenteurer ermordet. Ein grotesk-satirischer Schelmen- und Kriminalroman. dtv 1750

Die Schule der Frauen
Erzählungen

Die Stellung der Frau in Ehe und Gesellschaft und der Kampf um die Freiheit ihrer Persönlichkeit stehen im Mittelpunkt dieser drei zusammenhängenden, nun schon klassischen psychologischen Erzählungen: Das Tagebuch einer jungen Frau, die am raffinierten Egoismus ihres Mannes zerbricht; sein Versuch einer Rechtfertigung; und die Stellungnahme der inzwischen erwachsenen Tochter zu den Ereignissen.
dtv 1751